U0096252

民国新闻专题史研究丛书

方汉奇题

倪延年　主編

第9冊

民國時期的軍隊新聞業（上）

劉　亞　著

花木蘭文化事業有限公司

國家圖書館出版品預行編目資料

民國時期的軍隊新聞業（上）／劉亞 著 — 初版 — 新北市：
花木蘭文化事業有限公司，2020〔民109〕
目 4+170 面；19×26 公分
（民國新聞專題史研究叢書；第9冊）
ISBN 978-986-518-126-0（精裝）
1. 新聞業 2. 民國史
890.9208 109010133

ISBN-978-986-518-126-0

民國新聞專題史研究叢書

第九冊 ISBN：978-986-518-126-0

民國時期的軍隊新聞業（上）

作　者 劉亞
叢書主編 倪延年
出　版 花木蘭文化事業有限公司
發行人 高小娟
總編輯 杜潔祥
副總編輯 楊嘉樂
編　輯 許郁翎、張雅淋 美術編輯 陳逸婷
聯絡地址 235 新北市中和區中安街七二號十三樓
電話：02-2923-1455／傳真：02-2923-1452
網　址 http://www.huamulan.tw 信箱 hml810518@gmail.com
印　刷 普羅文化出版廣告事業
初　版 2020年9月
全書字數 287420字
定　價 共12冊（精裝）新台幣36,000元

民國時期的軍隊新聞業（上）

劉亞 著

此項研究得到國家社會科學基金重大項目
「中華民國新聞史」（編號：13&ZD154）資助

《中華民國新聞史》學術顧問委員會

《中華民國新聞史》編纂委員會

韓叢耀　南京大學教授，博士研究生導師。負責全書「民國時期的圖像新聞業」特約專題稿和《民國新聞專題史研究叢書・民國時期的圖像新聞業》分冊撰稿。

何　村　渤海大學教授。協助首席專家完成相關工作。

李建新　上海大學教授，博士研究生導師，中國新聞史學會常務理事。負責全書「民國時期的新聞教育」特約專題稿和《民國新聞專題史研究叢書・民國時期的新聞教育》分冊撰稿。

李秀雲　天津師範大學教授，博士生導師，新聞傳播學院副院長，中國新聞史學會常務理事。參加全書「民國時期的新聞學研究」特約專題稿和《民國新聞專題史研究叢書・民國時期的新聞學研究》分冊撰稿。

劉　亞　南京政治學院教授，博士研究生導師。主編《中華民國新聞史》（第 4 卷），負責全書「民國時期的軍隊新聞業」特約專題稿和《民國新聞專題史研究叢書・民國時期的軍隊新聞業》分冊撰稿。

劉繼忠　南京師範大學副教授，博士。南京師範大學民國新聞史研究所副所長。主編《中華民國新聞史》（第 3 卷）。

徐新平　湖南師範大學教授，博士研究生導師，中國新聞史學會常務理事。負責全書「民國時期的新聞學研究」特約專題稿和《民國新聞專題史研究叢書・民國時期的新聞學研究》分冊撰稿。

萬京華　新華通訊社新聞研究所研究員，新聞史論研究室主任，中國新聞史學會常務理事。負責全書「民國時期的新聞通訊業」特約專題稿和《民國新聞專題史研究叢書・民國時期的新聞通訊業》分冊撰稿。

王潤澤　中國人民大學教授，博士研究生導師，新聞學院副院長，中國新聞史學會副會長兼會刊《新聞春秋》主編。主編《中華民國新聞史》（第 2 卷）。

張立勤　華南師範大學副教授，博士。負責全書「民國時期的新聞業經營」特約專題稿和《民國新聞專題史研究叢書・民國時期的新聞業經營》分冊撰稿。

二〇一八年十二月

《民國新聞專題史研究叢書》序

倪延年

國家社會科學基金重大項目 2013 年度（第二批）「中華民國新聞史」自 2013 年 11 月立項以來，項目組全體同仁歷經五年奮力拼搏，終於如期完成了研究任務，交出了自己的答卷。項目最終成果可分兩個部分：即 5 卷本的《中華民國新聞史》和由 10 個專題 12 個分冊組成的《民國新聞專題史研究叢書》。本序主要就「民國新聞專題史」研究的歷史進程、研究對象、研究組織及研究原則等涉及全套《叢書》的相關問題作一個概括性介紹。

一

從孫中山領導在南京創立中華民國臨時政府（俗稱民國南京臨時政府）的 1912 年元旦，到我們撰寫定稿「民國新聞專題史」各分冊的現在（2018 年底），兩個時間點相距一百多年。回顧這一百多年「民國新聞專題史」研究的歷史進程，眞是讓人感慨萬千。這一百多年的歷史進程，從大的方面可以劃分爲中華民國時期（38 年左右）和中華人民共和國時期（建國已近 70 年）兩個階段；每一階段又可分成兩個小的階段——這兩個大的階段和四個小的階段，正好構成了「民國新聞專題史」研究發展的完整歷程。

一、「中華民國時期」的 38 年可以日本發動全面侵華戰爭而製造的北平盧溝橋「七・七事變」為節點劃分為兩個階段。

（一）從孫中山領導創建「中華民國」到「七・七事變」爆發是中華民國時期「民國新聞專題史研究」的第一個階段。

民國成立近十年後，中國共產黨正式誕生並迅速走上國內政治舞臺。由於社會主義蘇聯的牽線搭橋，以馬克思主義爲指導思想的中國共產黨和孫中山重新解釋「三民主義」改組執行「聯俄、聯共、扶助農工」三大政策的中國國民黨，合作開展反帝反封建大革命運動，並一起發動了以打倒北洋軍閥、推翻北洋政府爲目標的「北伐戰爭」。就在國共兩黨合作的北伐戰爭勢如破竹推進，共產黨領導組織的上海工人第三次武裝起義成功之後，國民黨右派勢力代表蔣介石、汪精衛等從 1927 年 4 月起先後製造了上海「四．一二政變」、「武漢七．一五政變」，依仗軍隊血腥鎮壓曾經共同反對北洋軍閥的合作夥伴共產黨人。嚴峻的政治環境迫使共產黨人要麼是轉入地下狀態堅持反對國民黨反動派的鬥爭，要麼是到國民黨鞭長莫及的偏遠山區開展武裝鬥爭。儘管共產黨誓言要推翻國民黨政府，但共產黨領導的工農紅軍不但弱小，且處於被國民黨軍隊追擊「圍剿」狀態，難以造成對國民黨統治的直接威脅。以蔣介石國民黨集團主導的「中華民國」獲得了一個相對穩定的發展時期，經濟、文化、教育及科學技術等得到較快發展。

或許因爲人文社會科學研究需要一定時間積累，所以在 1937 年之前的中國學術界，傳統人文社會科學領域對當朝「中華民國」的研究似乎還沒有全面展開。但也有例外。中國學術界在 20 世紀 30 年代中期就出版了一批研究「中華民國」憲政、立法及政治生活等方面的專著。其中最早的是著名歷史學家和法學家吳宗慈所撰《中華民國憲法史》，該書對從 1913 年《天壇憲草》議定到 1923 年《中華民國憲法》正式公布的 10 年制憲歷程做了詳盡記錄，描繪了 1923 年《中華民國憲法》從起草到完成的全過程。後來又先後出版了潘樹藩的《中華民國憲法史》（上海商務印書館，1935 年版），謝振民編著、張知本校訂的《中華民國立法史》（正中書局 1937 年版），吳經熊、黃公覺的《中國制憲史》（上海商務印書館 1937 年版）及郭衛、林紀東的《中華民國憲法史料》等一些著作。儘管中國法史學界出版了多種中華民國「憲法史」或「立法史」著作，但筆者至今沒有發現當時新聞史學界出版名爲《中華民國新聞史》的學術專著或「民國新聞專題史」方面的系列研究著作。或許是因爲新聞史比憲法（立法）史距社會現實政治略遠了一些？或許是新聞史學界研究人才和學術積澱還沒具備出版《中華民國新聞史》的條件？或許是受「新聞無學」慣性思維影響，人們還沒關注到「民國新聞史」學術研究？或許是新聞學人關注點還是在新聞報刊採編發售等「實用」技術總結，而無暇關注相對「虛」一些的「民國新聞史」理論研究？或許是新聞史學界受數千年「當代人不修當代史」文化傳統習慣制約和影響，認爲不應撰寫當朝「民國新聞史」等，筆者不得而知。儘管沒有明確答案，但可以肯定的是由於上述一種或數種因素的綜合作用，才出現這一階段尚未撰寫出版《中華民國新聞史》或「民國新聞專題史」系列專著的實際結果。

（二）從中華民族全面抗日戰爭爆發，到蔣介石指揮的國民黨軍隊在抗日戰爭勝利後的國共內戰中被共產黨領導的人民解放軍打敗並播遷到臺灣諸島為中華民國時期的第二個階段。

日本軍隊在中國北平盧溝橋製造「七・七事變」，發動了對中國的全面武裝侵略。中華民族爲救民族於危亡奮起抵抗，進入以國共合作爲標誌的全民族抗日戰爭階段。歷經八年的全民族艱苦浴血奮戰，中國的抗日戰爭暨世界反法西斯戰爭取得了勝利。抗日戰爭勝利後的國共兩黨關於和平建國的談判因多種因素破裂，兩黨軍隊兵戎相見，最後是國民黨的「國民革命軍」被共產黨領導的「人民解放軍」徹底打敗，一路播遷到中國東南沿海的臺澎金馬諸島。這一階段仍然沒有發現《中華民國新聞史》及「民國新聞專題史」研究系列著作問世。

抗戰時期的「中華民國國民政府」是世界大多數國家承認的中國中央政府。國共合作抗日後，共產黨領導的中國工農紅軍陝北主力部隊改編爲「國民革命軍第八路軍」，南方各省的紅軍游擊隊改編爲「國民革命軍新編陸軍第四軍」。共產黨在江西瑞金創建的中華蘇維埃共和國臨時中央政府長征結束後落腳的「陝甘寧革命根據地」，此時也改稱中華民國「陝甘寧邊區」。由於中華民族在奪取抗日戰爭勝利的同時也爲世界反法西斯戰爭勝利做出了重要貢獻，中國的國際地位得到明顯提高，國際影響力迅速增強。在第二次世界大戰結束前由美國、英國和中國等同盟國設計新的世界秩序並成立聯合國時，國民黨主導的中華民國成爲聯合國的五個常任理事國之一。抗日戰爭勝利後，全國各民主黨派和民眾希望國共兩黨能夠實現孫中山先生「和平建國」遺願。但蔣介石國民黨集團及其主導的「中華民國」政府依仗在抗戰時期撤到大後方保存下來的軍隊和美國巨額軍事援助，在自認爲各項戰爭準備到位之時，撕毀了國共兩黨簽署的《雙十停戰協定》，1946 年 6 月 26 日向中原地區的中共部隊發起進攻，拉開了國共兩黨軍隊公開內戰的序幕。這場內戰一打數年，直到「中華民國」首都南京被人民解放軍「佔領」，中華人民共和國中央人民政府在北京宣告成立，並於 1949 年 10 月 1 日舉行了開國大典。抗日戰爭前期，日本侵略軍依仗軍事優勢迅速向中國腹地推進，在佔領中國城鄉廣大地區的同時進行滅絕性的文化、文物、文獻及文人的掠奪。爲了保存實力堅持長期抗戰，也爲了保存數千年的文化遺產，中華民國政府在艱苦和匆忙的情況下，組織了大規模的「南遷」（從北方遷向南方）和「內遷」（從沿海遷向內地）。日本帝國主義侵略戰爭造成的巨大破壞和日本軍國主義的有組織掠奪及大規模遷移對文化、文物造成了難以估量的損失。大批年輕有爲的學者作家投筆從戎與外敵血戰，大批學養深厚的專家學者失去了基本的研究條件，大批年輕學生因戰爭和逃難失去正常的求學機會，無數文獻史料由於搬遷損壞或被日本人搶掠不能爲國人研究所用，包括新聞史研究在內的學術活動被迫停滯或中斷。在這種動盪和動亂的社會環境下，沒有《中華民國新聞史》和「民國新聞專題史」學術著作問世似乎也在情理之中。

二、中華人民共和國建國後的 70 年可以中共決定實行改革開放政策的十一屆三中全會召開為標誌劃分為兩個階段。

（一）從中華人民共和國中央人民政府在北京宣告成立到中共十一屆三中全會召開前的 30 年是中華人民共和國成立後的第一個階段。

在國共兩黨軍隊內戰中潰敗到臺灣的蔣介石國民黨集團，拒不承認「中華民國國民政府（總統府）」被共產黨領導的人民解放軍推翻（人民解放軍佔領了首都南京，解放了除臺澎金馬諸島以外的絕大部分國土）的現實，仍以「中華民國政府」的名義在臺澎金馬諸島施行統治。在聯合國大會 1971 年 10 月 25 日以壓倒多數通過阿爾及利亞等國提出的「關於恢復中華人民共和國在聯合國的一切合法權利，並立即將臺灣當局的代表從聯合國及其所屬機構中驅逐出去」的提案即「第 2758 號決議」前的相當長時間裏，國民黨臺灣當局在美國等西方國家的支持下用「中華民國」名義佔據中國在聯合國的常任理事國席位及合法權利。爲了鞏固在臺灣地區實行的「一黨統治」，蔣家父子及國民黨集團在臺灣實施了長達 38 年的「戒嚴體制」。一方面是臺灣地區的新聞史學研究者身處「中華民國」社會氛圍中，二是當局實施「威權體制」統制和禁錮人們的思想，加上傳統的「當朝人不修當朝史」的史學傳統，因而臺灣地區不可能出現斷代史性質的「中華民國新聞史」，當然也就不可能出版「民國新聞專題史」研究方面的系列著作。臺灣地區新聞史學者如曾虛白、賴光臨、李瞻等人所著（主編）的《中國新聞（傳播）（事業）史》中關於「中華民國時期新聞史」的有關內容則是作爲「中國新聞史」的一個「時期」予以介紹，而不是作爲中國歷史的一個「朝代」予以敘述。

中華人民共和國成立剛滿周歲就被迫進行抗美援朝戰爭，國民黨潰敗前潛伏的大批特務和不法地主資本家趁機興風作浪，在臺灣的國民黨當局高調宣稱要「光復大陸」並不時派遣武裝特務騷擾沿海地區；美國在侵略朝鮮的同時把第七艦隊開進臺灣海峽阻擋大陸解放臺灣，不斷在中國邊境地區和周邊國家製造局部戰爭和政治事件，企圖把人民中國扼殺在搖籃中；蘇聯的大國沙文主義做法和蘇聯共產黨在黨際關係上以「老子黨」自居的傲慢態度，使剛剛建國的新中國領導人爲維護國家利益和民族尊嚴據理力爭，最後導致矛盾公開化和激烈化。共產黨領導的社會主義中國與美國等西方資本主義國家在意識形態方面勢不兩立，共產黨領導下實行社會主義制度的中國大陸與國民黨蔣介石（蔣經國）集團管治下實行資本主義制度的臺灣地區在軍事政治方面勢不兩立，社會主義陣營內部又因堅決反對蘇聯的霸權主義和蘇聯勢不兩立。階級敵人時刻虎視眈眈，新生政權時刻受到嚴重威脅。爲此，共產黨在創建人民共和國後，通過鎮壓反革命、土地改革、三反五反、公私合營、知識分子改造、高校院系調整及專業改造等一系列政治和行政舉措，淡化和消除蔣介石國民黨集團在大陸統治時期的影響和痕跡，以鞏固共產黨和人民政權的執政基礎。「繃緊階級鬥爭這根弦」使一些人片面認爲研究「中華民國時期」歷史是意在爲蔣介石國民黨「樹碑立傳」、「鼓吹復辟」或「招魂」。在「階級鬥爭年年講、月月講、天天講」的社會氛圍中，人們對研究「中華民國時期新聞史」唯恐避之不及，生怕引火燒身，實際形成諸多學術禁區。在這種社會環境裏，中國大陸地區沒有出版《中華民國新聞史》及「民國新聞專題史」方面研究的系列著作也在情理之中。

（二）從中共十一屆三中全會召開到當前（二十一世紀前二十年左右），可暫且視為中華人民共和國成立後的第二個階段，這個階段還在繼續向前延伸。

中共十一屆三中全會後，中國大陸進入改革開放的「歷史新時期」，包括「民國新聞史研究」在內各方面的學術研究也隨之進入歷史新時期。由於數十年積壓下來的研究課題太多及思想解放的漸進性，直到 2007 年 8 月才在上海《新聞記者》（第 8 期）刊載的《研究民國新聞史的新資料——讀〈胡政之文集〉》（作者王詠梅）一文標題中出現「民國新聞史」這一名詞。儘管這僅僅是一篇介紹《胡政之文集》的書評，但因其在文章標題中率先使用了「民國新聞史」這一學術概念，同時開始了民國新聞專題史研究（民國新聞史人物專題研究）的探索，因而在「民國新聞史」研究的歷程上具有特別的意義。2008 年 12 月，胡小平所著《民國新聞史》由青海人民出版社出版，這是 1949 年後大陸學者撰寫出版的學術著述中最早在書名中出現「民國新聞史」概念的專著。全書 27 萬字。包括「第一編　北洋時期新聞業的成長」、「第二編　國民政府時期的新聞業」、「第三編　抗戰時期的新聞業」、「第四編　內戰時期的新聞業」）等四編；每「編」設「章」。其中第一編 12 章，第二編 8 章，第三編 10 章，第四編 5 章。「章」下不分「節」，更沒「目」和「點」，全書正文除「章」標題外，以自然段方式一貫到底。附有「主要參考書目」，記載有 21 種圖書有關信息。2011 年 3 月 26 日在北京大學舉行「成舍我與民國新聞史」國際學術研討會是目前所知在中國大陸舉辦的第一個由中國大陸地區學術團體（中國新聞史學會）、臺灣地區學術團體（世新大學舍我紀念館）和美國相關學術團體（柏克萊加州大學東亞研究院）共同主辦，大陸地區高校新聞院系（北京大學新聞與傳播學院）和學術團體（北京大學新聞學研究會）協辦的民國時期重要新聞史人物「成舍我與民國新聞史」的專題學術活動，也是大陸新聞史學界舉辦的第一個由中外學術界人士參加的「民國新聞史」專題學術活動，是中國新聞史學會舉辦的以特定新聞史人物（成舍我）爲研究對象的專題學術活動，把「民國新聞專題史」研究向前推進了一大步。

自 2011 年 1 月 10 日《安徽大學學報：哲學社會科學版》第 1 期刊載《論民國新聞史研究的意義、體系和實施》（倪延年）一文後，大陸地區學術刊物不斷有研究「民國新聞史」的論文發表。儘管一些論文標題沒有出現「民國新聞史」，但研究對象、主題或內容都屬於「民國新聞史」研究，其中大部分屬於「民國新聞專題史研究」。2013 年 6 月 10 日，全國哲學社會科學規劃領導小組辦公室（簡稱全國社科規劃辦公室）宣布「中華民國新聞史研究」獲准立項爲當年度「重點項目」；同年 11 月全國社科規劃辦公室宣布由南京師範大學作爲責任單位，中國人民大學、中國傳媒大學和新華通訊社作爲合作單位，及全國 20 多個學術單位 40 多位專家學者組成團隊參加競標的「中華民國新聞史」中標立項爲 2013 年度國家社科基金重大項目（第二批）（編號 13&ZD154）。設計的項目成果包括由 10 個專題 12 個分冊組成的《民國新聞專題史研究叢書》，這似乎是大陸新聞史學界「民國新聞專題史」方面第一次有計劃的系列研究。為了增強學術界對「民國新聞專題史」研究的關注和重視，中國新聞史學會和南京師範大學聯合主辦，南京師範大學新聞與傳播學院和南京師範大學民國新聞史研究所承辦的「再現歷史探尋規律：首屆民國新聞史研究高層學術論壇」2014 年 5 月在南京師範大學順利舉行。會議籌辦方在所有應徵的論文中評審出 42 篇出版了會議論文集《民國新聞史研究 2014》，海峽對岸的新聞史學者跨過臺灣海峽來到南京參加這次學術盛會，並以大會報告向與會同行介紹研究成果；2015 年 11 月舉辦了第二屆民國新聞史高層論壇，評審出 48 篇出版了會議論文集《民國新聞史研究 2015》；2016 年 11 月舉辦了第三屆民國新聞史高層論壇，評審出 40 篇出版了會議論文集《民國新聞史研究 2016》；2018 年 11 月舉辦了第四屆民國新聞史高層論壇，評選出 42 位學者在論壇進行論文演講交流——其中絕大部分是進行「民國新聞專題（人物、事件、媒介）史」研究的論文。我們相信，隨著思想解放不斷深入和研究隊伍的不斷擴大，「民國新聞史」專題研究肯定會繼續發展，並且肯定會發展得更快更好。

二

國家社會科學基金重大項目「中華民國新聞史」研究的總體問題是對在特定國際和國內社會環境下，民國時期新聞事業孕育、產生、發展和變化的歷史進程及其內在規律和經驗教訓進行學科的研究、歷史的總結和科學的評價。主要是探討這一階段新聞業發展變化的社會背景，思考新聞業發展對社會環境改變的作用，考察新聞業和社會變革的互動關係，再現民國時期新聞業發展和變化的歷史圖景，盡可能涵蓋完整的民國時期新聞業，包括新聞報刊業、新聞通訊業、新聞廣播業、少數民族新聞業、軍隊新聞業、圖像新聞業、外國在華新聞業以及新聞管理體制、新聞業經營、新聞教育、新聞學研究等諸多側面。

為充分發揮新聞史學界集中力量辦大事的優勢，提高研究成果的整體水平，項目組在設計了完成最終成果《中華民國新聞史》（5 卷本）研究撰稿任務的五個子課題的同時，設計了對「民國時期新聞史」進行專門研究 10 個特約專門課題即：「民國時期」的新聞廣播業、新聞通訊業、少數民族新聞業、軍隊新聞業、圖像新聞業、外國在華新聞業、新聞教育、新聞學研究、新聞管理體制和新聞業經營。之所以確定上述專題作為「民國新聞史」的特約研究專題，主要考慮以下幾方面因素：首先是這些「特約專題」在「民國時期新聞業」中有比較豐富的研究內容即「有內容可以研究」，它們的存在和發展對「民國新聞業」發揮社會功能具有獨特的作用；其次是這些「特約專題」的深入系統研究對構建完整豐滿的「民國新聞史」體系具有重要作用即「應當重點研究」。這些「特約專題」的深入系統研究可使這些民國時期新聞業中的重要領域得以更充分反映，展現更爲客觀全面的民國新聞史體系；三是這些「特約專題」領域已出現具有較深厚學術積澱、豐富研究經驗、較高水平成果並得到學界公認的領頭人即「有人勝任研究」，既爲深入全面研究這些「特約專題」提供了人才支撐，也使實施這一系列工程成爲可能。鑒於中國大陸改革開放後已出版如《中國近代報刊史》和《中國現代報刊發展史》等專門研究民國時期新聞報刊的著作，且作爲「民國時期的新聞報刊」在設計爲 25 萬字左右的《民國新聞專題史研究叢書》分冊中難以充分展開；再如復旦大學黃瑚教授 1999 年 8 月就出版《中國近代新聞法制史論》，主體部分內容就是「民國時期的新聞法制」；2007 年 6 月馬光仁出版的《中國近代新聞法制史》也是主要研究「民國時期的新聞法制」，2007 年立項的國家社科基金重點項目「中國新聞法制通史研究」最終成果《中國新聞法制通史》（6 卷八冊）中設有「近代卷」，也是研究「民國時期的新聞法制」（且已在 2015 年出版）。因此本項目就沒有把民國時期的「新聞報刊業」和「新聞法制」設計爲特約研究專題進行專門研究。

在國家社科基金重大項目「中華民國新聞史」設計的成果體系中，《中華民國新聞史》（5 卷本）是把「民國時期新聞業」放在當時特定的政治、經濟、軍事、科技、文化、教育等諸因素構成的社會環境背景下，探討其孕育、發生、發展、變化的歷史進程、內在規律及經驗教訓，從縱向對民國時期新聞業的發展歷程進行研究，以探討「民國時期新聞業」在不同歷史階段的發展變化及其主要特點，旨在體現新聞業與社會同進互動的思想。由 10 個專題 12 個分冊組成的《民國新聞專題史研究叢書》則是向新聞史學界集中展現民國時期新聞史中此前少有學者深入系統研究的若干側面的專門發展歷史。其研究成果首先是作爲《中華民國新聞史》（5 卷本）的學術支撐，《民國新聞專題史研究叢書》的分冊課題都是「中華民國新聞史」項目的「特約研究課題」。課題負責人角色定位首先是「中華民國新聞史」項目「特約撰稿人」，其次是《民國新聞專題史研究叢書》分冊撰稿人。「特約研究課題」成果的內容精華將以「特約專題稿」形式納入《中華民國新聞史》各卷，以提高《中華民國新聞史》（5 卷本）的整體水平。這些「特約研究課題」負責人都是在民國新聞史研究特定側面具有領先優勢的專家學者，他們在「中華民國新聞史」整體框架下對各自優勢領域進行深入的專題研究並撰成 20～25 萬字左右的獨立專著納入《民國新聞專題史研究叢書》統一出版，爲讀者深入系統瞭解民國新聞史的重要側面提供可資閱讀的文本。

《民國新聞專題史研究叢書》各分冊從中觀的橫向層面展現民國新聞史若干側面的發展進程，《中華民國新聞史》（5 卷本）則在宏觀的縱向層面展現中華民國時期新聞事業的起源產生以及在不同階段中發展、變化的歷史進程。《民國新聞專題史研究叢書》各分冊著作者在完成分冊書稿後，把該「特約研究專題」的研究成果撰成規定篇幅的「特約專題稿」，成爲 5 卷本《中華民國新聞史》內容的有機組成部分。之所以如此設計，目的是盡可能集中專家學者的集體智慧，提高國家社會科學基金重大項目成果《中華民國新聞史》（5 卷本）的整體水平，爲達到高起點、高標準、高水平、權威性的設計目標提供保障。

三

爲圓滿實現《民國新聞專題史研究叢書》的設計功能，項目組在全國新聞史學界範圍內選聘了一批具有深厚學術積澱、良好學術道德的專家學者，組成了《民國新聞專題史研究叢書》的強大著者團隊。他們（以姓名首字漢語拼音爲序）是：

艾紅紅（《民國時期的新聞廣播業》著者）。女，博士，中國傳媒大學新聞學院教授，博士生導師，中國人民大學新聞學院博士後，兼任中國新聞史學會常務理事。已出版《中國廣播電視史初論》、《新時期電視新聞改革研究》、《〈新聞聯播〉研究》《中國宗教廣播史》及《中國民營廣播史》等著作 5 部；與他人合著《中國廣播電視史教程》、《中國廣播電視圖史》（副主編）等著作 7 部；在《國際新聞界》、《山東社會科學》等發表《從黨派「營地」到民眾「喉舌」：民主黨派報刊屬性與功能之變遷（1928～1949）》、《民國時期基督教廣播特色初探》、《中國廣播電視的歷史發展及其動因考察》等論文數十篇。參與完成國家社科基金課題 2 項，其中之一《中國廣播電視通史》獲教育部科研成果二等獎、吳玉章獎一等獎。參與完成國家廣電總局重點課題 1 項、教育部人文社科重點研究基地重大課題 1 項。主持完成教育部人文社科項目「中國宗教廣播史研究」，參與教育部馬克思主義理論研究和建設工程第二批重點教材《中國新聞傳播史》編寫。

白潤生（《民國時期的少數民族新聞業》著者）。中央民族大學教授，兼任中國新聞史學會特邀理事、少數民族新聞傳播史研究委員會名譽會長、中國報協民族地區報業分會顧問。曾任中國高等教育學會新聞學與傳播學專業委員會第五屆理事會理事，教育部新聞學學科教學指導委員會第二屆委員，國家民委少數民族語言文字出版、翻譯專業高級職稱評定委員會委員。主持國家「十五」社科基金項目「少數民族語文的新聞事業研究」和北京市高等教育精品教材《中國少數民族新聞傳播史》項目。獨著（或第一作者）出版著作 15 部，五次獲省部級獎。《中國少數民族文字報刊史綱》1996 年獲北京市第四屆哲學社會科學優秀成果二等獎、1998 年獲教育部普通高等學校第二屆人文社會科學研究成果二等獎；《中國少數民族新聞傳播通史》2010 年獲國家民委第二屆人文社會科學成果獎著作類二等獎；2011 年獲北京高等教育精品教材；《當代中國少數民族新聞事業調查報告》獲教育部第六屆普通高等學校科學研究（人文社會科學）優秀成果三等獎。另外，2014 年出版的《守護好我們的精神家園——白凱文少數民族文化文選》獲 2016 年中國新聞史學會「新聞傳播學會獎第二屆組委會特別獎」。參與編撰的著作 14 部，任副主編的 3 部（其中有一部負責通稿）、任編委的 3 部，任特約撰稿人的 1 部、任第二作者的 1 部。發表 140 餘篇學術論文。其中《承載民族夢想：中國少數民族文字報刊的百年回望》譯成英文發表在《中國民族》（英文版）2017 年第 4 期上，這是我國學者第一次面向國外介紹中國少數民族文字報刊的歷史概況。這既象徵著白潤生治學「三十年如一日」的辛勤耕耘，更代表了一位學者在少數民族新聞傳播研究領域所能達到的學術高峰。自 1995 年開始《中國青年報》、中央人民廣播電臺、《人民日報》及《中國民族報》、《中國文化報》、人民網等國家級媒體先後發表《鬧中取冷白潤生》、《使歷史成為「歷史」——訪韜奮園丁獎獲得者白潤生》、《薪火不斷溫自升——記少數民族新聞學學者白潤生》等專訪 10 餘篇，是中國少數民族新聞史研究的開創者和帶頭人。其生平被收入《中國新聞年鑒》（1997 年版）「中國新聞界名人」專欄及《中國新聞界人物》等 20 多部辭書。

鄧紹根（《民國時期的外國在華新聞業》主編及主要著者）。博士，中國人民大學新聞學院教授，博士生導師、中國人民大學馬克思主義新聞觀研究中心主任、中國新聞史學會聯席秘書長，長期從事中國新聞傳播史論研究，主持國家及省部級課題10餘項，參與重大課題3項；先後在《新聞與傳播研究》《國際新聞界》《現代傳播》《新聞大學》等新聞傳播學術刊物發表論文100餘篇，其中論文《論民國新聞界對國際新聞自由運動的響應及其影響和結局》（《新聞與傳播研究》2013 年第 9 期）榮獲「2012～2013 年廣東省哲學人文社會科學優秀成果論文類一等獎」；參與的教改項目《馬克思主義新聞觀指導下新聞人才培養「六結合」模式的創建與實踐》先後獲得「2017 年廣東省教學成果獎一等獎」和「2018 年國家級教學成果獎二等獎」；出版有《新聞學在北大》（增訂本）、《中國新聞學的篳路藍縷：北京大學新聞學研究會》《美國在華早期新聞傳播史 1827～1872》等學術書籍八部，其中《中國新聞學的篳路藍縷：北京大學新聞學研究會》（清華大學出版社 2015 年）獲得「第七屆吳玉章人文社會科學青年獎」。

方曉紅（《民國時期的新聞管理體制》主編兼主要作者）。女，復旦大學新聞學院博士後，南京師範大學新聞與傳播學院教授、博士生導師，曾任南京師範大學新聞與傳播學院院長兼任中國新聞史學會常務理事、教育部高等學校新聞學學科教學指導委員會委員、中國新聞教育學會理事、武漢大學媒介發展中心研究員、鄭州大學新聞傳播研究中心研究員、江蘇省新聞傳播學重點學科帶頭人。主要從事中國新聞史、大眾傳媒與農村研究。出版有《中國新聞史》、《報刊・市場・小說》、《大眾傳媒與農村》、《農村傳播學研究方法初探》等，獲江蘇省哲學社會科學優秀成果二等獎 1 項、三等獎 2 項。在《新聞與傳播研究》、《新聞大學》、《江蘇社會科學》等發表《抗日戰爭與解放戰爭時期中國報刊事業的特點》、《論梁啓超的報刊理論與小說理論之關係》等數十篇。主持完成國家社科基金項目 2 項、江蘇省社科基金項目 2 項，目前主持國家社科基金項目和江蘇省高校社科基金重點項目各 1 項。

韓叢耀（《民國時期的圖像新聞業》主編兼主要著者）。南京大學新聞傳播學院／歷史學院教授，博士生導師；中華圖像文化研究所所長，法國歐亞印象交流協會（ISASES）顧問。長期從事圖像史學與視覺傳播領域的研究與教學工作，在國內外發表專業學術論文100多篇，出版學術專著20餘部。代表性成果有《新聞攝影學》、《圖像傳播學》、《中國近代圖像新聞史》（6 卷）和《中國現代圖像新聞史》（10 卷）、《中華圖像文化史》（40 卷，主編）。獨立主持國家級科研項目 6 項，國際科研項目 2 項，省部級科研項目 10 項。主持完成國家社科基金項目 2 項：「中國近代（1840～1919）圖像新聞出版史研究」（07BXW007）和「中國現代（1919～1949）圖像新聞傳播史研究」（11BXW005）。國家社科基金重大招標項目「中國新聞傳播技術史」（14ZDB129）首席專家；以色列 SIP 研究項目首席專家；澳門「澳門視覺形象傳播譜系研究」首席專家。曾兩次獲得中國攝影金像獎；國家級教學成果二等獎。學術研究成果獲第四屆中華優秀出版物圖書獎、第七屆高等學校科學研究優秀成果獎（人文社會科學）二等獎。

李建新（《民國時期的新聞教育》著者）。上海大學新聞傳播系教授、博士生導師、上海大學國際新聞傳播教育研究中心主任、《棋友》雜誌社副總編、《中國新聞傳播教育年鑒》編委會副主任委員、長三角象棋聯誼會常務副主席兼秘書長、上海大學象棋協會會長。中國新聞史學會常務理事，中國新聞史學會新聞傳播教育史研究委員會副會長。工學學士、哲學碩士、教育學博士、新聞傳播學博士後，美國密蘇里大學新聞學院訪問學者。曾任太原理工大學學報編輯部主任、執行主編，兼任《中國改革報·新財富週刊》執行主編、《中國企業報·新聞週刊》副主編等職。在新聞史、新聞理論、新聞業務等新聞學三個主要學科領域有突破性、首創性研究成果，《人民日報》記者以「新聞學研究的全能專家」爲題進行過報導。學術成績被《人民日報》、新華社、《中國社會科學報》、《中國新聞出版報》、《文匯報》、《新華每日電訊》、人民網、光明網、新浪網等進行過報導。長期研究國內外新聞傳播教育，三次入選教育部新聞傳播教育研究的課題組；在新聞與哲學、新聞與社會、國家形象的塑造與傳播、中華文化的對外傳播、突發事件報導、文體報導、人物專訪、媒介戰略、新聞評論、企業媒介應對、媒介融合教育、新媒體環境下的新聞實務等方面均有獨到的研究成果。承擔國家社科基金重大子項目、重點及省部級項目多項；完成其他橫向課題 30 多項；發表學術論文 150 餘篇；獨立出版新聞傳播學專著 10 部，合作出版相關專著 9 部，在《人民日報》、《聖路易新聞報》等發表各類新聞類作品 300 多篇。獲得哲學人文社會科學省部級獎、全國優秀圖書獎、全國徵文比賽一等獎等 30 餘項。

李秀雲（《民國時期的新聞學研究》主要作者），女，歷史學博士，天津師範大學新聞傳播學院院長、教授、博士生導師、天津地方新聞史研究所所長，中國新聞史學會常務理事、中國新聞史學會地方新聞史研究委員會副會長。天津市「131」創新型人才培養工程第一層次人選、天津市宣傳文化「五個一批」人才、天津市高等學校學科領軍人才、天津市高等學校創新團隊帶頭人。長期從事中國新聞學術史、中國新聞思想史研究。主持國家社科基金項目《以學刊爲中心的新聞學術思想史研究》、《中國當代新聞學研究範式的轉換》，教育部基金項目《中國當代新聞學術史》，天津社科基金項目《民國新聞學刊與新聞學術》、《〈大公報〉專刊研究》等 12 項。出版《中國新聞學術史（1834～1949）》（2004）、《中國現代新聞思想史》（2007）、《〈大公報〉專刊研究（1927～1937）》（2007）、《留學生與中國新聞學》（2009）、《中國當代新聞學研究範式的轉換》（2015）等五本專著，在《新聞大學》、《國際新聞界》等期刊發表《黃天鵬對中國新聞學術研究的貢獻》、《梁啓超輿論觀之演變及其成因》等論文 60 餘篇。專著《中國新聞學術史》獲天津市社會科學優秀成果獎三等獎（2008）。

劉亞（《民國時期的軍隊新聞業》著者）。原解放軍南京政治學院軍事新聞傳播系教授，博士研究生導師。1975 年 7 月畢業於復旦大學新聞系。1984 年 6 月參加軍隊新聞教育工作，致力於新聞史教學與研究。講授大專、本科、碩士和博士研究生不同學歷等級課程。作爲第四完成者的《深化軍事新聞教學改革，全面構建輿論戰課程教學體系》獲國家級教學成果二等獎、軍隊級教學成果一等獎。發表《中國軍事新聞事業的產生與發展》《新中國我軍新聞事業 50 年》《加強軍事新聞宣傳的發展戰略研究》《20 世紀中國軍事新聞學研究》等 30 多篇論文。出版與參與編撰 10 部論著與教材。參加 5 項國家社科基金課題研究，主持的國家「十一五」規劃課題《中國人民軍隊新聞史研究》以全優結項。

萬京華（《民國時期的新聞通訊業》主編兼主要作者），女，新華社新聞研究所新聞史研究室主任，高級編輯（研究員），中國新聞史學會常務理事，長期從事新聞史研究工作。參與《新華通訊社史》第一卷、《新華社 80 年輝煌歷程》、《新華社烈士傳》、《中國名記者》叢書等重點圖書編撰。在國內學術期刊發表《毛澤東與新中國的新聞事業》、《周恩來與新華社駐外記者》、《鄧小平與新聞工作》、《解放戰爭時期新華社軍隊分社的創建與發展》、《從紅中社到新華社》等論文 140 多篇。參與國家社科基金重大項目 1 項，國家出版基金重點項目 1 項，新華社國家高端智庫重大項目 1 項。《在敵後抗日根據地創建的新華分社及其歷史貢獻》獲中直工委紀念抗戰勝利 60 週年徵文二等獎。參與編輯製作的十集電視紀錄片《新華社傳奇》獲第六屆「記錄・中國」三等獎。參與研究的 3 項成果先後獲新華社社級好稿、新華社社長總編輯獎等。

徐新平（《民國時期的新聞學研究》主編兼主要作者）。湖南師範大學新聞與傳播學院教授，博士生導師，傳媒倫理與法制研究所所長，兼任中國新聞史學會常務理事。先後主持完成國家社科基金項目「中國新聞倫理思想的演進」、「晚清時期新聞思想研究」，湖南省社科基金項目「新聞倫理學研究」、「中國近代新聞思想史」和「中國現代民營報人新聞思想研究」等，參與教育部人文社科研究基地重大項目「中國共產黨新聞思想史」的研究，遴選爲教育部馬克思主義理論研究和建設工程第二批重點教材《中國新聞傳播史》骨幹成員。已出版《維新派新聞思想研究》、《新聞倫理學新論》、《中國新聞倫理思想的演進》等專著，在《新聞與傳播研究》《新聞大學》等學術刊物發表《晚清時期中國對外新聞傳播思想》、《論維新派新聞自由觀》、《中國新聞人才觀的變遷》等新聞學論文 70 餘篇。有關論文被中國人民大學複印報刊資料《新聞與傳播》全文轉載。專著《維新派新聞思想研究》獲湖南省第 11 屆哲學社會科學優秀成果三等獎，參著《中國共產黨新聞思想史》獲第五屆吳玉章社會科學成果優秀獎。

張立勤（《民國時期的新聞業經營》著者）。女，華南師範大學新聞傳播系副教授，碩士生導師。武漢大學文學士，復旦大學媒介管理學博士。美國北卡羅來納大學教堂山分校訪問學者，南京師範大學民國新聞史研究所特約研究員。有過近十年的新聞從業經歷，曾任《南風窗》雜誌社記者，先後出版 3 部新聞紀實作品，在《中國青年報》、《南風窗》、《南方週末》等媒體發表了數十篇深度報導。2006 年至今從事新聞傳播教學與研究，對媒介經營管理、新聞史等領域有著持久的學術興趣。主持國家社科一般項目 1 項、國家社科重大項目子課題 1 項、省部級課題 2 項，已出版學術專著 2 部，曾在《國際新聞界》、《新聞大學》等核心期刊發表二十餘篇學術論文。

上述專家學者來自北京、上海、廣州、天津、長沙、杭州和南京等地 10 多個教學研究單位，其中既有德高望重的學術界前輩帶頭人如中央民族大學白潤生教授，又有一批「70 後」的朝氣蓬勃「新生代」學者，團隊主體則是從事新聞史教學研究數十年既有豐富經驗又有豐碩成果的「50 後」學者專家；他們中間既有來自國內著名高等學院的教授，也有國家通訊社研究單位的學者；既有擅長研究新聞廣播史、新聞通訊業史、新聞經營史、新聞學術史及新聞管理史的專家，更有擅長研究新聞教育史、少數民族新聞史、軍隊新聞史、圖像新聞史及外國在華新聞史等方面的專家，整個團隊專長互補、信息共享、精誠合作、攜手同進，爲特約專題研究順利推進及「特約專題稿」如期高質量完成和《民國新聞專題史研究叢書》分冊撰稿提供了堅實的保障。

四

在特約專題研究和《民國新聞專題史研究叢書》分冊撰稿過程中，特約專題負責人（分冊撰稿者）認眞貫徹實事求是的思想路線，堅持尊重歷史存在、尊重文化傳統、尊重不同學派的原則；遵循歷史唯物主義和辯證唯物主義原則和方法，既看到「民國新聞史上的確發生、存在過不少與現代文明和民主法制不合拍的歷史事實」，也看到「民國新聞業在科學技術普及、進步力量努力、世界民主潮流推動以及新聞事業規律的共同發力下有了長足的發展」的客觀存在；努力探尋「民國新聞業」有關側面在近四十年中的發展規律，以「新聞」、「新聞人」、「新聞媒介」「新聞活動」及「新聞事業」爲中心，突出「民國新聞史」的階段和時代特點，努力再現中國新聞業在「中華民國時期」近四十年間的發展概貌。以嚴肅認眞和對國家負責的態度，敬業踏實進行項目研究。

作爲國家社科基金重大項目「中華民國新聞史」特約研究專題負責人、《民國新聞專題史研究叢書》分冊撰稿者及項目首席專家，我們當然希望這套《民國新聞專題史研究叢書》能反映 21 世紀 20 年代新聞史學界「民國新聞專題史」研究和認識的整體水平，基本能滿足新聞史學工作者、新聞業務工作者及對這一段新聞史感興趣的讀者瞭解叢書所涉及民國時期新聞史不同側面較詳細歷史情況的需要。毋庸諱言，這套《民國新聞專題史研究叢書》肯定還有諸多不足和遺憾之處：首先是首席專家設計「特約研究專題」時考慮未必十分妥當，可能使一些更重要的民國新聞史「側面」沒有列入「特約研究專題」研究以致留下缺憾；二是各分冊由不同專家學者分頭執筆，各人表述習慣和行文風格不盡一致，整套叢書各分冊在行文及語言風格上難以完全統一；三是因爲各位執筆者的社會閱歷、學術積澱、人文素養及研究重點等不盡相同，在某些問題的認識全面性、分析科學性及表述嚴密性等難免參差不齊，甚至有些評價不一定全面正確，有些觀點不一定十分妥當；四是受各種條件限制，儘管各分冊著者都盡了最大的努力，但還是有些原始文獻和檔案資料未能充分利用，致使有些內容比較單薄，詳略不盡得當。我們衷心期待廣大讀者尤其是業內專家學者的批評和指正，以便在有機會再版或增訂時予以修改，使之不斷趨於完善。

二〇一八年十二月二十五日

目次

上冊

第一章　民國時期軍隊新聞業的源起與初創

第一節　清朝及北洋軍閥的辦報需求及社會背景

一、清末新軍的建立

1894 年 7 月 25 日，中日甲午戰爭爆發。清朝北洋水師全軍覆沒，包括八旗、綠營等舊式陸軍不堪一擊。1895 年 4 月 17 日，戰敗的中國，不得不割地賠款，簽訂喪權辱國的《馬關條約》。中國有識之士認爲危局之下，必須重整軍備，以練兵、籌餉爲主要內容的「自強」實現「自保」。1901 年 7 月，清政府宣布全國停止武科科舉考試，各省廣設武備學堂，培養新式軍官。9 月，清政府下令編練新式陸軍。1903 年 12 月，清政府設立練兵處，由皇帝欽命兼差的總理（奕劻）、會辦（袁世凱）、襄辦（鐵良）大臣 3 人，統轄軍政、軍令、軍學三司，督練各軍。成立北京練兵處，統一全國新軍營制餉章，制定新軍軍官制度和軍銜制度，初步確立近代的軍事後勤體制，統一各類陸軍學堂章制，擬定派遣陸軍留學辦法，組織大型秋操（演習）。成立各省督練公所，負責編練本省新軍。1906 年 11 月，練兵處合併到陸軍部。1907 年，清政府頒發《全國陸軍三十六鎮按省分配限年編成方案》，計劃編練新軍 36 鎮。至 1911 年 10 月 10 日武昌起義，編成 14 鎮。

清政府新建陸軍，仿傚德國、日本等國軍制，採用西方武器裝備，按照西方軍事章程，聘任德國人居多的大批外國教官建立。擁有步、馬、炮、工程、輜重5個兵種，設軍、鎮、協、標、營、隊、排、棚8個等級，每軍轄2至4鎮，每鎮轄步兵2協，馬隊、炮隊各1標，工程、輜重各1營，軍樂1隊。

清末新軍所配備使用的武器，不再是刀矛弓箭、鳥槍火銃，而是外國製造的槍炮，需要熟練掌握熱兵器的士兵具有一定的文化素質。清末新軍募兵，除了對選錄新兵的體格有著較爲嚴格的條件，對所募之兵提出了一定的文化素質條件，以滿足軍事訓練的要求。練兵處和兵部規定「凡招募新軍，應按全營五分之一，先募粗通文字壯丁若干名，給正兵餉」。[1]「按照練兵處制定的營制餉章規定，粗通文化的壯丁一般很快就會提升爲正兵或者副目」。[2]1905年，清政府取消科舉制度。一些中下層知識分子把投軍視爲人生出路。

清末新軍的軍官多由軍事學校畢業生充任，對於士兵不僅進行嚴格的軍事戰術技術訓練，實行嚴格的軍隊紀律，同時注重進行以封建忠孝節義爲基本內容的政治思想教育。「朝廷厚集餉項，豢養眾兵，上爲國家禦侮，下爲生民除暴」。「士兵須以忠國愛民爲首務，全在爲將者勤加教訓。宜設聽令公所，時集將弁爲一處，分類講訓，令其分訓所部。又按忠國、愛民、親上、死長各義，編爲四言文字，刊發各哨，令兵丁熟誦，隨時考查。」[3]

張之洞編練新軍，以部分江南自強軍爲骨幹建立的護軍營爲基礎，大量招募新兵成營，相對質樸，少成見無習氣，使用日本軍事教習，配置德式軍事裝備。1906年5月，經練兵處核議，湖北新軍爲1鎮1混成協，共1.6萬人，主要使用由漢陽兵工廠生產的德式小口徑毛瑟快槍、馬槍和五生的過山快炮，武器裝備統一配備在國內屬於上乘。張之洞編練湖北新軍，嚴控兵源質量。「先擇本省群縣中，風氣剛勁樸實之區，選取士農工商之家安分子弟，或數有恆產，或向有職業手藝，自足資生，並非恃勇糧爲生計者；又須素不爲非，素無一切過犯者；選取紳、董、族、鄰切實保結，地方官印結保送，年牙自十八歲至二十四歲止，必須體質強壯，略無疾病，實能識字寫字，並能略通文理之人，身材長短，膂力強弱，行步遲速，眼光遠近，依法量驗合

1 《練兵處奏定陸軍營制餉章》，《東方雜誌》，1905年第2期。

2 趙治國：《士兵選練與北洋新軍近代化》，《黔南民族師範學院學報》，2001年第5期。

3 來新夏：《北洋軍閥·新建陸軍兵略錄存》，上海人民出版社，1988年版，第148、44頁，轉引趙治國：《士兵選練與北洋新軍近代化》，《黔南民族師範學院學報》，2001年第5期。

格，始准收錄。每一營一隊，均選募一府一縣之人。」[1]

張之洞編練湖北新軍，刻意經營之一即是開「兵智」，募兵時把文化素質作爲重要條件，明文規定並逐漸提高，對文化素質的要求高於練兵處和兵部。1898 年，工程隊擴充爲工程營，他規定「專選二十歲以下兼能識字者方准收入」。1902 年，他又把「入營之兵必須有一半識字」列爲「湖北練兵要義」第一條。兩年後，他進一步要求新募之兵「實能識字寫字並能略通文理」。[2]「好男不當兵」的社會風氣在湖北發生了明顯的變化。朱峙山在《辛亥武昌首義前後記》中說：不算張難先、熊晉槐這樣的名士，他報得出姓名的志願入伍的眞正「秀才」有 40 人之多。[3]募兵入營後，張之洞重視繼續提高士兵的文化素質。1902 年，張之洞在新軍各旗、營分設大、小「講堂」，闢設「閱報室」。別出心裁地創設湖北陸軍特別小學堂，於士兵中考選「文理通順」者，令其「晝則來堂講求學科，夜則歸營」，「更番畢業，更番入營」，從而「於練兵之中寓普及教育之意」。[4]湖北「新軍士兵識字者約占三分之二，文化程度較各省新軍爲高」。[5]

學子從軍，大批軍事學堂畢業生及留學生湧入清末新軍，使其成爲中國有史以來文化素質較高的一支軍隊。晚清政府投入鉅資編練新式陸軍，基本完成了軍隊由冷兵器時代向熱兵器時代的轉變，爲中國建立了第一支兵種全、訓練強、兵制優的近代化軍隊和以軍事學堂爲代表的軍事教育體系，既是清朝政府賴以苟延殘喘的支柱，也是革命黨人積極爭取的對象和醞釀革命的溫床。能夠識字看報、具有一定文化素質的軍人及平民百姓，是中國軍隊新聞業創建和發展的必備條件。清末新式陸軍是中國軍隊新聞業誕生的物質基礎。

二、清末官報的出版

19 世紀末主要在 20 世紀初年，清政府出版了一批與古代官報既有所不同

1　《擬編湖北常務軍制析》，《張文襄公全集》，卷六十二，奏議六十二，轉引沈繼成：《從湖北新軍的特點看武昌首義的有利條件》，《華中師院學報》，1982 年第 5 期。

2　同書琴：《袁世凱、張之洞與北洋、湖北新軍異化比較研究》，《武漢大學學報：人文科學版》，2005 年第 5 期。

3　沈繼成：《從湖北新軍的特點看武昌首義的有利條件》，《華中師院學報》，1982 年第 5 期。

4　同書琴：《袁世凱、張之洞與北洋、湖北新軍異化比較研究》，《武漢大學學報：人文科學版》，2005 年第 5 期。

5　嚴昌洪：《張之洞編練湖北新軍》，《湖北文史資料》，2009 年第 10 期。

又一脈相承的官方報刊。

中國近代新聞業的發展，促使清朝政府高層對報刊的看法有所改變，認識到報紙的用處，「在上者能措辦庶務而無壅蔽，在下者能通達政體以使上之用」。一位官員在呈請創辦官報的奏摺中說：「彼挾清議以訾時局，入人深而藏力固，聽之不能，除之不可，惟有由公家自設官報，誠使持論通而記事確，自足以收開通之效，而廣聞見之途」[1]。1901 年，慈禧太后下詔要行「新政」。創辦報刊即是「新政」之一。清末 10 年，由地方政府到中央政府，「共有官報近 110 家，在當時的近千家報刊中是一不小的報種。」[2]

1901 年 4 月 25 日，直隸總督兼署理北洋大臣袁世凱上奏，提出「開設官報局」等 10 條建議，稱：各省「一律開設官報局」，「風氣日闢，耳目日新」，「利益民生」，「消弭教案」，「抵制各處託名牟利之洋報。」[3]12 月 25 日，《北洋官報》創刊天津。旨在「宣德通情、啓發民智爲要義，登載事實期於簡明易解，力除上下隔閡之弊」。「不准妄參毀譽致亂聞，不准收受私函致挾恩怨，所有離經害俗委談隱事無關官報宗旨者一律屏不載錄」。[4]設「聖諭廣訓」、「宮門抄」、「上諭」、「摺片摘要」、「文牘錄要」、「論說」、「奏議錄要」、「公文錄要」、「學務」、「兵事」、「選報」、「譯報」、「畿輔近事」、「本省新聞」、「各國新聞」等欄目，撰譯各國新聞紙、雜誌、新書和刊摹外國輿圖並名人勝蹟等，語言相對淺顯。刊載廣告，後增刊照片。袁世凱爲創設官報局，「特捐兩萬金以備開局首三月之津貼」[5]，不時詢問報務。官報銷行第二年，局面難以打開，袁世凱批示嚴加推廣。1905 年，在袁世凱的支持下，增編白話報，隨官報分發，不另收費。1906 年，《北洋官報》進行改革，增設「論說」專欄，袁世凱批覆給予肯定。

《北洋官報》，初爲雙日刊，每期至少 8 頁。版面尺寸近似 16 開，光緒三十三年五月初三日出版的《北洋官報》，長寬幅面爲 24.5×17.5cm。1904 年

1 轉引方漢奇：《中國近代報刊史》（下），山西教育出版社，1981 年版，第 624 頁。

2 李斯頤：《清末的官報》，《百科知識》，1995 年第 6 期。

3 《遵旨敬抒管見上備甄擇摺》（光緒二十七年三月初七），《袁世凱奏議》，第 272 頁，天津古籍出版社，1987 年版，轉引郭傳芹：《論清末督撫與近代官報創設》，《中州學刊》，2012 年第 2 期。

4 《詳定直隸官報局暫行試辦章程》，天津《大公報》，1902 年 9 月 26 日，轉引郭傳芹：《論清末督撫與近代官報創設》，《中州學刊》，2012 年第 2 期。

5 《詳定直隸官報局暫行試辦章程》，天津《大公報》，1902 年 9 月 26 日，轉引郭傳芹：《論清末督撫與近代官報創設》，《中州學刊》，2012 年第 2 期。

2 月 16 日，改出日刊。1912 年 2 月 23 日，改名《北洋公報》，延續《北洋官報》出版序號，5 月 23 日再改名《直隸公報》。[1]

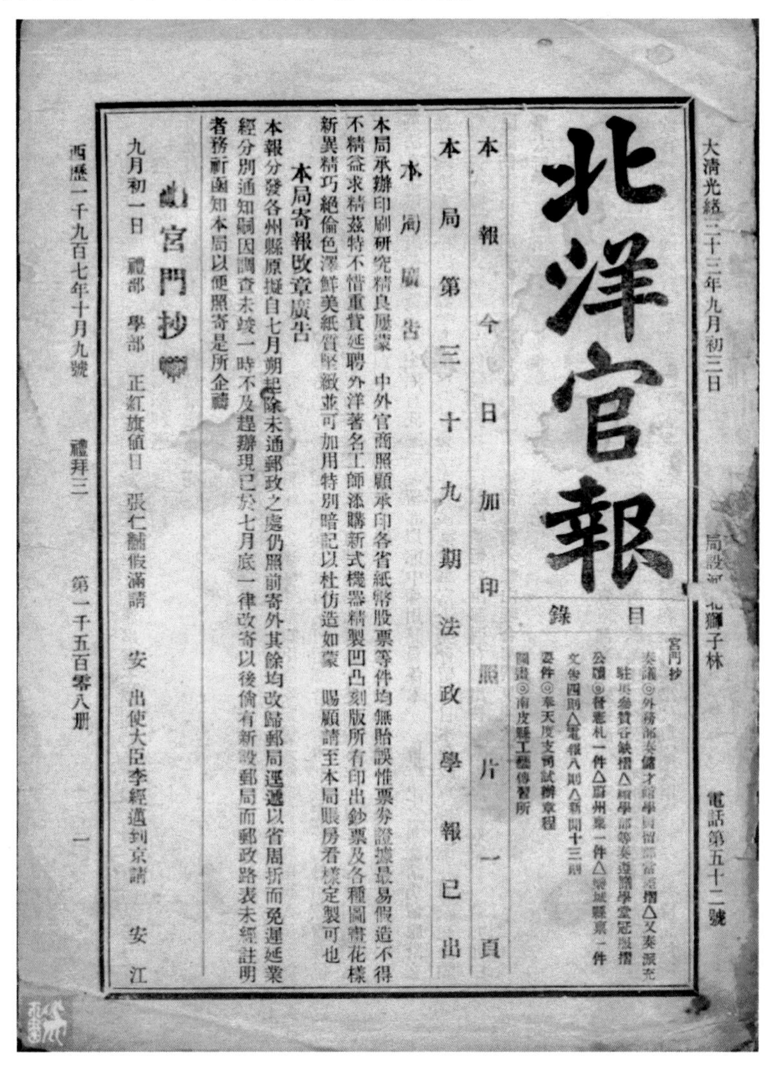

大清光緒三十三年九月初三日

局設[illegible]獅子林　電話第五十二號

北洋官報

目錄

宮門抄

奏議◎外務部奏儲才館學員[illegible]摺△又奏派充駐[illegible]參贊[illegible]缺摺△[illegible]學部等奏遵[illegible]學堂[illegible]摺

公牘◎督憲札一件△[illegible]州稟一件△[illegible]城縣稟一件

文牘四則△電報八則△新聞十三則

要件◎奉天度支司試辦章程

[illegible]◎南皮縣工藝傳習所

本報今日加印照片一頁

本局第三十九期法政學報已出

本局廣告

本局承辦印刷研究精良屢蒙　中外官商照顧承印各省紙幣股票等件均無貽誤惟票劵證據最易假造不得不精益求精茲特不惜重貲延聘外洋著名工師添購新式機器精製凹凸刻版所有印出鈔票及各種圖畫花樣新異精巧絕倫色澤鮮美紙質堅緻並可加用特別暗記以杜仿造如蒙　賜顧請至本局賬房看樣定製可也

本局寄報改章廣告

本報分發各州縣原擬自七月朔起除未通郵政之處仍照前寄外其餘均改歸郵局遞遞以省周折而免遲延業經分別通知嗣因調查未竣一時不及趕辦現已於七月底一律改寄以後倘有新設郵局而郵政路表未經註明者務祈函知本局以便照寄是所企禱

宮門抄

九月初一日　禮部　學部　正紅旗值日　張仁黼假滿請　安　出使大臣李經邁到京請　安　江

西歷一千九百七年十月九號　禮拜三　第一千五百零八冊　一

圖 1-1　《北洋官報》1907 年 10 月 9 日第 1508 期[2]

《北洋官報》採用派銷方式進行發行。除天津的「外府州縣遵督憲派定數目照寄，每份每月收足銀五錢……各府州縣派定各報統核銀價以歸一

1　《中國早期的官方報紙　北洋官報》，http://blog.sina.com.cn/s/blog_51ec9abf0101pp48.html。

2　張小莉：《清末「新政」時期的地方官報》，《福建論壇・人文社會科學版》，2005 年第 11 期。

律。」[1]報紙派銷範圍廣泛，在開封、濟南、錦州、南京、漢口、南昌、福州、安慶、武昌、桂林、荊州、西安、瀘州、信陽、樊城、萬縣、徽州、清江浦、漳州、泉州、徐州、常熟、松江、乍浦、嘉興、紹興、常德、道口、濰縣、蘇州、杭州、廣州、重慶、梧州、蕪湖、廈門、上海、九江、岳州、鎮江、寧波、宜昌、汕頭、蒙自等地設代銷處，官署、學堂是派銷的重點對象，被用於清末十年廣泛開展的閱講報刊活動之中。通過郵局辦理報紙發行業務。使用火車迅速傳遞報紙。《北洋官報》繼承中國古代官報傳遞的派銷方式，能爲官報出版提供穩定的資金周轉。官報的實際發行卻陷「連年虧墊」困境。至光緒三十三年正月十七日，欠費近 3 萬兩。至清宣統元年年底，「綜計各屬新舊共欠六萬七千餘金」。[2]各府廳州縣延欠報費，屢經飭催，任催罔應，墊付的報紙發行資金不能如數按期回籠，尤如釜底抽薪，官報虧累不堪，難以維持。

北洋官報局是《北洋官報》的編纂單位和承印機構，1901 年 8 月，隨直隸總督府從保定西門大街遷入天津河北獅子林集賢書院舊址，另設保定、北京分局。袁世凱舉薦翰林院編修、候補道張孝謙任總辦，派人到日本選購印刷設備，聘請技術人員，從廣州、上海雇傭石印、鉛印工人，招收藝徒。北洋官報局設編纂、翻譯、繪畫、印刷、文案、收支 6 股，共 150 多人。北洋官報局除印製官報，另印製「聖諭像解」、廣東官銀錢局和奉天官銀號紙幣等。

1903 年，外務部奏請清政府，南洋及各省仿照《北洋官報》，創建並推廣各自官報。袁世凱出版《北洋官報》，辦報理念、刊載內容、報刊形制、發行方式等，開創晚清政壇新風，產生示範效應。

在直隸，《武備雜誌》（1904 年，武備研究所，保定），《拼音字母官話報》（1904 年，保定），《教育雜誌》（1905 年，直隸學務處，天津），《北洋學報》（1906 年，北洋官報總局，天津），《北洋法政學報》（1906 年，北洋官報總局，日本東京、天津），《北洋官話報》（1906 年，天津），《農務官報》（1909 年，直隸農務學堂，保定），《北洋兵事雜誌》（1910 年，北洋陸軍教練處，天津），《直隸警察雜誌》（1910 年，直隸警務所，天津）等報刊接踵出版。

---

1 張小莉：《清末「新政」時期的地方官報》，《福建論壇・人文社會科學版》，2005 年第 11 期。

2 楊蓮霞：《清末官報派銷發行方式管窺——以〈北洋官報〉爲中心的考察》，《中國經濟史研究》，2016 年第 6 期。

在全國，各省連袂而出的官報有：《江西官報》《四川官報》（1903 年），《秦中官報》《安徽官報》《河南官報》（1904 年），《湖北官報》《山東官報》（1905 年），《吉林官報》《奉省官報》（1907 年），《雲南政治官報》《廣西官報》（1908 年），《貴州官報》《浙江官報》（1909 年），《黑龍江官報》《福建官報》《甘肅官報》（1910 年），《兩廣官報》（1911 年）等。

清政府及所屬部門隨後也開始主辦官報。1907 年 10 月 26 日，清政府考察政治館在北京創辦月刊《政治官報》。1911 年 8 月 24 日，清政府實行新製成立內閣，《政治官報》改名《內閣官報》。商務部出版《商務官報》、學務部出版《學務官報》（1906 年），郵傳部出版《交通官報》（1909 年）。

清末官報是清政府發布命令、召示政策的權威媒體。《政治官報》改名《內閣官報》時規定：「內閣官報爲公開法律命令之機關，凡諭旨、奏章及頒行全國之法令，統由內閣官報刊布」，凡刊布之法令「各行省從內閣官報遞到之日起，即生一體遵守之效力。」[1]

清末官報基本上爲雜誌，略窄於 16 開本期刊，每期數十頁，刊期從日刊至半月刊不等，與明朝民營《京報》、清朝戊戌變法時的《時務報》近似，採用從左至右、從上到下的豎排版式，設「宮門鈔」、「奏議錄要」、「文牘錄要」、「論說」、「學術」、「譯書」、「畿輔近事」、「各國新聞」等類欄目，在體例上以奏摺、奏議、論說爲主，輔以新聞，補以科技知識，少有廣告。清末官報充斥諭旨宮鈔、公文章奏、法規章程、官場動態，據統計，公文章奏合占篇幅的 60%，「本應作爲報紙核心的新聞，比重卻很小」，只占 10.88%，論說和廣告分別占 8.72%、1.58%。[2]清末官報的辦報業務，落後於以商業報紙爲突出代表的其他近代報刊。

清末官報的經費主要來自墊支性的官方撥款，需從報刊發行收入中扣還；報刊發行以派銷爲主，通過行政渠道自上而下的逐級分攤；主管部門負責任免辦報人員，多起用候補官員或退休官吏，報館內不設採訪部門，一般沒有專職記者，常在重要都市、口岸和政府部門聘請多由官員兼任的「訪事」，主要就職權範圍內的情況撰寫綜述或提供公文類資料，少數層級高的官報接收外電或選譯外報作爲時政新聞的來源及轉載國內報刊的新聞，時效性一般較差。

1　戈公振：《中國報學史》，生活・讀書・新知三聯書店，1955 年版，第 51 頁。
2　李斯頤：《清末的官報》，《百科知識》，1995 年第 6 期。

三、北洋軍閥的興衰

北洋軍閥是中華民國前期全國最爲重要的軍閥勢力，以袁世凱爲核心，由北洋新軍主要將領所組成。1912 年袁世凱就任中華民國臨時大總統。1913 年 3 月 20 日，宋教仁遇刺身亡。孫中山號召武力討伐幕後兇手袁世凱。「二次革命」未果，袁世凱以「叛亂」罪名解散國民黨。1915 年 12 月 12 日，袁世凱恢復君主制，建立洪憲帝國，改行君主立憲政體。25 日，唐繼堯、蔡鍔、李烈鈞等通電全國，宣布雲南獨立，反對帝制，組織護國軍，發動護國戰爭。貴州、廣西等響應。1916 年 3 月 22 日，袁世凱宣布退位，恢復「中華民國」年號。5 月 8 日，軍務院在廣東肇慶成立，唐繼堯任撫軍長，對峙袁世凱政府。隨後，陝西、四川、湖南等省宣布獨立。

1916 年 6 月 6 日，袁世凱病亡，中國政局一片混亂，軍人干政成爲常態。政府內閣是正統合法性的標誌，掌握著中央財力的分配權和地方督軍、巡閱使的任命權，成爲大軍閥競相角逐的對象。軍閥當道，內閣式微。1916 年至 1928 年間的北京政府，內閣變更 37 次，改組 24 次，26 人擔任過總理，長則 17 個月，短則僅 2 天。[1]直系、皖系、奉系三大軍閥，爭奪國家政權相互紛爭，翻雲覆雨，橫戈躍馬，逞志京津，接連混戰。小軍閥爲了爭奪地域控制權，武裝割據，互相殘殺。施行防區制的四川大小軍閥，混戰數百次。諸路軍閥，拉幫結派，勾心鬥角，狼狽爲奸，貌合神離，外連強援，時而信誓旦旦，時而大打出手，師生相殘，同學互殺。1920 年直皖戰爭和 1922 年、1924 年的兩次直奉戰爭，是北洋軍閥統治時期最大規模的軍閥戰爭。

1925 年，孫中山在廣州改組大元帥府爲國民政府。1926 年 7 月 4 日，爲完成孫中山的遺願，國民黨中央在廣州召開臨時全體會議，通過《國民革命軍北伐宣言》。7 月 9 日，蔣介石就任國民革命軍總司令。北伐軍集中主力進軍兩湖戰場，汀泗橋、賀勝橋、武昌，三戰連捷，消滅吳佩孚主力。北伐軍在江西戰場，苦戰兩月，三打南昌，從根本上動搖了孫傳芳對東南五省的統治。在福建戰場，北伐軍兵力占優，進展順利，全面掌控八閩大地。1926 年下半年，馮玉祥舉行五原誓師，加入北伐行列。騎牆觀望的貴州軍閥、四川軍閥、雲南軍閥，爲求自保，承認國民政府，易幟改編。次年 3 月 21 日，張宗昌直魯聯軍在上海被擊潰，24 日克復南京。6 月，閻錫山升起青天白日

1 魯衛東：《軍閥與內閣——北洋軍閥統治時期內閣閣員群體構成與分析》，《史學集刊》，2009 年第 2 期。

旗，就任國民革命軍北方總司令。8 月，徐州戰役失利，蔣介石下野。1928 年 1 月，蔣介石復職到任。4 月各路北伐軍全線發起總攻，30 日會攻濟南，張宗昌率殘部棄城夜逃。孫傳芳在北京宣布下野。6 月 4 日夜，張作霖退出山海關，乘坐專列返回瀋陽，日本關東軍預埋炸藥，遭炸重傷身亡。6 月 8 日，北伐軍進入北京。12 月 29 日，張學良發出通電，遵從三民主義，服從國民政府。東北易幟，北伐成功，南京國民政府統一全國。

第二節　清朝創辦的軍隊報刊

一、清朝軍隊報刊概述

辛亥革命時期是中國軍隊新聞業的產生階段。清末出版的軍隊報刊約有 10 種。主要是軍事教育訓練機關、軍事留學生、軍事團體主辦的報刊。清末出版的軍事報刊，絕大多數是雜誌，報刊形制和編排方式與同一時期的清朝官報相似，軍內發行和社會公開發行並舉，出版的時間都較爲短暫，連續出版 3 年以上的不多。

軍事教育訓練機關主辦的報刊，有北洋武備研究所主辦的《武備雜誌》（1904 年創刊河北保定，月刊），北京練兵處主辦的《兵學白話報》（1905 年創刊北京，日刊）及《訓兵報》（1905 年創刊北京，旬刊），陸軍部日本東京留學生監督處主辦的《遠東聞見錄》（1907 年 7 月 19 日創刊日本東京，旬刊／半月刊）[1]，兩江督練公所教練處主辦的《南洋兵事雜誌》（1909 年 6 月創刊江蘇南京，月刊），海陸軍留學生監督處主辦的《海軍》（1909 年 7 月 17 日創刊日本，季刊）[2]，北洋督練公所主辦的《北洋兵事雜誌》（1910 年 7 月創刊天津，月刊）等。

中國軍事留學生主辦的報刊，主要有：中國留日陸軍學生組織的武學編譯社主辦的《武學》（1908 年 5 月創刊日本東京，月刊），中國留德陸軍學生陳宗達（德國馬城）主辦的《軍學季刊》（1908 年 9 月 15 日創刊，上海商務印書館發行），中國留日海軍學生組織的海軍編譯社主辦的《海軍》（1909 年 6 月 1 日創刊日本東京）等。

中國軍事團體主辦的報刊，主要有：廣西軍國指南主辦的《廣西軍國指

1　孫琴：《清末留學生日本創辦期刊概述》，《圖書情報工作》，2010 年第 5 期。
2　楊海平、李剛：《清末留日學生報刊述論》，《編輯學刊》，2001 年第 5 期。

南》（1910年5月創刊於廣西桂林），軍國學社主辦的《軍華》（1911年7月創刊於北京）等。

二、《武備雜誌》

1904年4月，《武備雜誌》創刊河北保定。保定將弁學堂總教習兼武備研究所總編纂賀忠良[1]主編。月刊，版面尺寸近似16開，第7期的長寬幅面爲24.5×14cm，軍隊內部發行。印行數量較少。第1期刊載的廣告稱：「本所雜誌非賣之件，除所員、贊助員各發一份外，其餘概不分派。」[2]1905年發行1500冊。第17期在報頭上方標署「大清郵政局特准掛號認爲新聞紙類」。1906年11月出版第25期。停刊時間不詳。已知的中國第一個軍事報刊，是中國近代軍事發生全面變化的產物。

《武備雜誌》在創刊號刊文公告讀者：「武備研究所，以希望軍隊之進步爲第一義。與各軍互相聯絡，從事研求，月出雜誌一編，以期集思廣益，啓迪所知，將來擇要施行，日求精進，則是編者未始非轉弱爲強之嚆矢也。」

所設的「諭牘」、「論說」、「學術」、「敍事」、「問答」、「格言」、「匯錄」、「問題」、「史傳」、「選報」、「廣告」等欄目，刊載不尙詞華的簡短論說，評論軍隊的精神訓練及武備得失，研究步、馬、炮、工、輜重各科學術，夾敘夾議中外軍隊的訓練規則與方法，徵文分條答覆有關武備的問題，報導中外武備或戰爭消息，介紹和刊載古今中外名將故事和軍事格言。

重視刊載官方信息，創刊號推出的「諭牘」、「論說」專欄，始終位於各專欄的前列。「諭牘」專欄除發布諭旨，刊載《奏訂練兵處分設三司章程摺》《直督袁奏遵籌備兵餉覆陳直隸現辦情形摺》《署閩浙總督李奏設立軍政局整理營務情形摺》《練兵處奏獎大員報效練兵銀兩摺》《鄂督張江督魏會奏江南製造局移建新廠辦法摺》《兩廣總督岑廣西巡撫柯會奏擬裁廣西綠營兵改令州縣自募親兵防剿摺》《署滇督丁奏滇省考選陸軍學生出洋就學摺》《兵部左侍郎鐵奏籌撥專備駐防兵丁加餉操練及擴充學堂振興工藝等用片》《兵部奏請飭各省報現年兵馬冊籍並將二十七年以後改練新軍造冊報部摺》《練兵處兵部會奏遵議出使大臣梁奏請設陸軍大學省學並選王公子弟入堂肄習摺》

1 據保定軍校紀念館館長馬永祥2007年3月27日下午介紹，賀忠良是日本人。馬永祥說：「保定陸軍學校有賀忠良這個人。他是日本人，叫多賀忠良，是保定陸軍學校的教官」。約在中華民國初年，多賀忠良離開保定陸軍學校回國，不久即遭暗殺身亡。

2 張曉鴻：《我國近代的兵事雜誌》，《軍事歷史》，1985年第3期。

《遵擬陸軍官弁服帽章記圖式摺》《閱操大臣袁鐵會奏陸軍會操情形摺》《直督袁奏陸軍第二鎮訓練有效謹將出力各員照章擬獎摺》《練兵處議覆王侍御請推廣酌送自費生出洋學習武備奏摺》《步軍統領衙門奏酌擬整頓衙署官員暨兩翼五營辦法摺》等奏摺。

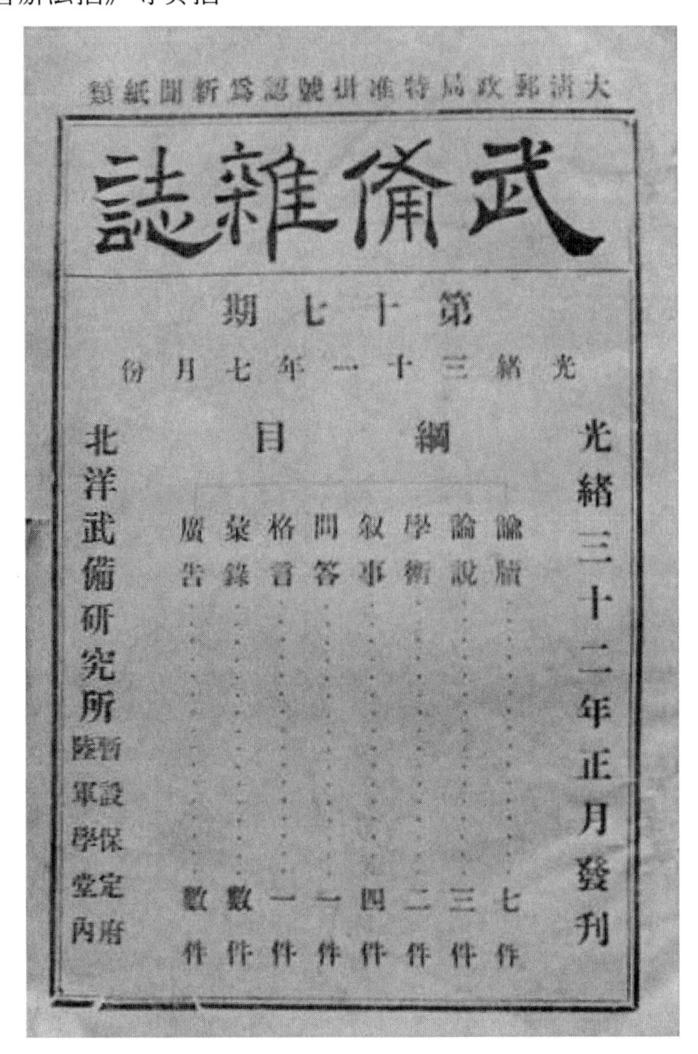

圖 1-2　《武備雜誌》第 17 期封面[1]

「論說」專欄先後發表和譯載《論軍人之可貴》《論軍人當知道有直接保國之義務》《論軍紀》《論服從》《論兵丁之精神教育》《論官弁應知兵丁之性

1　《網上首見——大清國雜誌〈武備雜誌〉共五期 北洋武備研究所刊行》，www.997788.com/pr/detail_4_27260192.html。

質》《練兵宜先煉心論》《軍隊宜禁黨援而明賞罰論》《官長喊口令時宜正體勢論》《論軍人精神》《望編纂每標歷史》《論軍用略字》《德國兵事報論日本武士道這強國之本》《論此次秋操之影響》《論日本戰後所用戰法》《武備精神教育大義》《治兵先治本論》《江蘇徵兵官勸應徵兵啓》《論籌防松花江之匪患》《論秋季演習操法之宗旨》等文論。強調對將士進行精神教育。使用較多篇幅刊載有關軍隊精神教育方面的文章，選載《訓兵白話篇》《求闕齋弟子論》《庸閒齋筆記》等書片斷，主張採用教導、磨練、表率、引誘等方法對將士進行以智、仁、勇爲核心的倫理道德觀念教育，使將士養成攻擊精神，忠君愛國。第 12 期刊載隱名氏的文章《軍隊教育私見》，轉述袁世凱的話論述軍隊教育訓練的重要性，袁世凱說，自古節制之師，在乎訓練。訓以固其心、精其技。兵不訓罔知忠義、戰陣。

「學術」專欄刊載了《擊放效力學》《戰場搜索法》《馬上測繪法》《論瞄準》《步兵野外單人教練》《論中國武備》《送武備學生留學日本序》《野戰炮兵教育》《日俄陸軍比較優劣論》（譯自英國《泰晤士報》），《論要塞攻擊法》（譯自日本《朝日新聞》），《現用之子母彈》《指示彈擊目標法》《炮隊變換陣地之時機》《炮隊單炮部分教育法》《日本現用步槍穿力考驗》《新兵教育概論》《寫命令法》《在敵火下步隊隊形》等文章，介紹與簡述西方武器裝備和軍事技能。

《武備雜誌》對於自身所具有的傳播新聞的功能，由意識模糊到觀念明晰，所刊載新聞的位置，從遊動於不同欄目，到設置基本固定的新聞性欄目，刊載新聞的篇幅逐漸大幅度的增加。刊文內容定位不明的《敍事》專欄，除了刊載《俄國陸軍考》《關於行軍操演雜感》《敬告各軍官長現用之槍考驗第一次之成績（附表）》《關於軍語述鄙見》《研究餘談》等不同屬性的文論，也刊載《將弁學堂弁目學營諸隊步馬炮工連合演習紀事》《河南武備學堂開校記》（「選河南官報」），《紀旅順俄軍近狀》（「譯日本時事新報駐旅日人與降日俄兵問答原稿」），《紀俄軍偵探被獲事》（「譯日本北清新報」）等新聞。

創刊號即開設並幾乎每期出現的專欄「匯錄」，在一年多的時間裏是《武備雜誌》傳播新聞的主要園地，刊載了《常備軍第一鎮消息》《西藏消息》《日探單身退敵圖（並識）》《抵死保守軍旗圖》《旅順投降日俄兩將會見圖》《整頓火器健銳兩營》《紀江南將弁學堂近事》《瓊州漸次撤防》《籌款擬建洋式營房》《記設江西督練所》《詳紀征兵入伍盛典》《歡迎新兵入伍》《南京陸軍小學聘洋人爲參議》《又電飭查辦教練官墜馬斃命事》《記浙省武備小隊馳赴海寧剿匪情形》《北洋陸軍兵丁擬普施教育》《示禁穿用軍人服制》等新聞。編輯在刊發新聞時，進而使用諸如「中國軍事」、「各省兵事」等欄目逐級編排新聞。約在 1905 年 7、8 月間新設的專欄「選報」，基本上屬於新聞性專欄，發布了《調查海軍七大問題》《常州徵兵紀事》《練兵處議設憲兵》《決擬設參謀本部》《北洋機器局仿造過山炮》《湖北軍隊之起色》《新疆提督移駐防俄》《吉林改編新軍近聞》《改設陸軍部消息》《天津試驗奧國新槍》《派員赴皖募兵》《軍營稟設電燈》《議設武備中學》《海軍軍港擇定四處》《桂省趕添炮船保護航路》《粵督擬聯合各省開會會議陸軍中學辦法》等新聞。

1906 年 10 月，清朝練兵處在河南彰德府（今河南南陽）組織秋操（演習）。標注同月出版的第 23 期《武備雜誌》，在《匯錄》專欄刊載《本年秋季大操閱兵大臣評判場訓詞》《光緒三十二年秋季大操閱兵處辦事細則》《光緒三十二年南北軍秋季操訓令》《光緒三十二年秋季大操信號規則》《本年秋季南北軍大操戰報全錄》《三十二年秋操評判紀要》《大操閱兵處職員表》《各國觀操人員》，在「中國兵事」子欄目「北洋」中刊載《皇太后注重秋操》《閱兵大臣由京起節》《毓將軍起程紀期》《紀袁鐵兩大臣閱兵隨員》《陳觀察隨袁鐵兩帥閱操》《奏請頒給閱兵大臣關防》《本年秋季大操計劃之總綱》《天津督練處北軍會操之計劃》《南北兩軍會操調拔情形》《紀第一鎮預備秋操》《秋操南北軍未集合以前之演習》《兩軍接戰之概要》《兩軍功力適敵》《南便裝隊擊北便裝隊》《兩軍各有雌雄》《南北又戰》《閱兵分列式》《密集隊之運動》《派員慰勞南北兩軍》《校閱馬隊》《軍操方略完美》《舉行閱兵典禮》《秋操賓主歡宴》《閱兵大臣答謝外賓》《英督贊秋操之馬隊》《閱兵大臣及秋操員回京》等 26 篇稿件，按時序排列較全面地報導了當年新建陸軍的秋操（演習）。

「廣告」專欄編排末位，通常一期刊載廣告三五則，廣告內容較爲單調，鮮有商業廣告。創刊號廣告專欄，刊載《所員及贊助員姓名》《前教練處編印各書》《將弁學堂發印書目》《各員捐款總核》《開支總核》等 5 則廣告。之後所刊載廣告與此類同，先後刊載了《續入本所贊助員》《本所廣告》（第 2 期），《升調各員》《除名各員》（第 7 期），《三月份收支各款清單》《武備雜誌改良章程提要》（第 13 期），《北洋武備研究所章程摘要》（第 19 期）。

三、《武學》和《軍華》《軍聲》

（一）《武學》

1908 年 5 月創刊於日本東京，編輯兼發行者署名「武士」，印刷者署名「藤澤外吉」，武學編譯社發行。中國留日學陸軍的劉宗紀、蔣蔭曾、王天培、孫傳芳、周蔭人、盧香亭、楊文愷、李根源、唐繼堯等 68 人發起成立武學編譯社。由社員公舉總代表、總經理、總編輯（各一人），書記、會計、庶務、校對（各一人）和各兵科科員。留日陸海軍學生監督李士銳、出使日本大臣留學生總監督李家駒、駐日公債署參贊留學生副總監督張煜全、陸軍馬步科監督高爾登、陸軍學堂正監督曲同豐爲「特別名譽贊助員」。

《武學雜誌簡章》宣稱：「鼓吹尚武精神」，「研究兵科學問」，「詳議徵兵辦法」，「補助軍事教育」，「討論各國軍備」，「振興海軍計劃」。[1]設有「社說」、「教育」、「學術」、「海軍」、「雜俎」、「傳記」、「文苑」、「軍事小說」、「調查」等 12 個欄目。16 開精裝印刷，黑體大字「武學萬歲！中國萬歲！四萬萬同胞均萬歲！」赫然呈現在讀者面前。指出在世界處於激烈的生存競爭時代，只有加強軍隊，奮力武學，才能競存於世界；中國欲在世界爭存須準備戰爭，欲戰爭則必須有武有學有尚武精神，並對軍人進行精神教育，才能操之勝券。唐繼堯在第 3 期刊文《論中國軍隊急宜注重精神教育》中說，日本某中將云：中國之軍隊，所謂練耳練目練手練足，而不練心者也。法人阿爾威斯德亦說：中國之軍隊有形式而無精神，行分列式則有餘，馳驅戰場則不足。唐繼堯指出：人之責我者正所以警我，侮我者實所以益我；愚者以爲遭侮，智者以爲拜賜。吾人果因人而奮興也，從此投袂而起，一掃舊日惡習，振起愛國強國之熱情，培養尚武精神，使人皆講武，民盡爲兵，更有何國足以揶揄吾中國，睚眥吾同胞者哉！「則今日之笑罵我、侮辱我、牛馬奴隸我者，其忍與此終耶？」[2]

（二）《軍華》

1911 年 7 月創刊於北京，編輯兼發行者署名「軍國學社」，月刊。同年 10 月，武昌起義爆發即停刊。軍國學社宣稱：「研究軍事學問，鼓吹軍國主

1 丁守和：《武學》，中國社會科學院近代史研究所文化史研究室，丁守和：《辛亥革命時期期刊介紹》（第三集），人民出版社，1983 年版，第 461 頁。

2 丁守和：《武學》，中國社會科學院近代史研究所文化史研究室，丁守和：《辛亥革命時期期刊介紹》（第三集），人民出版社，1983 年版，第 471 頁。

義」（《軍國學社簡章》），「本學社特爲昌明軍界起見，思與我軍界及軍界以外之愛國人士、潛修學者，公得智識交換之益，力振講學明道之風，凡有鴻篇巨製、格言名箋、關係軍國之謨猷者，惠寄本社，無不宣贊登載，相期提振。」（《本社特別廣告》）[1]設有「諭旨」、「論說」、「學術」、「調查」、「軍事要聞」、「譯叢」等專欄，發表軍事學術論文，重點分析沙俄動向和研究中國西北邊防，報導外國軍事動態，介紹外國軍事科技。

（三）《軍聲》

1911 年 12 月 17 日，創刊於成都。日報，4 版，單面印刷。《本報緣起》自稱：「護衛我父兄弟子，老幼男女記永享安樂，悉吾軍人之天職也。無論往時，爲陸、爲防、爲旗，舊怨胥捐，親如骨肉，共凜風紀，益崇道德，杜絕鬩牆之釁，恢弘禦侮之功。鼓鴻爐，鑄眾心，化合諸賢，焙成一志。發軍人之異彩，揚大漢之天聲，煌煌烈烈，鼓吹戎行，此本報所由發起也。」[2]設「緊要新聞」、「公牘」、「論說」、「專件」、「本省新聞」、「特別紀事」、「時評」、「文苑」、「雜俎」、「報條」、「諧藪」等欄目。刊發《祝大漢四川軍政府成立辭》《大漢軍政府告全蜀父老兄弟文》《大漢軍政府再告全蜀父老兄弟文》《軍政府此次成立之原因》等文。12 月 21 日出版的第 4 號報紙，在「特別紀事」專欄介紹蔡鍔、楊盡誠、尹昌衡、張鳳歲等雲、貴、川、陝軍政府領導人，稱他們都是留日學生，秘密加入孫文學會，回國未久即立大功。

第三節　北洋軍閥時期的軍隊報刊

中華民國成立以後，中國軍隊新聞業的發展，主要體現在四個方面。第一，增添了部隊這一中國軍隊辦報的新主體。部隊報刊誕生於民國元年，與中華民國相始終，是整個民國時期中國軍隊新聞業的重要構成。第二，旅日軍人東京辦報。第三，軍事團體和學術組織繼續辦報。第四，北洋軍閥採用兩手對待報刊及報人。

1　《本社特別廣告》，徐博東、徐萬民：《軍華》，中國社會科學院近代史研究所文化史研究室，丁守和：《辛亥革命時期期刊介紹》（第三集），人民出版社，1983 版，第 704 頁。

2　王綠萍：《四川報刊五十年集成》，四川大學出版社，2011 年版，第 35 頁。

一、部隊主辦報刊

清朝結束民國創立，中國社會的改朝換代，並沒有停滯清末開始的募兵建軍熱潮。各省督軍都忙於擴充自己的軍隊。民國初年部隊主辦的報刊，既不是首先出現於清末新建陸軍的發祥地天津，也不是首先出現於新軍打響武昌起義第一槍的湖北，而是出現於西南內陸之地的四川。

根據已有資料，四川的部隊和湖北、陝西的督軍（署）先後創辦了《軍聲》《軍聲報》《軍聲週報》《軍事通俗白話報》《青年軍人》等報刊。1921 年在重慶出版的《軍事日報》[1]，創辦者謝而農是否軍人，尚待核實。

《軍報》，1912 年 12 月 1 日創刊四川瀘縣，月刊。四川陸軍第一師偕行社機關報。社長兼編撰主任的四川陸軍第一師師長兼節制南路漢軍右八營陸軍中將周駿，留學日本，學習軍事，是共和黨四川支部成員。偕行社 11 月 18 日成立，自稱「考求軍事，研究軍學」，「維持軍界之秩序，涵育軍人之情性」。[2]創刊號發表姚倬章撰寫的《軍報宣言》：「軍敗於聾勝於聰，聰則軍學發展，軍情會通。否則囿於局地，處以幽室，接而無聲，萬籟俱寂；銅山西崩，洛神東應，不知其來。惟人是問：噫此何聲也？胡爲乎來哉？給之曰地震，欺之曰春雷。聾狀如是，豈不可哀！矧我軍人，不可無聞，藉聞研究，理據其根，其聞維何？曰：《軍報》是。凜凜軍聲，煌煌軍政，中外洞觀，古今借鏡。廣遠搜羅，發爲言論。志趣高尚，宗旨純正。光懸其鵠，以期前進。顧我社員，互相考證。」[3]刊載社論、電報、軍事技術、雜俎、文牘、章制、文苑、調查等。

《軍事通俗白話報》，1916 年下半年創刊湖北武漢，日出一張。湖北省督軍王占元批准創辦。其所屬軍官張某鑒於軍人讀書不多，爲建立「文明勁健軍隊」而提議創辦。「專揮淺近軍事學術和愛國思想」。[4]

《軍聲報》，1916 年創刊四川敘府（今宜賓）。護國軍第一梯隊團團長劉雲峰和護國招討軍司令熊克武倡辦，辦報經費由兩軍分擔。旨在「發揚軍威，反對帝制」。社長母劍魂，總編輯趙石如，編輯章俊卿、李汝言、趙慕蘇。社址設敘府城隍廟。「每日發行 200 多份。出版 20 多天，因軍事變化，北洋軍

1 王綠萍：《四川報刊五十年集成》，四川大學出版社，2011 年版，第 96 頁。
2 王綠萍：《四川報刊五十年集成》，四川大學出版社，2011 年版，第 46 頁。
3 王綠萍：《四川報刊五十年集成》，四川大學出版社，2011 年版，第 46 頁。
4 劉望齡：《辛亥革命前後的武漢報刊》，中國社會科學院近代史研究所：《辛亥革命時期期刊介紹》第 5 卷，人民出版社，1987 年版，第 670 頁。

進入敘城，該報即停。」[1]

《閩星》半週刊、《閩星日刊》，1919 年 12 月 1 日、1920 年 1 月 1 日創刊福建漳州。廣東副都督陳炯明以援閩粵軍總司令的身份率部佔領漳州，打著護法軍旗號，建立以漳州為中心的閩南護法區，派陳其尤赴滬購買鉛字、印刷機創辦。陳炯明自兼總主筆，總編輯陳秋霖。1920 年 6 月，陳炯明部奉孫中山之命調回廣東，《閩星》半週刊停刊，4 開 4 版的《閩星日刊》由本地人陳懺眞等接辦，1923 年遭受皖系軍閥李厚基部的摧殘停刊。[2]

《軍聲週報》，約於 1921 年出版，「川軍 23 師移防武勝縣時創辦。」「每期用新聞紙石印一中張。」「除記載該縣軍事消息外，還有省內外新聞。」[3]

《青年軍人》週刊，1922 年 4 月創刊於西安，陝西督軍公署主辦。

二、旅日軍人東京辦報

《軍聲》雜誌，1912 年 11 月 1 日創刊，月刊。中國旅日軍界人士組織的軍聲社主辦，經理張為珊，編輯兼發行人蔣介石、杜炳章。社址設於日本東京府下代代木山谷一四三番地。在國內的上海棋盤街、北京琉璃廠、漢口花樓底等設發行所，並委託各省都督府軍務司出售。[4]每月一日發行，國內發行須遲一周。售價，每冊 2 角，半年 1 元 1 角，全年 2 元；郵費，每冊 1 分半，半年 9 分，全年 1 角 8 分。「東南各省，分送一期。西北各省分送二期。」「凡經售本雜誌於十份以上者，八折；五十份以上者，七折。報資按期先付，空函定報恕不奉寄。」[5]出版 6 期停刊。

旨在調查各國軍情，補助軍事教育，鼓吹尚武精神，輸入軍事知識，研究軍事學術。《軍聲》在北京《軍事月報》、上海《民立報》刊登廣告稱：「本雜誌之體裁，仿傚日本偕行社記事之例，而略加變通。（一）圖畫。（二）論說。（三）學術。（四）調查。（五）特別紀事內外緊要新聞。（六）特別紀錄最新兵器及學術。（七）小說。（八）雜俎。（九）傳記。（十）文苑。」「當此

1　王綠萍：《四川報刊五十年集成》，，四川大學出版社，2011 年版，第 63～64 頁。
2　許清茂、林念生：《閩南新聞事業》，，福州，福建人民出版社，2008 年版，第 69、71 頁。
3　王綠萍：《四川報刊五十年集成》，四川大學出版社，2011 年版，第 95 頁。
4　《辛亥紀事：蔣介石與陳其美》，http://www.360doc.com/content/12/1119/2068001_248782412.shtml。
5　《〈軍聲〉雜誌出版廣告》，北京《軍事月報》第 2 期，1912 年 12 月 15 日。

破壞初畢，建設伊始之際，凡論說、學術、調查、特別記事、特別紀錄爲最要，故本雜誌權重以上五部，而其餘各部亦擇優選錄。」[1]介紹列強軍事力量發展，尤其關注日本軍力狀況，特別注意兵器，抨擊沙皇俄國企圖佔領中國領土、鼓動外蒙古獨立的活動。

中華民國的成立，中日兩國的人員來去一如既往。日本依然是國人趨之若鶩的留學對象國，也是一些國人避難的去處。1912 年 1 月 14 日，蔣介石受命於陳其美刺殺陶成章。他在事後日記中寫道：「余之除陶，乃出於爲革命爲本黨之大義，由余一人自任其責，毫無求功、求知之義。然而總理最後信我與重我者，亦未始非由此事而起，但余與總理始終未提及此事也。」[2]蔣介石辭去滬軍第 5 團團長，舉張群代之。4 月，蔣介石以學習德文爲名再次東渡日本。

蔣介石在《軍聲》雜誌發刊詞中指出：「吾國人今日對於軍事最宜注意者，一曰鼓吹尙武精神也。二曰研究兵科學術也。三曰詳議徵兵辦法也。四曰討論國防計劃也。五曰補助軍事教育也。六曰調查各國軍情也。」「夫優勝劣敗，天演公例。孱弱之至，種類殄滅。則尙武精神，固有不可不鼓吹者。以我之長，攻人之短。兵機百變，運用在心。則兵科學術，固有不可不研究者。兵民分途，久成習慣。舊制頓革，易起猜疑。則徵兵辦法，固有不可不詳議者。立國要素，根據土地，外界入侵，主權蹂躪。則國防計劃。固有不可不討論者。不教民戰，是謂棄之，將不知兵，以兵予敵。則軍事教育，固有不可不補助者。知己知彼，百戰百勝，敵情不悉，應變無方。則各國軍情，固有不可不調查者。」「以上諸綱，均爲軍事之關鍵，而列強所恃以雄視世界者，其大端實亦不外乎此。本社同人編輯軍聲，將欲揭破各國之陰謀。而曉音瘏口，警告國人以未雨綢繆之計者，意在斯乎！意在斯乎！」[3]

蔣介石以「聲」定名出版軍事雜誌，意在發表政見。他在《軍聲》雜誌發表《軍聲雜誌發刊詞》《軍政統一問題》《巴爾幹戰局影響於中國與列國之外交》《蒙藏問題之根本解決》《革命戰後軍政之經營》《征蒙作戰芻議》等文，初啼其聲，從複雜的國際霸權關係中認識中國的軍事問題，探索戰爭發生後英國、日本、俄國的戰略意圖，以俄國爲假想敵，詳細分析中俄雙方的

1 《〈軍聲〉雜誌出版廣告》，北京《軍事月報》第 2 期，1912 年 12 月 15 日。
2 范復潮：《辛亥革命時期的蔣介石》，news.qq.com/a/20110927/001431.htm。
3 蔣中正：《軍聲雜誌發刊詞》，轉引《世界兵學雜誌》，第 2 卷，第 3、4 期合刊，1942 年 12 月 31 日。

兵力、交通、時機等影響戰局諸因素，否決開戰即出兵蒙古的想法，表達了一位 26 歲辭職團長對中國內政外交的看法：中國的主要敵人莫過於日俄英三國，之中，以日俄最爲危險。要與日本搞好關係，集中力量對付俄國。中國應建立高效、集權的中央政府，制止內亂，維護統一，抵禦外侮。「吾國今日之現狀，非破除省界，集權中央，不足以固共和，非改設管區，統一軍政，尤不足以導共和，故中央集權之要鍵，關於軍政統一問題爲尤切耳。不然則軍政紛亂，漫無收束，而財政人口物資之流弊，更不知伊於胡底也。」[1]

三、軍事團體和學術組織繼續辦報

北京是中國軍事團體出版報刊的集中地。中國軍事團體先後在北京創辦的報刊有：海軍協會主辦的《海軍雜誌》月刊，1912 年 8 月創刊；由軍界人士組成的陸軍學會，1912 年 11 月創刊《軍事月報》；由黎元洪、黃興、段祺瑞擔任名譽社長的武德社，1913 年 1 月至 1914 年 11 出版《武德》月刊；武學總社主辦的《陸海軍日報》，1917 年出版[2]；北京國民裁兵促進會 1922 年 9 月至 10 月出版《裁兵》半月刊。中國國防會（張福遠、賀懋慶任正副會長）主辦的《國防報》季刊，1916 年 7 月創刊於南京，總編輯張準，副總編輯徐燕謀、張貽志、邢契莘、朱啓蟄。軍事學術刊物則在非傳統兵家聚集地出版，在東南杭州有 1914 年 4 月創刊的《浙江兵事雜誌》，在西南昆明有 1922 年 10 月至 1924 年 8 月出版的《雲南軍事雜誌》。

（一）《軍事月報》

1912 年 11 月創刊北京。16 開，月刊。「中華民國郵政總局特准掛號認爲新聞紙類」。[3]陸軍學會主辦，編輯處長劉光。編輯所在北京西城紅羅廠，發行所在北京安定門大街韜園，陸軍學會編輯處印刷所印刷。陸軍學會由軍界人士組成，會長魏宗翰，以聯絡全國軍界研究學問爲宗旨。

編者廣而告之讀者：「軍事學術廣漠無垠。東西先進諸邦，尙且日求精進，我國新造尤應爭著先鞭，俾可雄邁歐亞同人等。不揣固陋，組斯學會，研究軍學，並刊月報，期與我國軍人交相討論，互換智識，惟恐舉一漏萬，效果

1 蔣介石：《軍政統一問題》，《蔣介石軍聲雜誌六篇文章》，wenku.baidu.com/view/c7abf77d0242aece40e.html。

2 北京市地方志編纂委員會：《北京志・新聞出版廣播電視卷・報業・通訊社志》，北京出版社，2006 年版，第 48 頁。

3 《軍事月報》，1912 年 12 月第 2 期。

難收。尙望海內外同胞，賜佳著以廣見聞，或賜教言藉匡不逮。此實本會同人所朝夕翹企者也。」[1]設「圖畫」、「論說」、「學術」、「譯叢」、「戰史」、「調查」、「雜俎」、「文苑」、「命令」、「公牘」、「會史」、「會員錄」等欄目。雖然被中國郵政總局認定爲新聞紙，卻沒有設置一個新聞欄目。原定每月 1 日出版，因抄錄命令等，從第 2 期起改爲每月 15 日出版。創刊後受到歡迎，第一期售罄欲購者絡繹不絕而加印，編者因投稿甚多限於篇幅未及遍載而刊登啓事請作者見諒。1913 年改爲不定期刊。

（二）《武德》

1913 年 1 月創刊北京。同時，軍事學社及《大陸軍國報》併入武德社。16 開，月刊。「中華民國郵政總局特准掛號認爲新聞紙類」。[2]武德社主辦，主編李著強。編輯所在北京香爐營頭條西頭，發行所在北京永光寺西街屯，國光新聞社印刷所印刷。1914 年 11 月停刊，共出版 9 期。

瞿壽禔、劉文錦、陳乾提議，討論確定成立武德社，「以聯絡情誼，化除畛域，尊重武德，鞏固民國爲宗旨。」[3]1912 年 10 月，武德社成立，黃興、閻錫山、譚延闓、李烈鈞、黎元洪、唐繼堯、段祺瑞、張鳳翔、柏文蔚、蔣作賓、馮國璋、湯薌銘、姜桂題、曲同豐、陸建章、蔡鍔爲名譽社長，陳宧、楊雨爲正副社長，總務股長陳乾，編輯股長何筠慈。孟彥倫在發刊詞中談到爲何成立武德社及刊行雜誌：「覘國者至謂，此次革命爲報紙之成功。豈非吾軍人之大恥哉……昔英將戈登曰中國之兵道德心缺乏之故，終不能與歐洲抗衡。斯言之吾恥之。今思之，無亦道德缺乏，而軍政武學兩無進步……本社同人提倡武德，刊行雜誌，用除規勸之義」。[4]蔣作賓稱：軍人在文明社會受到崇拜，「惟軍人有武德故。武德維何？本愛族類，愛國家之心理，具尙勇猛致果敢之精神，其處也。重信義惜廉恥，耐勞苦盡職分。急公益端志趣。視國事如己事。愛名譽如性命。其出也，千軍一心，萬眾一體，指臂互連，形影相依。前無勁敵後有猛虎，雖拔山舉鼎不足喻其力，赴湯蹈火不足挫其氣。……國家藉之爲干城，人民恃以爲保障」。[5]

出版年餘，印刷發行需用浩繁，經費維艱，有難以爲繼之勢。1914 年 9

1　《本會編輯處廣告》，《軍事月報》，1912 年 12 月第 2 期。
2　《武德》，1913 年 1 月第 1 期。
3　《本社成立前之經過》，《武德》，1913 年 1 月第 1 期。
4　孟彥倫：《發刊詞一》，《武德》，1913 年 1 月第 1 期。
5　蔣作賓：《發刊詞二》，《武德》，1913 年 1 月第 1 期。

月從第 7 期開始，「除陸海軍各機關團體及本社社員照舊送閱外，其餘閱報諸君則按照後列價目表收費」。[1]

（三）《浙江兵事雜誌》

1914 年 4 月創刊杭州，月刊。編輯及發行者，初署浙江兵事雜誌社，後改爲浙江軍事編輯處，林之夏、厲家福等主持。陸軍第 5 軍軍長、浙江都督兼省民政廳長朱瑞爲發起人。浙江省多位軍事長官給予維護。終刊時間不詳，已知 1926 年 4 月出版的第 144 期爲最後一期。

構建軍事理論與軍事實踐之間的橋樑。《發刊詞》指出：浙江素以文學雄東南，「晚清之季，世界列強之趨勢，知非武不足以立國。有志之士，於是群起，捨文吉而講武備，浙之人亦爭先恐後，求學成以爲世用。……革命軍起而清社屋矣。今者河山光復，再歷星霜，破壞既終，建設初伊，斯誠吾軍人抒展抱負」。「軍事之道，非千歧萬派，其極端一歸於實用必學問經驗，互相印證，互相發明，其理乃顯，其術乃精，其用乃宏，東西各國。於專門學術，皆有學會以聯其情，有叢報以通其意。故能……一日千里。我國改良軍事之議，發乎於數十年前，今日而學問與經驗兩派伊然如東西洋海水之隔，未嘗溝通。近來始有陸軍學會、武德社等之發見，雜誌出版者有數種，……殆將以是爲溝通學問經驗之巴拿馬運河，同胞諸君抒展抱負致力於軍事之發動機歟。雖然軍事之學博大精深，……應時事之要求作研究之起點而已」。[2]

所設欄目大致可分爲學術、新聞和文藝和其他四類。注重學術交流類的欄目，有「論說」、「學術」、「戰史」、「法令」等。注重新聞傳播類的欄目，有「海外珍聞」（有時改爲「世界大事」、「各國軍情」）、「國內要聞」、「別錄」、「零紈碎錦」、「圖畫」等。注重提供文藝娛樂類的欄目，有「詩詞」、「小說」等。其他類欄目，有「公牘」、「雜俎」。

「論說」、「學術」、「戰史」、「法令」等欄目學術視野廣闊，刊載的文章具有較高的軍事學術價值。已見《浙江兵事雜誌》共 24 期雜誌的「論說」專欄，刊文 483 篇，內容非常廣泛，涉及戰爭、第一次世界大戰、軍事制度、軍事指揮、軍事學術、戰略戰術、軍隊教育、軍事技術、軍隊政治、軍事經濟、軍備、軍隊衛生、兵種協同、軍事後勤、輜重行軍、軍事心理、軍事地

1　《本社特別啓事》，《武德》，1914 年 9 月第 7 期。
2　轉引侯昂好：《近代軍事學期刊的創辦及其學術功能——以〈（浙江）兵事雜誌〉爲例》，《軍事歷史研究》，2011 年第 2 期。

理、軍事文化、軍事交通、軍事工業動員、精神教育、青年將校擇偶、陸軍、海軍、騎兵、飛機及外交、國際法、國民性等諸多問題，其中刊載 10 篇以上的軍事類別有：關於戰爭定義、性質的論文 62 篇，占 13%；關於第一次世界大戰的論文 56 篇，占 12%；軍事制度類論文 33 篇，6.8 占%；戰略戰術類論文 29 篇，占 6%；軍事教育類論文 29 篇，占 6%；軍事技術類論文 27 篇，占 5.5%；軍事政治類論文 14 篇，占 2.8%。「學術」專欄刊文 929 篇，戰術 243 篇占 26%，射擊 63 篇占 6.7%，步兵 58 篇占 6.2%，軍事技術 58 篇占 6.2%，空軍 45 篇占 4.8%，軍事教育 35 篇占 3.7%，軍事後勤 25 篇占 2.6%，騎兵 25 篇占 2.6%，炮兵 22 篇占 2.3%，攻擊與防禦 19 篇占 2%。「論說」和「學術」專欄分別刊載譯文 16 篇（占 3.3%）、72 篇（占 7.7%），譯自日本的文章分別爲 13 篇（占 81%）、62 篇（占 86%）。[1]

擁有較穩定的作者群。主要作者和譯者有林之夏、陳仲克、岳璋、施伯衡等。「論說」、「學術」兩欄共發表文章 1412 篇。陳仲克是出現頻率最高、涉及領域最廣的作者，共刊文 123 篇占 8.7%。雜誌的主持者林之夏，刊文 101 篇占 7.2%。岳璋既有自己學術見解亦大量翻譯日本軍事學文章，刊文 55 篇占 3.1%。施伯衡翻譯日本軍事教育文章，刊文 30 篇占 2.1%。另有署名「GR 生」、「客塵」的兩位作者，分別刊文 20 篇占 1.4%、18 篇占 1.2%。[2]

「海外珍聞」、「世界大事」、「各國軍情」、「國內要聞」、「別錄」、「零紈碎錦」、「圖畫」等注重新聞傳播類欄目，報導世界和本國軍事動態，介紹世界軍情佔了很大比重。1915 年 5 月出版的第 14 期「國內要聞」欄，刊載新聞 26 條，其中「中央」新聞 15 條，「本省」新聞 4 條，「外省」新聞 4 條，「蒙邊」新聞 3 條。26 條新聞，每條都擬有如《我國新發明之軍用炊具》、《開辦工兵學校》之類的一行標題，篇幅較簡短，短的連標題在內 66 個字，長的連標題 677 個字；「別國軍情」欄，刊載 1 篇評論、4 條新聞，新聞《達達納爾海峽之攻擊》有通訊的味道。1924 年 4 月出版的第 120 期「國內要聞」欄，刊載新聞 26 條，每條新聞的篇幅明顯增加，最短的是《東省日警越界捕人事件》，連標題約有 780 字，最長的是《新疆與蘇俄之局部商約》，連標題約有 1900 字。

1 侯昂妤：《近代軍事學期刊的創辦及其學術功能——以〈（浙江）兵事雜誌〉爲例》，《軍事歷史研究》，2011 年第 2 期。

2 侯昂妤：《近代軍事學期刊的創辦及其學術功能——以〈（浙江）兵事雜誌〉爲例》，《軍事歷史研究》，2011 年第 2 期。

《浙江兵事雜誌》的售價基本穩定偶有波動。1915 年 5 月第 14 期和 1924 年 4 月第 120 期的售價相同，每月定價，本國 3 分，日本 3 分，外國 1 角 1 分，全年定價，本國 3 角 6 分，日本 3 角 6 分，外國 1 元 4 角 4 分。1919 年 1 月第 57 期的售價，每月定價大洋三角，半年定價一元六角，全年三元。經常刊登的廣告，基本上都是文化出版廣告，尤其是浙江軍事編輯處編譯的軍事類圖書的出版廣告。刊登廣告的價格分爲三等四檔。特等廣告一面，一期 30 元，半年 150 元，全年 250 元；上等廣告一面，一期 20 元，半年 100 元，全年 160 元；普通廣告一面，一期 12 元，半年 60 元，全年 100 元；普通廣告半面，一期 7 元，半年 35 元，全年 60 元。[1]

（四）《來復》週刊

1918 年 3 月創辦太原，16 開。「中華民國郵政特准掛號立卷之報紙」。主編馮司眞。太原晉新書社印刷。第 66 號擴充刊載範圍，調整欄目設置，保留「中央法令」、「論壇」、「文苑」3 個專欄，將「政聞」改稱「政教述聞」，「本省政治」改稱「本省政教」，「各地政況擷要」改稱「各地政教現況擷要」，「時鑒」改稱「時事採集」，「國內大事紀」與「國外大事紀」分別改稱「國內之部」與「國外之部」。刊載《督軍兼省長第四十三次對各知事人員講演》《首長行知》等，報導山西都軍、省長、洗心社社長閻錫山的活動。刊載《尊孔敬上帝愛國家》《無公德之國民，至蠢之國民也》《未來責任爲學界諸君擔負獨重》《官吏一分不負責即負一分亡國咎》《官吏爲治人者當先去自身應治之病》《爲政當從人心上下手》《用民政治者，適時之積極政治》，宣揚閻錫山的「中」、「卦」、「忠」、「恕」等哲學觀點。還刊載《郵政儲金局通告》等。

依託於洗心社總社。1917 年 11 月，閻錫山在太原成立並自任社長的洗心社，總社設在太原文廟，各縣區亦設分社。每週聚眾活動，先由各人自省，後由「講長」宣講孔孟尊君之道和王陽明的良知良能學說，對山西民眾洗心革面。初期的主要對象是知識分子，後擴及各界和軍隊。學兵團排長以上軍官，每逢星期日到督軍署自省堂自省。學兵每逢星期日在團內或督軍署自省堂自省。洗心社創辦的《來復》週刊，按期發放各村，以擴大影響。

（五）《少年貴州日報》

1919 年 3 月 1 日創刊。貴州興義係軍閥中少壯派、青年學生爲主體創建

1　《廣告價目》，（浙江）《兵事雜誌》，1915 年 5 月第 14 期。

的少年貴州會（1918 年 10 月何應欽等 5 人發起成立）主辦。少年貴州會理事邱醒群、黔軍總參議符經甫歷任總經理，王聘三、謝篤生、劉介忱歷任總編輯。

意在砥礪品節，闡揚正義，振作朝氣，警醒夜郎，審辨政潮，灌輸新智，監督官吏，通達民隱。使用白話文出版。1922 年 4 月，隨少年貴州會自行瓦解而停刊。

四、北洋軍閥兩手對待報刊報人

北洋軍閥對待報刊及報人，一方面，仿傚袁世凱，自己直接辦報的不多，出錢由他人辦報的不少，發放津貼收買報刊和報人的更多。另一方面，目無法紀，執法枉法，查封報館，殘害報人。

北洋軍閥辦報。不同於主要用於建軍訓兵的清末軍隊報刊，北洋軍閥辦報（含出錢聘人辦報和收買報刊報人），基本上不是考慮建軍訓兵，而是實施武裝割據、控制社會輿論、干預社會政治。雄踞東南的直系軍閥孫傳芳分別在杭州、上海等地辦報。1924 年，孫傳芳任閩粵邊防督辦，由福建軍備督辦周蔭人出資創辦《國是日報》；在上海盤入《新申報》，由孫傳芳駐滬辦公處處長宋雪琴主持。[1]同年，孫傳芳出資 2000 元，在杭州創辦機關報《大浙江報》，報館每月再向省督辦公署領取 300 元。1926 年，孫傳芳被趕出浙江，報館被搗毀。第二年孫傳芳再度入浙，《大浙江報》復刊。北伐軍克復浙江，《大浙江報》被國民黨查封。[2]1926 年 9 月 10 日，《聯軍日報》在南京創刊，「由蘇、浙、閩、贛聯軍總司令孫傳芳主辦。」[3]1921 年，國民黨人時變九在瀋陽創辦《東三省民報》。時變九去世後，《東三省民報》由奉系軍閥接辦。[4]

北洋軍閥出錢辦報。被視爲皖系軍閥財神的王郅隆，1916 年 10 月從創始人英斂之手中收購以敢言著稱的天津《大公報》。1919 年 2 月，南北和平會議在上海舉行。皖系軍閥段祺瑞支持林白水在上海創辦《平和日刊》，代

1 1927 年 3 月 25 日，北伐軍進入上海後，國民革命軍東路軍前敵總指揮部政治部下令查封《新申報》。

2 方漢奇：《中國新聞事業通史》第二卷，中國人民大學出版社，1996 年版，第 206 頁。

3 南京報業志南京市地方志編纂委員會：《南京報業志》，學林出版社，2001 年版，第 40 頁。

4 方漢奇：《中國新聞事業通史》第二卷，中國人民大學出版社，1996 年版，第 206 頁。

表北京政府，鼓吹「和平」。和平會議破裂，《平和日刊》自行停刊。1925 年 7 月，段祺瑞出錢，由教育總長和司法總長章士釗在北京主持創辦《甲寅》週刊。奉系軍閥首領張作霖出資，由英國人辛伯在北京創辦《東方時報》（附刊英文《東方時報》）。奉系軍閥在 1922 年第一次直奉戰爭中失敗，喪失對北京政府的控制，《東方時報》停刊。1924 年奉系軍閥部隊第二次入關，《東方時報》復刊天津，由曾任東北教育部長的劉治乾主持。張作霖 1928 年 6 月 4 日乘火車從北京返回瀋陽在皇姑屯被日本關東軍炸死後停刊。熊少豪在天津創辦的中文《泰晤士報》，奉軍第二次入關被張作霖收買，奉系軍閥再次退出關外後自動停刊。奉系軍閥張宗昌曾資助薛大可在北京、天津出版《黃報》。[1]奉系軍閥第一次入關，張學良派人接管天津《益世報》，逮捕劉濬卿，《益世報》成為張作霖大元帥府的傳聲筒。[2]

北洋軍閥收買報紙和記者。中國經濟落後，中國報紙除少數大報外，許多報紙在經濟上無法自立與獨立，依靠資助生存，為軍閥收買報紙創造了條件。1924 年，孫傳芳入閩，下令由省財政廳每月撥款 1500 元，後增至每月 3000 元，津貼各報。曾任段祺瑞政府財政總長的李思浩回憶：段祺瑞政府「要結交幾個新聞界的朋友，也要應付一般新聞界的需索，給他們一點津貼。在朋友中，胡政之和段芝泉、徐又錚關係很深……可以說是我們團體中的一員。除《大公報》（當時由王郅隆出面主辦）以及後來胡辦的《新社會報》要給以相當數目的資助外，對胡本人，我記得在我當財政總、次長的幾年間，每月送三四百元，從未間斷過」。[3]1925 年，北洋軍閥政府的參政院、國憲起草委員會、軍事善後委員會、財政善後委員會、國民會議籌備處、國政商榷會成立「聯合辦事處」，從財政部領取「宣傳費」2 萬元，津貼全國 125 家報社通訊社。津貼標準分為 4 級：超等者 300 元，有《東方時報》《順天時報》《益世報》《黃報》《社會日報》《京報》6 家；最要者 200 元，有《世界日報》《北京日報》《京津時報》《京津晚報》《世界晚報》《甲寅》《中美晚報》、神遊通訊社、國聞通訊社等 39 家；次要者 100 元，有《大陸晚報》《華晚報》、

1　方漢奇：《中國新聞事業通史》第二卷，中國人民大學出版社，1996 年版，第 206 頁

2　方漢奇：《中國新聞事業通史》第二卷，中國人民大學出版社，1996 年版，第 207 頁。

3　徐鑄成：《李思浩生前談北洋財政和金法郎案》，《北洋軍閥史料》，中國社會出版社，1981 年版，第 236 頁，轉引方漢奇：《中國新聞事業通史》第二卷，中國人民大學出版社，1996 年版，第 206 頁。

華英協和通訊社等 38 家；普通者 50 元，有 42 家。國憲起草委員會每月津貼北京《晨報》1000 元。成舍我 1925 年創辦北京《世界日報》，從財政總長賀德霖那兒得到了 3000 元。[1]

第四節　陝西靖國軍創辦的報刊

一、陝西靖國軍的興亡

（一）陝西靖國軍的興起

陝西靖國軍，是中國北方響應孫中山發動的反對北洋政府廢棄《中華民國臨時約法》、解散國會鬥爭的一支軍事政治力量。1916 年 5 月，陳樹藩篡奪陝西人民反對袁世凱、驅逐陸建章的勝利果實，擔任陝西督軍兼巡按使。1917 年 8 月，孫中山在廣州召集國會非常會議，成立軍政府，宣布護法。在此前後，眾議院陝藉議員焦冰，兩次由穗返陝組織護法軍。12 月，陝西靖國軍成立，發起討伐陳樹藩的戰爭。1918 年，靖國軍在反陳戰鬥中得到壯大，成份複雜，良莠不齊，紀律鬆馳，號令不一。

1918 年 8 月，于右任受邀銜孫中山之命由滬回陝，聯絡與會商各路靖國軍將領，在三原成立靖國軍總司令部。總司令于右任，副總司令張鈁，總參議茹卓亭，參謀長劉月溪，秘書長劉治文。總司令部設軍務、軍法、軍需、軍械、外交、財政、教育等處和糧臺總辦，統一序列，編爲六路。消弭猜忌，力主團結。各地民軍競相投效，靖國軍達 3 萬餘眾。

（二）陝西靖國軍的衰亡

南北議和，戰事平緩。陝西靖國軍建立新的省議會，抗衡陳樹藩、劉鎮華把持的省議會，明令禁止北洋軍閥政府的苛捐雜稅，撤銷鹽禁，嚴禁煙毒，恢復與發展交通，恢復經濟，提倡教育，大興軍人辦學之風，實行政治言論和學術自由。1920 年，陝西發生特大旱災，靖國軍所在區域災情極其嚴重。于右任、胡景翼，奔走呼號，籌辦賑濟，大量災民得到救濟。

直系軍閥在直皖戰爭中獲勝，派兵入陝，閻相文、馮玉祥相繼督陝。1921 年 9 月 19 日，胡景翼在三原召開國民代表會議，25 日通電取消陝西

---

1 方漢奇：《中國新聞事業通史》第二卷，中國人民大學出版社，1996 年版，第 206 頁。

靖國軍。陝西靖國軍各路陸續接受奉系軍閥和直系軍閥的改編。

二、陝西靖國軍報刊概述

（一）靖國護法連出四報

陝西靖國軍頗有總司令于右任辛亥革命時期連續辦報倡言革命的遺風。陝西靖國軍總部、部隊及所屬人員開展軍事鬥爭的同時，開展新聞宣傳活動，先後創辦《捷音日報》《戰事日刊》《正義日報》《啓明日報》，傳播時事消息，報導戰事新聞，宣傳革命主張，評析政治形勢，介紹中外各派政治思想及社會主義學說，在陝西產生積極的社會影響。

陝西靖國軍第一路軍機關報《捷音日報》，由第一路軍參謀長黨晴梵兼任社長，王佩卿、田華堂等人撰述。1918 年創辦，社址在鳳翔縣東大街。石印，日出 1 大張，刊載戰事消息、革命言論等。1920 年停刊。[1]

陝西靖國軍第三路參議於鶴九（于右任同宗）1918 年創辦《戰事日刊》，姚養吾、李椿堂、成柏仁、李建唐、關芷洲等編輯。傳播國內外消息，介紹新思想學說，欲克服擴充個人勢力之野心。持論嚴正，直言批評軍政得失，指斥只爲個人前途的妥協企圖。於鶴九慘遭暗殺。報紙出版一年零三個月停刊。[2]

曾任靖國軍總司令于右任參謀的李椿堂 1919 年創辦《正義日報》（後改名《護法日報》），評論時政得失，闡發革命理論，介紹中外學說。針對南北戰事相持日久，各軍首腦軍閥互爭雄長，竟保實力罔識大體，曲譬善喻促其進取，片言隻語把握事件核心，促使時局歸於安定。語言鋒利，辭氣激昂。李椿堂慘被殺害，報紙停刊。[3]

陝西靖國軍機關報《啓明日報》，1919 年創刊於陝西三原。總編輯朱立武。設社務部（文傑甫負責）、編輯部（朱立武負責）。蔡祥甫、蔡江澄、張永章任編輯，汶吉夫、王平正、周伯敏等任撰述人。社址在三原縣管家巷。石印，8 開單張。第一、二版爲國內外新聞，第三版爲副刊，介紹世界與中國在第一次世界大戰後的思想動態，著重鼓勵各方提倡實業，大興教育，培養新文化之先鋒隊伍，設有《新潮》專版。連載羅素的演講《布爾什維克的

---

1 《捷音日報》，http://www.xinwenren.com/baike/201301243743.html。
2 《戰事日刊》，http://www.xinwenren.com/baike/201301243744.html。
3 《正義日報》，http://www.xinwenren.com/baike/201301243746.html。

理想》和《布爾什維克與世界政治》，刊登馬克思畫像和克魯泡特金的文章《告少年》。據實揭露與陝人有隙的前陝西督軍陸建章兒子陸少聞的消息，觸怒正醞釀與直系軍閥吳佩孚合流的胡景翼部。社務部負責人文傑甫被胡部參謀長劉允臣召去毆辱。報社提出嚴正抗議並罷工，主要人員離開三原出走高陵。胡景翼表示歉意，將劉允臣撤職，親到高陵勸說，請求返回未果。利用馮子明和報社多人在日本留學的友好關係，才將主要辦報人員召回，報紙得以復刊。在三原縣民眾聚會最多的城隍廟，舉行學術演講；不定期的邀集軍、政、學各界和社會人士座談，討論國內外形勢、民眾的思想動態、文化及學術等問題，推動了靖國軍所管轄 7 縣區域內的社會進步。祝詞讚譽，「社會黑暗，啓明出現，正義人道，光明燦爛；貴報出版，筆直言敢，識高論正，人民是膽」，「啓文化之先聲，與日月並明」。1921 年 9 月停刊。[1]

（二）于右任作詞哀報人

于右任有西北奇才之譽，以倡言革命，大逆不道的罪名遭到清朝政府的緝拿，亡命上海。1906 年赴日考察，結識孫中山，加入同盟會。返回上海，不屈不撓地創辦《民呼日報》《民吁日報》《民立報》，大聲呼籲民主革命，揭露抨擊貪官污吏，一筆勝過十萬劍，鬥志昂揚的「豎三民」載入了史冊。

孫中山辭任臨時大總統，于右任也辭任交通次長。與孫中山共同進退的于右任，憤然參加二次革命，受邀銜命回陝護法。使命未成再受挫折，報人慘死黯然神傷，于右任作詞，以抒哀情，「死傷誰覆戎衣，飢饉翻憐戰壘；文人血與勞民淚，天下歌呼未已。」[2]

1　《啓明日報》，http://www.xinwenren.com/baike/201301243745.html。
2　《正義日報》，http://www.xinwenren.com/baike/201301243746.html。

第二章　國民黨的軍隊新聞業(一)

第一節　國民黨軍隊新聞業的背景

一、開辦軍校與以校建軍

孫中山組建革命軍隊，以黃埔軍校爲搖籃。1923 年 8 月，孫中山派蔣介石率代表團赴蘇聯考察軍事與政治。1924 年 1 月 24 日、5 月 2 日，蔣介石被孫中山任命爲中國國民黨陸軍軍官學校（簡稱黃埔軍校）籌備委員會委員長和校長。學校總理孫中山主持開學典禮，勉勵師生重新創造革命事業，成立革命軍，挽救中國的危亡。

1924 年 9 月，黃埔軍校組建千餘人的教導團，軍校教官和第一期畢業生充任各級軍官。1925 年 4 月，教導團擴編爲黨軍第一旅，隨即擴編爲第一師，成立黨軍第二師。蔣介石任「黨軍司令」。1925 年 6 月 15 日，國民黨中央執委會通過決議，改組大元帥府爲國民政府，建國軍改稱國民革命軍。7 月 3 日，國民政府設立以汪精衛爲主席的軍事委員會，取消以省別爲軍隊名稱，統稱國民革命軍。國民政府公布《軍事委員會組織法》，確定「以黨建軍」「以黨治軍」原則。8 月 26 日，軍委會決議編組國民革命軍 8 個軍。1926 年 8 月，國民政府設立國民革命軍總司令部，總司令蔣介石。

二、國民黨軍擴充與整編

1927 年春，國民黨軍擴編爲 40 多個軍，編成 2 個集團軍。1928 年，擴編至 70 個軍、近百萬部隊，編成蔣介石、馮玉祥、閻錫山、李宗仁爲總司令的 4 個集團軍。北伐完成，裁兵節餉。擁兵自重的各軍事集團，不願裁減部隊而兵戎相見，蔣桂戰爭、蔣馮戰爭、中原大戰接連爆發，編遣計劃無疾而終。1932 年 2 月 6 日，國民政府再設軍事委員會爲全國最高軍事機關，改行委員會制，蔣介石任委員長兼總參謀長。6 月，軍委會決定再次整編軍隊，軍爲直轄單位，全國編 48 個軍 96 個師，師增設工兵、輜重、通信等特種兵營。三四年間，形成「整理師」、「調整師」與「剿匪師」三種編制。1937 年，軍政部以「調整師」編制爲基礎擬定整軍方案，縮減師旅數量，充實團以下編成；補充重兵器，增強火力；減少步兵，增設特種兵。退入關內的東北軍大致按照調整師編制編 10 個師。川康整軍按照整理師編 7 個軍。粵軍編 10 個師統一爲整理師編制。桂軍編 2 個軍。國民政府實現了形式上的「軍隊國家化」。國民政府組建德國軍事顧問團。全面抗戰之前，國民黨軍爲 170 萬。

抗戰軍興。1938 年 1 月，國民政府軍委會改設軍令、軍政、軍訓、政治四部。按照德國陸軍裝甲師組建第 200 師。增設高射炮兵部隊。戰場迅速擴大，全國劃分戰區，傷亡急速增加。部隊緊急持續整補，徵募新兵補充。擴大編制，增加軍師數量，地方部隊升級。部隊最高達 650 萬。確立軍、師、團「三三制」的部隊編成原則。1942 年 1 月，美國總統羅斯福提議、中華民國國民政府軍事委員會委員長蔣介石同意，成立中國戰區。8 月，組織駐印軍，接受美軍訓練。1943 年 4 月，重建遠征軍。40 萬中國軍人赴緬甸對日作戰。10 月，成立隸屬中國空軍的中美空軍混合聯隊。接受美國軍援，十幾個軍使用美械裝備。國共二次合作，共同抗日，工農紅軍編爲國民革命軍第八路軍、新編第四軍，在正面戰場和敵後戰場，對國民黨軍抗戰給予了積極配合。國民黨軍先後組織忻口、淞滬、徐州、武漢、南昌、隨棗、桂南、棗宜、浙贛、鄂西、三次長沙等會戰，開展敵後游擊作戰，組織緬北攻勢、滇西戰役、桂柳追擊戰。

三、國民黨軍整編與衰敗

1946 年元旦，蔣介石發表廣播演說，收束軍事，整編軍隊。2 月，國共兩黨簽署軍隊整編基本方案。國民黨軍精簡爲 430 萬人，正規軍 248 個旅（師）約 200 萬人，特種兵、海空軍及機關、院校等約 156 萬人，非正規軍 74 萬人。[1]1946 年 6 月，國民政府傚仿美國，撤銷軍委會，成立國防部。國民黨

1　江英：《全面內戰爆發前國民黨整軍析》，《軍事歷史》，1994 年第 4 期。

軍作戰指揮系統，設立國民政府主席行轅、「剿匪」總司令部、綏靖公署、綏靖區等。1949 年 1 月 23 日，代總統李宗仁下令撤銷「剿匪」總司令部，改稱軍政長官公署。

1946 年 6 月下旬，國共兩黨簽署軍隊整編縮減方案僅 4 個月，國民黨軍全面進攻中共解放區。1947 年 2 月，國民黨軍由全面進攻轉爲重點進攻，集中進攻山東解放區和中共中央所在地延安。6 月，人民解放軍開始反攻，國民黨軍轉入防禦。一年後，國民黨軍從全面防禦轉爲重點防禦。遼瀋戰役、淮海戰役、平津戰役，基本消滅國民黨軍在長江以北的主力部隊。渡江戰役後，國民黨軍接踵失敗，支離破碎，重武器散失殆盡。1949 年底，約 60 萬建制不整的國民黨軍，跟隨國民黨退據臺灣。

四、國民黨軍的政治工作體制

（一）北伐戰爭前後的政治工作體制

孫中山創建革命軍隊的思想，是以校建軍，以黨領軍。黨的組織體系與軍隊組織體系交織，是實現以黨建軍控軍的組織保障，進而保證軍隊以服從政黨的信仰來確保軍隊聽從國民黨的指揮。國民黨軍「黨軍」政工體制，由黨代表、政治部和黨部三種制度構成，誕生於黃埔軍校，延伸至國民革命軍。黨代表處於核心地位，代表了國民黨對國民革命軍的領導，領導政治部開展工作；政治部負責部隊的政治思想工作；黨部直屬於黨代表，教育和監督黨員。

1、建立黨代表制度

秉承黨權高於一切的理念，黃埔軍校黨代表「遴選教官、學生中之富於政治學識者，呈請中央任命之，除實行政治訓練外，凡軍隊一舉一動、一興一廢，均受其節制，以示黨化」。「黨代表按部組織各級分部，以爲將來各軍之模範」。[1]1925 年 4 月 13 日，國民黨中央執行委員會決議，以教導團爲基礎，正式建立「黨軍」，黨代表的指導與監督，代表了國民黨執行對軍隊的管理和統帥。

1926 年 3 月 19 日，國民政府軍委會頒布《國民革命軍黨代表條例》，指出：國民革命軍實行黨代表制度，是「爲灌輸革命精神，提高戰鬥力，鞏固紀律，發展三民主義之教育」；規定「關於軍隊中之政治情形及行爲，黨代表

1　宋文欽：《國民黨「軍隊國家化」的破產》，《黨史文苑》，2016 年第 4 期上半月。

對黨負完全責任，關於黨的指導及高級軍事機關之訓令，相助其實行，輔助該部隊長官，鞏固並提高革命的軍紀。」[1]作爲軍隊政工核心人員的黨代表，也是所屬軍隊長官，有會同指揮、審查行政權利，所發布命令與軍事長官相同。

2、設置政治部

1924 年 8 月，周恩來接任黃埔軍校政治部第三任主任，軍校政治工作開始眞正展開。原在廣州市區的政治部遷進軍校，編設總務、宣傳、黨務三科和編譯委員會、政治指導員、政治教官；重新訂立政治教育計劃，加授《社會發展史》《帝國主義侵略中國史》《各國革命史》等課程，增加政治教育份量，豐富政治教育內容；邀請惲代英、蕭楚女、張秋人、熊雄等中共黨員擔任軍校政治教官。軍校師生形成了研讀政治書刊，注意社會潮流的活躍局面。

國民革命軍設政治部，是根據主義、政策，開展部隊政治工作，訓練士兵和民眾的特設機構。1925 年 8 月正式組建，國民政府軍委會設立政治訓練部（後改組爲國民革命軍總司令部政治訓練部、軍委會總政治部）；在軍師兩級設黨代表和政治部；團以下部隊設立政治指導員，職權與同級軍官相同。軍委會總政治部下設宣傳、組織、訓練、黨務等科及一些委員會，領導各軍、師、機關、院校的所有黨代表，指導開展部隊的黨務、政治、文化和群眾工作，是國民革命軍權力系統中極爲重要的一個部門，承擔著對內與對外兩個方面的工作：對官兵進行政治訓練，指導開展黨務工作，信仰主義，確立正確的政治意識，增強革命精神，遵守紀律，完成國民革命的使命；宣傳和組織群眾，促使孫中山提出的武力與民眾的結合，革命軍隊的行動獲得群眾的支持。

3、設立國民黨黨部

1924 年 7 月 6 日，黃埔軍校特別黨部成立，執監委是蔣介石等 5 人；設立黨小組，小組長負責監控學員的思想和行爲，檢查他們的閱讀材料。國民革命軍在軍、師、團、連設立黨部。部隊中的黨部，負責開展教育，以黨紀約束黨員。馮玉祥的國民聯軍，傚仿國民革命軍體制設立最高特別黨部。國民革命軍建立黨代表、政治部、黨部三位一體的軍隊政工制度，炯然有別於中國有史以來的任何軍隊，爲部隊建設增添了前所未有的強勁的精神動力。國共首次合作，許多以個人身份參加國民黨的共產黨員，被派任國民革命軍

1 宋文欽：《國民黨「軍隊國家化」的破產》，《黨史文苑》，2016 年第 4 期上半月。

的黨代表或政治部主任。

北伐結束，軍人驕橫，視黨務如贅瘤。南京國民政府成立，軍委會政治部於 1927 年 8 月被撤銷後，成立僅負宣傳與聯絡職責的政治訓練部，撤銷軍以下政訓機關。1928 年後，廢止黨代表制，取消政治部，師以上單位保留特別黨部。1935 年 12 月，國民黨中央認爲軍隊爲有組織的行爲集體，再加黨的組織，造成紊亂毫無實益，撤銷軍隊（陸軍）各級黨部。

1932 年 6 月，蔣介石召開鄂、豫、皖、湘、贛五省「清剿」會議，確定「剿匪」要「軍事與政治並重」，實行「三分軍事，七分政治」的方針。爲配合「剿匪」，設立海陸空軍總司令部「剿匪宣傳處」、訓練總監部「剿匪訓練處」、軍委會政治訓練處等機構，國民黨軍的政治工作衰微低落。

（二）全面抗戰時期的政治工作體制

國民黨軍的政工機構在抗戰期間普遍恢復。蔣介石重新審視軍隊政治工作，從戰略層面肯定其地位與作用，指出「政治訓練爲造成革命軍隊的要素」，「我以爲軍隊如果缺乏政治訓練，一定是腐敗退步，沒有力量；而且沒有政治訓練的部隊，根本不能成爲革命的軍隊！」[1]

1、成立軍委會政治部

七七事變後，國民政府軍委會成立執掌民眾訓練的第六部，試圖恢復北伐戰爭時期軍隊政治工作的聲譽。1938 年 1 月 17 日，國民政府改組軍委會，爲重振軍隊政治工作，再設政治部，取消聲名掃地的政訓處和第六部。陳誠、黃琪翔爲政治部正副部長，蔣介石邀請周恩來擔任副部長。3 月 15 日，《國民政府軍事委員會政訓令》頒行，第一條規定「陸海空軍各部隊各軍事學院設置各級政治部主任及團指導員，各軍醫院派遣政訓員」。[2]軍委會同年 3 月、11 月頒布命令，原則規定軍隊政工的宗旨、地位、權責、懲治等。蔣介石 1940 年 3 月與 7 月兩次對國民黨軍政治工作提出批評。9 月，張治中接替陳誠任政治部部長。同年底，《軍事委員會政治部工作綱領》頒布，總體規劃政治部的人事、訓練、宣傳等制度。

1942 年 11 月，梳理近 20 年經驗教訓、提交全國政工會議討論和軍委會審查修訂的《政工典範》，蔣介石批准頒布實施，詳細規定平時與戰時軍隊政

1　軍事委員會政治部：《蔣委員長對政工人員之重要訓示》，1940 年版，第 65 頁，轉引仲華：《抗戰時期國民黨軍隊政治工作述論》，《南京社會科學》，2005 年第 4 期。

2　仲華：《抗戰時期國民黨軍隊政治工作述論》，《南京社會科學》，2005 年第 4 期。

工各項工作。1944 年 12 月，軍委會政治部推出改制修正案，規定「各級政工主官不一定限於軍校出身的，非軍校出身或文學校出身的文人，亦可充任各級政工主官」，「各級政工主官，不一定兼任部隊次官，視情勢之所需，可兼可不兼」。[1]

2、穩定全軍政工體制

全面抗戰期間，國民黨軍政工機構初按戰區、行營、集團軍、軍、師、團、營、連逐級分設。層級繁多，虛實並存，多次調整。1941 年，劃定爲軍委會政治部、戰區政治部、師政治部、團指導員室、連指導員室 5 級，軍隊政工體制基本穩定。軍隊政工人員的來源，是招收失學失業青年，挑選優秀及傷癒的軍官，將領保送的幹部和抽調原來的政工人員。部隊政工機構的人員配備，戰區政治部上百人，軍政治部七八十人，師政治部十多人，團、連數人。

軍隊政工機構的擴大，政工人數迅速增加，由抗戰前夕 3616 人，增長到抗戰後期約 3 萬人。許多軍隊政工人員重思振作，開展宣傳教育，改善部隊風氣，監察部隊紀律，與指戰員並肩戰鬥。在 1940 年至 1944 年的湘北、中條山、浙贛、鄂西、常德、中原、衡陽、桂林等 8 次會戰中，軍隊政工人員浴血抗戰，傷亡、失蹤 1476 人（陣亡 424 人，負傷 492 人，失蹤 560 人）。[2]

3、恢復軍隊黨務工作

軍隊黨務也因軍隊政工復興得以恢復。1939 年 3 月，蔣介石通飭恢復各級軍隊黨部。國民黨中央組織部設軍隊黨務處，下設戰區、軍、師、團、連 5 級黨部，連黨部設小組。蔣介石對抗戰軍隊黨務作出訓示，軍隊政治工作應與黨配合，以黨爲基礎和中心；所有官兵員生，儘量吸收入黨；軍隊黨務工作由各級政工人員兼辦。[3]部隊軍事長官和政治部主任分別兼任黨部特派員和書記長，特派員綜攬黨部一切事宜。蔣介石反感軍隊的二元領導，在下令恢復軍隊各級黨部的同時，訓戒政工人員不得與部隊主管長官對立或監察，應

1 軍事委員會政治部：《抗戰與政工》，1946 年 10 月，轉引仲華：《抗戰時期國民黨軍隊政治工作述論》，《南京社會科學》，2005 年第 4 期，第 53 頁。

2 軍事委員會政治部：《抗戰與政工》，1946 年 10 月，轉引仲華：《抗戰時期國民黨軍隊政治工作述論》，《南京社會科學》，2005 年第 4 期，第 165 頁。

3 周兆棠：《八年來之軍隊黨務》，中國第二歷史檔案館藏，案卷號：711（5）/231，第 2～5 頁，《中國國民黨黨務發展史料》（組織工作下），轉引王奇生：《抗戰時期國民黨軍隊的政工與黨務》，《抗日戰爭研究》，2007 年第 4 期，第 277～278 頁。

服從部隊主管長官的指導。部隊軍事長官對黨務多予輕視。軍隊黨部組織恢復後，基本工作是吸收官兵加入國民黨。

（三）「戡亂」時期的政治工作體制

1、政治部改為新聞局

1946 年 5 月 30 日，撤銷軍委會政治部，設國防部新聞局。成爲參謀長幕僚機構的國防部新聞局，改變軍隊政治工作的稱謂，取消各級政治部，軍政治部改爲新聞處，師政治部及團指導員室改爲新聞室，連仍稱指導員。

改行國防部體制，原軍委會政治部改爲新聞局，降低等級、削減職能，負責軍隊教育，軍隊的監察、民事工作由國防部監察局和民事局負責。新聞（政工）系統主官職位低，居副主官和幕僚長之後；編制少，政工人員情緒低落，政治工作效率降低。

2、新聞局改為政工局

1948 年 2 月，國防部新聞局改稱政工局，各軍事機關及部隊整編師（未整編軍）新聞室改稱政工處（分特種、甲種、乙種、丙種、丁種、戊種 6 級），主官由主任改稱處長，團、營、連設政治指導員。政工局的使命「充實軍隊政治工作，瓦解匪軍之作戰意志，加強綏靖地區政治工作，實施軍事、政治、經濟總體戰的方略，藉以集中力量，達成剿匪救民戡亂建國的使命。」[1]6 月，軍隊民事及康樂業務劃歸政工局，並增加協同監察部隊施行軍風紀事等職權。

3、黨部恢復幾陷停頓

1947 年，國民黨軍重新恢復一年前被取消的軍隊黨部，稱「黨團幹事會」。[2]軍隊黨務幾乎陷入停頓狀態。許多政工人員只是應付部隊長官的諸如徵兵、抓逃兵和糾察軍風軍紀之類的臨時派遣。

第二節　國民黨軍的報業

一、黃埔軍校出版的報刊

（一）軍校領導機關出版的報刊

1　鄧文儀：《老兵與教授——陸官第一期生的傳奇經歷》，（臺灣）龍文出版社股份有限公司，2001 年版，第 337～338 頁，轉引盧毅：《國民黨軍隊政工的發展歷程及其痼疾（1924～1949）——兼與中共軍隊相比較》，《黨史研究與教學》，2010 年第 5 期。

2　宋文欽：《國民黨「軍隊國家化」的破產》，《黨史文苑》，2016 年第 4 期上半月。

1、「清黨」前出版的報刊

黃埔軍校初建，經費緊張，出版手刻油印小報。1925 年開始，加強報刊宣傳工作，報刊出版面貌一新，出版鉛印報刊。軍校政治部年創辦《黃埔潮》《軍事政治月刊》《革命畫報》及黃埔軍民聯歡、歡迎國民軍代表大會專刊《武力與民眾》。軍校特別黨部出版《青年軍人》《革命軍》。軍校入伍生部出版《先聲》《民眾的武力》《入伍生》，紅色套印發行《二七特刊》。

（1）《黃埔潮》

1925 年 10 月 10 日創刊廣州，初為半週刊（又稱「黃埔潮三日刊」），後改週刊，32 開。黃埔軍校政治部創辦，後由黃埔同學會主辦。設「特載」、「評論」、「大事述評」、「短兵」等欄目。主要刊載政治論文和時評。刊有鄧演達、惲代英等人的演講，出版「二七紀念特號」、「總理逝世週年特號」等專刊。登載《本校誓詞》:「盡忠革命職務。服從本黨命令。實行三民主義。無間始終死生。遵守五權憲法。只知奮鬥犧牲。努力人類平等。不計成敗利鈍。」[1]

1926 年 7 月 24 日，黃埔同學會印行《黃埔潮》週刊創刊號出版發行。1927 年 11 月初，國民通訊社社長、《嶺東日日新聞》主編梁若塵（中共黨員）被任命為主編。[2]《本刊投稿條例》聲明：本刊為黃埔同學會言論及代表黃埔學生革命行動之機關。編輯者在版權頁署明編輯者和發行者均為：黃埔同學會宣傳科編輯股（廣州市大東路中央黨部內）；印行者，前期為培英圖書印務公司（廣州永漢北路），後期為廣州市惠愛東路人民印務局。[3]前 4 期設置「校長格言」、「插圖」、「時評」、「特載」、「論文」、「短劍」、「雜俎」、「通信」、「會務報告」等欄目，從第 6 期起將欄目調整為「本會對外重要宣言」、「時事述評」、「文論」、「文藝」、「短劍」、「雜俎」、「前方通信」、「本會對英兵越境挑釁事宣言」、「最近宣傳大綱」。

《黃埔潮》週刊出版「廖黨代表逝世週年紀念特刊號」（第 5 期），「十月革命九週年紀念號」（第 15、16 期合刊），「慶祝北伐勝利號」（第 22、第 23 期合刊），刊載游步瀛的《慶祝北伐勝利的意義》、強領的《北伐期中的工人運動》、戴安瀾的《北伐勝利後我們的工作》、楊新民的《北伐勝利與農民》、鐵血的《孫文主義與列寧主義之比較觀（續五）》、盧碧湖的《北伐勝

1 《黃埔軍校報刊》，http://www.huangpu.org.cn/hpjx/201605/t20160504_11450233.html。
2 《黃埔軍校報刊》，http://www.huangpu.org.cn/hpjx/201605/t20160504_11450233.html。
3 《黃埔軍校報刊》，http://www.huangpu.org.cn/hpjx/201605/t20160504_11450233.html。

利後黨和政府之責任》、《北伐戰役大事記》等文章；1927 年「新年號」刊載譚延闓的《國民政府的組織工作》、廖尚采的《一年來的國際政治概論》、孫炳文的《一年來的中國民族運動》、蕭楚女的《一年來帝國主義在華勢力之暗鬥及其崩潰》、濟難會的《一年來中國之白色恐怖》、游步瀛的《一年來中國政局的變遷述略》、任卓寅的《一年來之工農運動》、甘乃光的《黨工行政與農工運動》、羅綺園的《一年來之廣東農民運動》、郭齊華的《1926 年的中國學生運動》等文和《黃埔同學會 1926 年度的宣傳工作》、《中央軍事政治學校現狀》。[1]

圖 2-1　《黃埔潮》週刊第二期封面[2]

1　《黃埔軍校報刊》，http://www.huangpu.org.cn/hpjx/201605/t20160504_11450233.html。

2　《黃埔軍校出版的刊物〈黃埔潮〉》，http://www.huangpu.org.cn/lzp/201209/t20120923_3115910.html。

（2）《青年軍人》／《革命軍》

1925 年 2 月 15 日，黃埔軍校特別黨部在廣州創刊《青年軍人》，半月刊，校長蔣介石致《發刊詞》。刊址設在黃埔島本校。第二期學生周逸群參與創辦，王一飛等曾主持初期的編輯工作；後期由第二期學生胡秉鐸任總編輯。黃埔軍校特別區黨部在該刊發布「誓滅陳炯明檄文」，正式提出口號「殺陳炯明」。創刊至 4 月 15 日出版第 5 期，主要圍繞東征這一中心開展宣傳，第 2 期即爲「東征號」，刊載《本校校歌》《陸軍進行曲》《殺賊歌》和校黨部《東征日記摘要》《軍政時代與武力統一》《革命軍人與陳炯明》《東亞一支勞動先鋒軍》《在常平訓勉士官》《東江殺敵情形》及 22 份有關東征戰役的文稿。第 5 期刊載《說犧牲》（周逸群）、《在棉湖打掃戰場的情形及感想》（昉篪）、《王家修同志事略及陣亡實況》（公輸）、《蔡光舉同志遺書二通》、《本部東征日記摘要》《本校前敵官佐士兵在興寧約集各界追悼孫大元帥大會紀實》《黃埔本校追悼總理大會情形》《蔣校長祭文》《校長黨代表祭東征陣亡將士文》《本校全體官佐士兵祭文》及校黨部擬出特刊「東征陣亡將士紀念號」的徵文啓事。

1925 年 5 月 30 日，《青年軍人》改名《革命軍》（第 6、第 7 期合刊，「五月號」）。黃埔軍校特別黨部在改名啓事中稱：「本特別區黨部第一屆執行委員會，（原定）發行定期刊物名《革命軍》，並已蒙總理親賜題簽。後經變故，未克刊行；而總理題簽及封面畫亦未能覓得。故暫時刊行《青年軍人》半月刊。現題簽及封面畫均已覓出，故四月中即議恢復舊稱並決定自五月號起改名，但號數仍照《青年軍人》半月刊秩序」。[1]旨在掃蕩舊污穢，歡迎新光明，破壞舊世界，建立新制度，廢除階級，提倡合作，不恤暫時之爭鬥，以創造永久和平。設「五月露布」、「五月論文」、「革命論壇」、「東江戰役」、「我們的死者」、「章琰遺稿」、「附載」等欄目。雖宣稱半月刊，實不定期出版。編輯印行「廖（仲凱）公哀悼集」（1925 年 8 月），「北伐勝利紀念號之二」（1926 年 9 月），「總理逝世二週年紀念特刊」（1927 年 3 月 12 日），第 1 期「黨員大會特號」（1927 年 4 月 4 日）。初印每期 5000 份，第 3 期後增至 1 萬份。約 1927 年 4 月後停刊。

（3）《革命畫報》

20 世紀 20 年代，中國畫報業由石印時代躍入銅版時代。在大都市出版

1 《黃埔軍校報刊》，http://www.huangpu.org.cn/hpjx/201605/t20160504_11450233.html。

的上海《時報》的《時報圖畫週刊》及《上海畫報》，北京《晨報》的《星期畫刊》和《世界日報》的《世界》畫報，天津《北洋畫報》等畫報，有以主辦者、出版地名、出版時間等命名，除了廣東省港罷工委員會 1925 年出版的《罷工畫報》，鮮有政治色彩強烈的畫報之名。在黃浦軍校誕生了以「革命」命名的畫報——《革命畫報》。軍校政治部主辦的《革命畫報》1926 年 5 月 5 日創刊，宣傳科設畫報編輯部。畫報主編藝術股長梁鼎銘 1927 年投身北伐，其弟、編纂股繪畫員梁又銘接任主編。16 開，週刊，橫排 4 版，每版一圖或多圖。創刊至第 48 期基本上周 5 出版，第 50 期後改爲周 6 出版。第 38 期二七紀念特刊是彩色印刷，其餘各期均使用紅、綠、褐等一色紙張單面石印。雖然不及滬平津的銅版畫報，對比第 51 期與創刊號，後期出版的畫報在所刊圖像、畫報印製、版面編排等方面有長足進步。

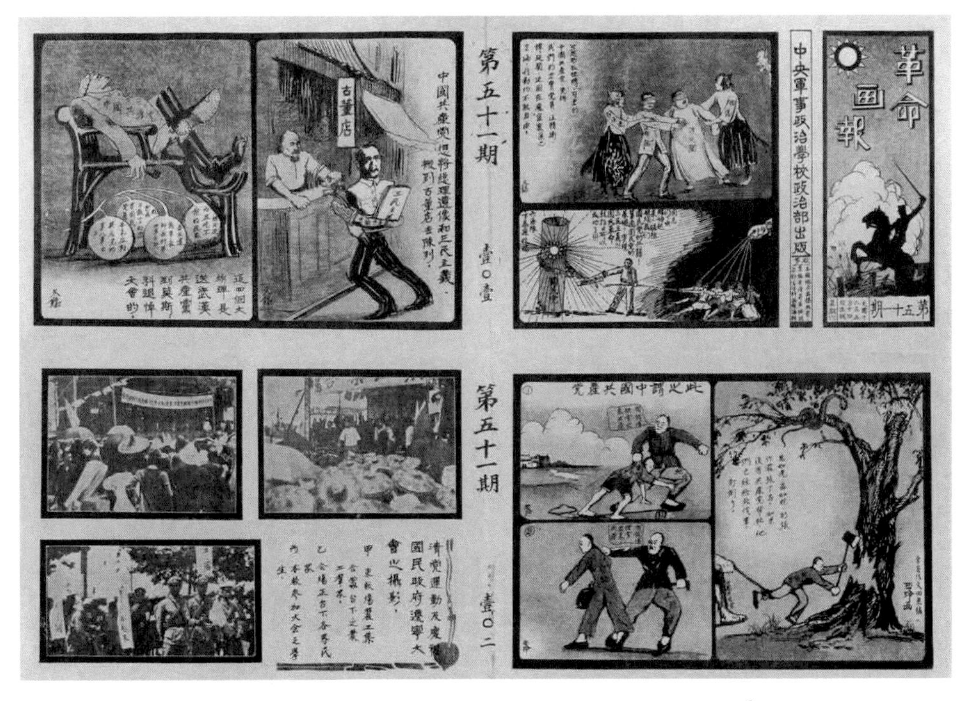

圖 2-2　《革命畫報》第 51 期，1927 年 5 月[1]

創刊號刊載的第一幅畫是反映國共首次合作時期國民革命的戰略目標《工農商學兵大聯合》，打倒帝國主義及其軍閥。出版革命色彩鮮明的五卅

1　《革命畫報　第五十一期》，http://wp.n21ce.com/BrowseAuctionDetail.aspx?companyName=515&a=4635&t=1572&cc=3&color=2。

特刊、民國政府成立一週年特刊、九七特刊、十月革命九週年紀念特刊、反基督教特刊、新年特刊、三八特刊、總理逝世二週年紀念特刊、巴黎公社 56 週年暨三一八慘案紀念特刊、黃花崗七十二烈士殉難 16 週年紀念特刊等特刊。刊載《不平等條約中之辛丑條約》《日本帝國主義野心勃勃終日要想侵我領土》《這種情形就是帝國主義者所說之國際會議》《軍閥鐵蹄下的人民》《軍閥統治下的奉天省人民》等，揭露帝國主義與軍閥罪行。刊載《全國民眾所企望的甘雨——國民革命軍北伐》《革命軍攻武昌城之英勇》《今日革命軍所到之地，壺漿霸道》《江西人民都不容孫賊傳芳的軍隊生存》等，歌頌國民革命軍勝利北伐。刊載《總理事略》《本黨聯俄政策萬歲》《總理教我們認清帝國主義眞面目》《被壓迫者和橫暴埸戰爭》《民生主義》等，介紹孫中山及其政策。刊載《兩個大營壘》《中俄大聯合萬歲》《第三國際揭開帝國主義陰謀》，主張全世界被壓迫階級和被壓迫民族團結起來，打倒帝國主義的侵略。

刊頭注明「本報徵求畫稿畫意」。除了主編及兄弟梁又銘，還有陳家炳、李鄴、尹沛霖、阮振南、邱方雄等連長、入伍生提供畫作和畫意。黃浦軍校 4 月中旬施行「清黨」後，《革命畫報》仍然受到校方重視，1927 年 4 月 20 日至 5 月 31 日出版 6 期畫報，每期發行 4 萬多冊。7 月 16 日出版第 60 期[1]，停刊時間不詳。

（4）《民眾的武力》

黃埔本校入伍生部政治部 1927 年 1 月 7 日創刊，週刊，治平主編。編輯部、發行部、通訊處設在廣州市南堤肇慶會館。封面豎排版，內文橫排左起始行排版。出版「孫總理逝世二週年紀念增刊」。主張武裝民眾、工農運動、聯合戰線。刊發關於政治經濟的論著、政治理論文章和詩歌、小說，以及反映入伍生及青年軍人之生活狀況的作品。零售每冊 6 仙，10 冊以上 6 折。[2]3 月停刊。

2、「清黨」後出版的報刊

1927 年 4 月 15 日，黃埔軍校實行清（理共產）黨，國共兩黨合辦軍校與報刊的活動嘎然而止。前述報刊有的停刊，又有新創報刊。5 月 31 日，校政治部發布《4 月 20 日至 5 月 31 日政治工作報告》，統計了本校出版物的印行

1 李嵐：《梁氏三兄弟的黃埔情緣》，《黃埔》，2017 年第 3 期。

2 《黃埔軍校報刊》，http://www.huangpu.org.cn/hpjx/201605/t20160504_11450233.html。

情況：每日發行《黃埔日刊》4 萬份；每週發行《黃埔週刊》《黃埔生活》《黃埔軍人》各 4 萬份；每旬發行《黃埔武力》4 萬份；編輯紀念特號 7 期、畫報 6 期。[1]

（1）《黃埔週刊》

黃埔軍校政治部 1927 年 5 月 14 日創刊，鉛印。鄧文儀致《發刊詞》。徵稿啓事聲明最爲歡迎有研究性的長篇論著與譯述，以白話爲佳。第 2、3 期連載覺民（方鼎英）的《黃埔中央軍事政治學校的概述》，從歷史、組織、教育 3 個方面介紹黃埔軍校。編輯者在版權頁署明編輯通信處、發行通信處：黃埔中央軍事政治學校政治部宣傳科編纂股；代售處：全國各大書局；贈閱：團體函索即寄，須有公函與公章；每冊零售銅元 4 枚，10 冊以上 6 折。雜誌版式，第 1 期封面文字豎排，內文左始橫排。從第 9 期開始，封面文字橫排右始，內文橫排左始。[2]

（2）《黃埔軍人》

黃埔軍校政治部 1927 年 5 月 21 日創刊，週刊。創刊號刊載《發刊詞》（沸浪）、《我們何以要打倒中國共產黨》（覺民）、《怎樣做個眞正的國民黨員》（蕭森）、《本黨要怎樣才能使民眾永遠擁護》（斯學敏）、《學生軍的地位和將來的工作》（杜光門）、《清黨運動和國民革命之關係》（蔣仁慶）、《農工近來的呼聲》（劉紅兒）、《北方民眾未覺悟之原因》（鄧壬林）、《今後要如何》（蔣邢）、《到底是哪個違背總理》（伍志剛）、《隨便說「陞官發財」》（曹思讓）、《罵臭蟲》《一掃光》（袁斌）、《小言》等文。雜誌版式，第 1 期內文左始橫排，第 9 期改爲右始豎排。[3]

（3）《黃埔生活》

黃埔軍校政治部 1927 年 5 月 22 日創刊，週刊。創刊號刊載《發刊詞》（古有成）、《本刊對讀者的期望》（沸浪）、《黃埔同學的生活目的》（有成）、《月夜放舟》（邱幹才）、《青年——黃埔——黃花崗》（願心）、《自述和自勉》（蘇家揚）、《春雨慢慢裏的野外演習》（周華京）、《勞動者的哀鳴》（沸浪）、《入伍生一封公開的家信》（水復）等文。第二期刊載署名「沸浪」讚譽黃埔軍人

1　《黃埔軍校報刊》，http://www.huangpu.org.cn/hpjx/201605/t20160504_11450233.html。

2　《黃埔軍校報刊》，http://www.huangpu.org.cn/hpjx/201605/t20160504_11450233.html。

3　《黃埔軍校報刊》，http://www.huangpu.org.cn/hpjx/201605/t20160504_11450233.html。

的自由體詩《我的朋友入伍了》，詩讚：[1]

> 昔為白面的書生，今成熱血的戰士，不是我恭維你，你眞個有志氣！呵朋友！朋友！！世界這般黑暗，人生這樣痛苦！幸福與光明敢問何處有？！但也不要悲觀，更不要懊惱，光明的可以創造，黑暗的可以打倒！並且呵！山能移轉海可填，缺了的天空亦可補，我們怕什麼痛苦？！我們只要決定，決定我們的心意：以孫文主義為前提！努力創造光明的世界，極力尋求人生的眞義。我們的心意決定了，我們便要向前跑，不要說是：上課上得多，衣服穿得少，一日忙到晚，飯也吃不飽，你要知道天下飢寒交迫的人有多少！呵！努力，努力向前跑！現在我的風生覺悟了，很好！很好！

編排的版式，第 1 期封面右起豎排，內文左起橫排。第 9 期改為封面左起橫排，內文右起豎排。編輯者在版權頁標明：每週一冊，銅元 4 枚；半年 26 冊，定價 6 毫；全年 52 冊，定價 1 元；有團體公函及公章者贈閱。[2]

(4)《黃埔武力》

黃埔軍校政治部 1927 年 5 月 23 日創刊，旬刊。實行孫中山的使武力與民眾結合、使武力成為民眾武力的方針，刊載本校學生撰寫的關於實際運動的文章。創刊號刊載《發刊詞》(鄧文儀)、《太平洋之三角戰》(皮生)、《國民革命過程中之農民問題》(賈燦)、《臺灣與我有何聯繫》(王務)、《軍需獨立問題之研究》(董樹林)、《從實際指揮上得來的幾點心得》(董樹林)、《橫在我們眼前的兩個重要問題》(王庭漢)、《怎樣開討論會》(胡茗)等文。提出「怎樣使武力成為民眾的武力」、「革命與武力」、「怎樣做農工運動」、「怎樣宣傳主義」等論題供讀者討論。

黃埔軍校最初創辦的一批分校，也分別出版了報刊。廣東潮州分校出版《韓江潮》(1926 年 3 月 12 日創刊)、《潮潮》和《滿地紅》(1926 年 8 月 15 日創刊)，湖北武漢分校出版日刊《革命生活》(1927 年 2 月 12 日創刊，主編袁澈)、《黃埔精神》《覺路》(1927 年 9 月創刊)、《校聞》《軍人魂》，湖南長沙分校出版週刊《火花》(後改名《黨軍》)。

(二)軍校學生團體出版的報刊

黃埔軍校學生組織的軍人團體也創辦報刊，作為自己開展政治活動的陣

1 單補生：《我珍藏的早期黃埔期刊》，《黃埔》，2011 年 6 期。

2 《黃埔軍校報刊》，http://www.huangpu.org.cn/hpjx/201605/t20160504_11450233.html。

地。中國青年軍人聯合會出版《中國軍人》《中國青年軍人聯合會週刊》。孫文主義學會出版週刊《國民革命》和《革命導報》。黃埔軍校同學會出版《黃埔潮》《血花》。

（1）《中國青年軍人聯合會週刊》

1925 年 8 月創刊於廣州。以「團結革命軍人，統一革命戰線，擁護革命政府，宣傳革命精神」爲宗旨，設「評論」、「特載」、「本會消息」、「一針」等專欄。

（2）《血花》

黃埔同學會血花劇社 1926 年 9 月 1 日創刊《血花》，週刊，1927 年 4 月下旬停刊。目錄橫排，正文豎排。創刊號刊載《發刊詞》和《二十年後之血花劇社》（吳稚暉）、《革命與戲劇》（姚應徵）、《我對於排演者的貢獻》（胡燧）、《豐年》（王君培）等文章。[1]

（3）《黃埔》

黃埔同學會宣傳科 1926 年 10 月 10 日創刊廣州，旬刊。發刊詞稱：「本會組織伊始，所有同學不是在學校裏學習革命的工作，就是在遠處萬里的地方參加實際的革命事業……這個小的旬刊，便是想把本會會務進行的概況，以及可以慰藉我們人生於萬一的事件，誠懇直率地介紹諸位親愛的同學的面前。」[2]刊載本會會務消息、緊要新聞、論文、小說、詩詞、戲劇、諧談、故事、通訊、反攻、討論問題等。每份定價 2 仙。1926 年 12 月停刊，共出版 7 期。

（三）產生社會影響的軍校報刊

黃埔軍校出版的諸多報刊，雖是軍校媒體，仍有一些產生了一定的社會影響，其中以《黃埔日刊》和《中國軍人》的社會影響力最爲廣泛。

1、《黃埔日刊》

《黃埔日刊》的名稱經歷了一個演變過程。1924 年 11 月，周恩來繼任黃埔軍校政治部主任，提議政治部要做好的三項工作之一是出版油印《壁報》。《壁報》爲油印週刊或半週刊，又稱《士兵之友》，由政治部編纂股主任楊其綱（黃埔一期生、中共黨員）、洪劍雄（黃埔一期生、中共黨員）編

1　《黃埔軍校報刊》，http://www.huangpu.org.cn/hpjx/201605/t20160504_11450233.html。

2　《黃埔軍校報刊》，http://www.huangpu.org.cn/hpjx/201605/t20160504_11450233.html。

輯。《士兵之友》1926 年 3 月 3 日改名《國民革命軍中央軍事政治學校日刊》，對開 4 版；爲了簡便，5 月 25 日又將報名改爲《黃埔日刊》。編輯委員會，由政治部宣傳科科長安體誠（中共黨員）任主任，宋文彬、尹伯休、李逸民（中共黨員）任委員，尹伯休主編。主要撰稿人有惲代英、蕭楚女、羅懋琪等。

對開 4 版的《黃浦日刊》，第 1 版是校聞版，第 2 版是國內新聞版，第 3 版是國際新聞版，第 4 版是文藝版。「國內新聞和國際新聞稿源比較充足，極少有自己撰寫的文章。第四版也比較好編，投稿比較多，各部隊來的散文、小說、新詩不少。」[1]

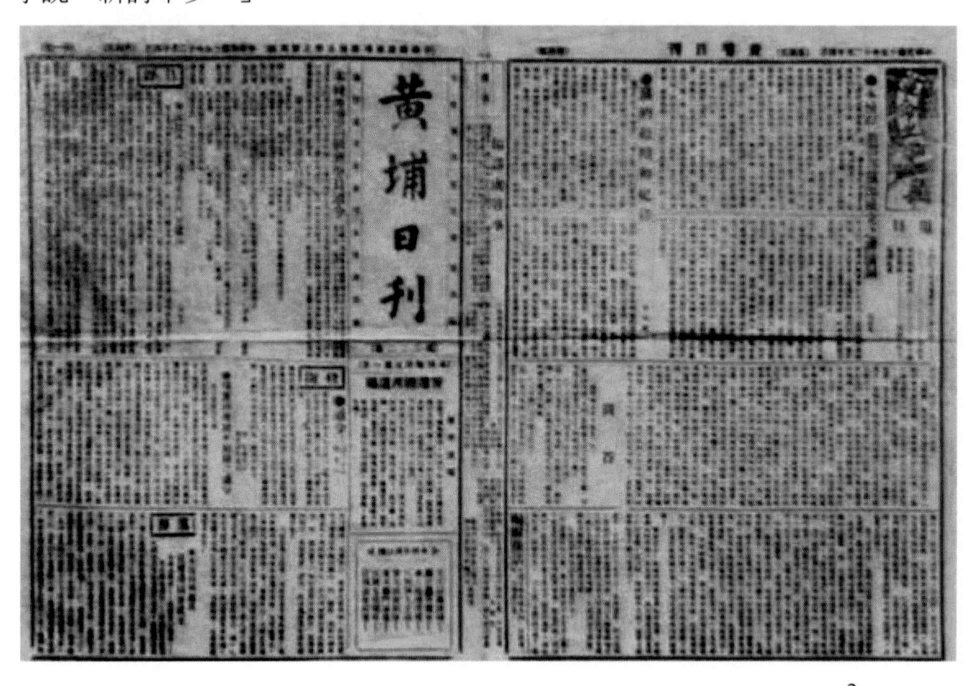
黃埔日刊

圖 2-3　《黃埔日刊》第 323 期，1927 年 3 月 26 日第 1、4 版[2]

黃埔軍校政治部制訂《新聞記者規則》，對《黃埔日刊》主編、編輯和黃埔通訊社記者，在黃埔軍校內外採訪新聞，外出赴各種大會、各級黨部會議或團體開會等採訪新聞，作出 6 條規定：

第一條，黃埔日刊總編輯（編纂股長）及各編輯員，在校内外

1　李逸民，黃國平：《李逸民回憶錄》，第 35～36 頁，湖南人民出版社，1986 年版。

2　《由黃埔軍校政治部編輯出版的〈黃埔日刊〉》，http://www.huangpu.org.cn/zt/hplt/lzp/201306/t20130606_4287458.html。

採訪新聞時，均得稱爲黃埔日刊新聞記者，同時爲黃埔通訊社記者。

第二條，記者出外採訪各種新聞，須經總編輯之指導及許可。

第三條，記者赴各種大會，各級黨部會議或團體開會採訪新聞時，須佩帶黃埔日刊記者襟章。

第四條，凡遇重大事變或重要新聞，記者須迅速報告總編輯，以便酌量辦理。

第五條，記者採訪新聞時，隨即制定草稿交總編輯校閱，如新聞材料太多，則由總編輯指定重要部分整理之。

第六條，記者在校內外純粹以採訪新聞爲職責，不得籍本刊名義以圖個人活動。[1]

《黃埔日刊》及時報導軍校師生的革命活動和革命言論，轉載國共兩黨主要成員在報刊上發表的重要文章，熱情宣傳革命聯合戰線的政策方針。設「時評」、「日評」、「周言」、「宣傳大綱」、「時局口號」、「校聞」、「黨務」、「軍事」、「政治」、「經濟」、「群眾運動」、「革命之路」、「雜聞」、「政治問答」等欄目。所佔版面最多的欄目是「革命之路」。第 190 號刊登《本刊編輯者的要求》稱：「革命之路一欄，彷彿是現在日報裏的副刊。我們一向所採取的材料，都是關於革命的理論和方法等等。」根據讀者的意見，「革命之路」開設了「短箭」、「短兵」子欄目，刊載具有強烈諷刺意味的短文。「革命之路」刊載的精彩文論，彙編成冊廣爲散發，《黃埔日刊 · 革命之路》成爲軍校廣大師生的親近朋友。幾乎每天都與讀者見面的「政治問答」，默默地出現在整張報紙的最後部分，知識性與現實意義並重，對於明辨是非，堅定革命信念，提高廣大青年軍人的政治水平具有舉足輕重的作用。《黃埔日刊》持續推出精心編排的「本校第五期開學紀念號」、「本校第五期政治教育工作特號」、「第二學生隊黨部成立特刊」、「援助漢口慘案及紀念李卜克內西盧森堡特號」、「列寧逝世三週年紀念特號」、「二七紀念第四週年特號」、「國際婦女日及本校開學週年紀念並歡迎由贛來校學員特號」、「總理誕生紀念日特號」、「三一八慘案一週年紀念及巴黎公社五十六週年紀念特號」、「追悼北伐陣亡將士特號」等特刊及紀念刊，以喚起讀者的革命精神。

1927 年 1 月 1 日，爲慶祝新年出版增刊，發表方鼎英、熊雄、李鐸、吳

1　《黃埔日刊新聞記者規則》，載 1927 年《中央軍事政治學校法規全部》，http://www.hoplite.cn/Templates/hpjxwx0168.htm。

思豫和安體誠等人的專文。1 月 7 日，登載以黨治國，服從黨令軍令，革去浪漫習慣，反對個人主義，要有政治頭腦，要有戰鬥本領，反對文化侵略，打倒教會政策等「本校本周口號」。2 月 2 日，黃埔五期生陶鑄（中共黨員）在《黃埔日刊》發表文章《革命軍人的學識與人格》，認爲要打倒帝國主義，打倒軍閥，如無正確的學識與高尚的人格，決無成功的可能。

《黃埔日刊》的發行量快速增長。《士兵之友》的印行數量非常有限，更名《國民革命軍中央軍事政治學校日刊》後，雖然主要在校內發行，「每日出紙五六千份」。隨著革命勢力迅速由珠江流域擴展至長江流域和黃埔軍校辦學規模的擴大，《黃埔日刊》的發行數量逐漸上升。軍校政治部最初沒有印刷廠，在政治部後面的兩間小房內安置了一臺手搖印刷機和 5 名工人，饒來傑負責報紙的印刷。改名《黃埔日刊》後，報紙的發行量由每日 6000 份驟增到 2.6 萬份。[1]1927 年 1 月 10 日，編輯元傑在第 231 號《黃埔日刊》「編者郵件」給讀者沈熾昌覆函稱：「本刊現已由二萬六千份擴充到三萬份矣。特覆！」。同年 8 月 3 日，《黃埔日刊》發布啓事：「本刊現□銷數驟增，已達四萬份，對於發行方面，決稍加限制，除團體繼續贈閱外，自本月起，所有個人定閱，酌收郵費」。各地來函索閱《黃埔日刊》者愈來愈多，遠至南洋群島及法國巴黎等處的海外華僑也來函索閱。

黃埔軍校是中國軍隊建設和軍事教育的一個創舉，《黃埔日刊》是中國軍隊報刊自清末誕生以來的一個創舉，它們共同體現了一種價值追求和精神面貌。黃埔軍校政治部宣傳科長安體誠在《黃埔日刊》發表文章《什麼是黃埔精神》，指出：黃埔軍校「在中國已形成一種勢力，已成爲中國革命工作很有關係的一個組織了。這其中有它的特殊精神存在，已是本校和留意本校的人人都能感到而承認的了。它的精神，有以名之，名之曰『黃埔精神』！」[2] 1927 年 3 月 3 日，《黃埔日刊》出版「紀念《黃埔日刊》創刊一週年特號」，明確指出：本刊是黃埔精神的結晶，它要以眞確的革命理論，指導黃埔一萬數千武裝的革命青年去和敵人決戰；它並要引導一般民眾走上眞正的革命道路。[3]3 月 8 日，第四期學生開學典禮一週年，也是改組後的中央軍事政治學校第一期學生的開學紀念日。黃埔軍校政治部主任熊雄在《黃埔日刊》發

1 《黃埔軍校報刊》，http://www.huangpu.org.cn/hpjx/201605/t20160504_11450233.html。
2 樊雄：《〈黃埔日刊〉考析》，《黃埔》，2006 年第 4 期。
3 樊雄：《〈黃埔日刊〉考析》，《黃埔》，2006 年第 4 期。

表文章《本校開學週年紀念之意義》，指出本校「軍事教育與政治教育之打成一片，即爲本校生命之根本所在」。[1]

《黃埔日刊》作爲黃埔軍校最爲重要的輿論機關，肩負著宣傳軍校理論與實際相結合、政治與軍事並立的教育方針的重任，幫助青年軍人樹立革命的人生觀、世界觀，積極喚醒全國農民、士兵、學生和小商人團結起來，鞏固被壓迫階級的聯合陣線，衝破一切帝國主義及其走狗軍閥官僚資本家地主劣紳等壓迫階級的聯合戰線，取得最後的勝利。時任黃埔軍校教育長的方鼎英稱讚《黃埔日刊》是「革命洪鐘」，軍校政治部主任熊雄爲《黃埔日刊》題詞：「東方被壓迫民族的呼聲，革命軍人之道路。」[2]

1927 年 5 月 26 日，《黃埔日刊》登載《中央軍事政治學校清黨檢舉審查委員會檢舉及審查實施細則》，劃定被檢舉人：「曾入 C．P．、C．Y．經有證據而不自首者；詆毀本黨忠實領袖者；做反動宣傳者；對於本黨命令陽奉陰違者；秘密組織小團體者；懷疑本黨主義及政策者；與反動派勾結者；貪官污吏、投機分子及腐化惡化分子。」[3]至 1927 年 11 月 30 日，《黃埔日刊》共出版 472 期。黃埔軍校遷至南京，1928 年 3 月 6 日《黃埔日刊》繼續出版，報紙期號重新計算，發行處由原來的中央軍事政治學校改爲黃埔軍官學校政治訓練處。[4]

2、《中國軍人》

《中國軍人》1925 年 2 月 20 日創刊廣州，是中國青年軍人聯合會會刊。中國青年軍人聯合會中央執行委員王一飛主編，蔣先雲、周逸群、李富春等爲主要撰稿人。創刊號發表《本刊露布》指出：

> 中國現役軍人號稱二百萬，幾乎全部踐踏在大小軍閥的鐵蹄下，成爲壓迫的工具，殃民的利器；其在革命旗幟下的軍人，則又散漫而脆弱，實無擁護民眾的力量。我們敢於說：革命的軍人無團結，軍閥的工具未解放，是無望於中國國民革命之成功！
>
> 横卷全地球的革命大潮流，是如何洶湧！呻吟於帝國主義與軍閥雙重壓迫下的中國人，是如何悲慘！現在，國民革命的呼聲，已

1 《黃埔軍校報刊》，http://www.huangpu.org.cn/hpjx/201605/t20160504_11450233.html。
2 樊雄：《〈黃埔日刊〉考析》，《黃埔》，2006 年第 4 期。
3 《黃埔軍校報刊》，http://www.huangpu.org.cn/hpjx/201605/t20160504_11450233.html。
4 樊雄：《〈黃埔日刊〉考析》，《黃埔》，2006 年第 4 期。

經滲入中國民眾的心裏了，工農商學已經抬起頭，攜著手，準備推翻他們的壓迫階級了；他們的先鋒隊何在？不就是革命旗幟下的軍人嗎？他們的障礙物是誰？不就是軍閥鐵蹄下的軍人嗎？

凡在革命旗幟下的軍人，都應覺悟到：無團結即無力量，無力量則無革命；軍閥鐵蹄下的軍人更應感覺到：自身的慘境都是軍閥所造成，不能反攻軍閥就不能解放自身。

現在有正確主義做我們的嚮導了，有偉大民眾做我們的後援了，我們敢於喊：革命旗幟下的軍人，從速站在同一的戰線上！軍閥鐵蹄下的軍人從速跑到革命的隊伍裏！只有這樣，才能打倒帝國主義與軍閥，才能解放自身與民眾。

中國軍人因此大聲疾呼：

團結革命軍人！

擁護革命政府！

宣傳革命精神！[1]

本著「團結革命軍人，統一革命戰線，擁護革命政府，宣傳革命精神爲主旨」[2]，主要以簡短的文章，宣傳打倒帝國主義和反動軍閥，記載中國青年軍人聯合會的活動，刊載汪精衛和蘇聯顧問鮑羅廷的演講，報導東江戰事，揭露軍閥摧殘士兵的罪行，介紹蘇聯紅軍的黨代表制度，揭露帝國主義製造的沙基慘案和五卅慘案，第 4 期刊載強調唯物主義立場的文章，第 5 期斥責由廣東大學黃季陸、周佛海等右派教授參與編輯的《社會評論》雜誌的不實言論，善於結合軍人過去遭受壓迫的經歷和苦難生活，深入淺出地講解革命道理，注意從實際出發，引導軍人就「我們爲什麼當兵」、「我們爲誰來當兵」、「替軍閥賣命有什麼價值」、「當兵的怎樣才能解放自己」等話題開展討論，啓發政治覺悟。

注重使用圖片。運用肖像照片報導著名人物，第 1 期刊載孫中山照片，文字說明除引述孫中山的遺囑「革命尚未成功」「同志仍須努力」，稱「孫大元帥」是「中華民國的母親」，「農工兵學的指導者」，「東方國民革命的領袖」，第 3 期刊載馬克思照片，稱他「倡導世界革命」。使用圖片報導的方式，報導黃埔軍校精神抖擻的荷槍肅立的戰士——「中國國民黨陸軍軍官學校革命軍

1 《本刊露布》，《中國軍人》，1925 年 2 月 20 日。
2 《本刊啓事》，《中國軍人》第 4 號，1925 年 4 月 2 日。

之影」（第 2 期）；報導廣東民眾的政治活動——「廣東民眾在廣大追悼中山先生撮影」（第 4 期）、「廣州民眾促成國民會議連動在第一公園聚合時一部之撮影」（第 5 期）；報導了中國青年軍人聯合會的活動——「中國青年軍人聯合會第一次代表大會撮影」（第 5 期）、「中國青年軍人聯合會第十七次代表大會撮影」（第 8 期）；報導第二次東征取得的決定性勝利攻克惠州——「惠州戰況之一・炮兵作戰之情形」、「惠州戰況之二・革命軍登城之竹梯」、「東征軍宣傳總隊第三支隊行軍休息情形」、「克復惠州之後大東門外浮橋」（第 8 期）；報導東征戰地的東江民眾情形——「東江民眾狀況之一」、「東江民眾狀況之二」、「東江民眾狀況之三」（第 8 期）。印行《蘇聯紅軍八週年紀念特刊》專號。

初為半月刊，第 5 期刊登啓事稱：因「準備分一部分力量作宣傳士兵的小冊子，一方面對於本刊還想增加材料，故出版時間不能不稍延長，此後擬暫定為月刊。」[1]第 7 期封面雖標明「月刊」，實際上從第 6 期起已不定期出版，小 16 開，每期 40 至 60 頁不等。刊址設在廣州市小市街 88 號，後移到大沙頭，再遷至南堤二馬路河南大本營。編輯兼發行處在廣州小市街中國青年軍人聯合會編輯委員會，印刷處在華興中西印務局。[2]除向本校師生發行，專送各軍，「軍人贈閱，函索即寄」，「各省各大書店」分售，「定價銅元五枚」[3]，10 份以上 7 折。除了由廣州的丁卜圖書公司和民智書局分售外，在香港、巴黎、上海、武昌、長沙、蕪湖、南昌、太原、濟南、杭州、寧波、雲南、開封、福州、重慶、成都設 16 個分售處。最高發行量達 2 萬份。1926 年 3 月下旬停刊。

二、國民革命軍出版的報刊

國民革命軍的領導機關和新老部隊，普遍出版報刊，積極開展新聞宣傳工作。以 1926 年 7 月開始的北伐戰爭為標誌，國民革命軍的報刊出版呈現了先後兩次浪潮。

（一）領導機關出版的報刊

國民黨中央委員會政治訓練部創辦《政治工作日刊》（1925 年 12 月 19

1　編者：《本刊特別啓事》，《中國軍人》第五號，1925 年 4 月 30 日。
2　《黃埔軍校報刊》，http://www.huangpu.org.cn/hpjx/201605/t20160504_11450233.html。
3　《中國軍人》創刊號封底，1925 年 2 月 20 日。

日）和《軍人日報》。國民黨中央軍人部創辦《軍人週報》。國民革命軍總司令部創辦《國民革命軍總司令部公報》和《戰事新聞》（1926年8月），海軍部創辦《革命海軍》。國民革命軍總政治部創辦《革命軍日報》後，在武漢創辦《一周時事述評》（1926年12月），又創辦《社會月刊》《農民生活》（1927年1月）、《政治工作週報》和《軍人俱樂部》（1927年2月）。國民革命軍前敵總指揮部政治部在漢口創辦初爲週刊後改旬刊的《前敵》（1926年10月20日）、《黨聲》旬刊（1927年4月10日）。

廣州國民政府軍事委員會政治訓練部的《軍人日報》，1926年4月1日創刊廣州，對開大報。旨在「提高軍人之政治觀念，促軍隊眞正成爲擁護人民利益之軍隊」，「提倡軍民合作」，「促進國民革命」。大量報導國民革命軍各軍的活動，反映軍人的生活和要求，介紹全國工農運動形勢，揭露帝國主義和封建軍閥的勾結，刊載有關蘇聯的消息。[1]

國民黨中央軍人部的《軍人週報》，1926年8月31日創刊於廣州，16開。自勉於「訓練革命軍人」，「本黨指導革命軍人唯一刊物」[2]。設「時事述評」、「時論」、「革命文藝」、「通信」等欄目。創刊號刊載廣州國民政府代理主席、國民黨中央黨部代理主席譚延闓撰寫的發刊詞，發表蔣介石的文章《出師之意義》及《由北方時局觀測北伐之將來》（張榮福）、《歡迎國民軍加入本黨並祝革命前途》（尸戈）、《革命軍人與軍閥之分別》（信孚）、《革命軍人的眞精神》（非非）等。「時事述評」欄每期刊發三五篇述評。接連發表《吳佩孚要完事了》《指日可下之湖北》《反動派幫了我們宣傳》《亞細亞民族會議之前途》《五省人民其速起》《張作霖再支配北京政局》《英艦炮擊萬縣事件》《英帝國竟促各國干涉中國耶》《討赤聯合戰線》《帝國主義口中之蘇聯內亂》《國際聯盟焉能解決萬縣事件》《張作霖的總統禍》《名流們的和平運動》《劉玉春的愚忠》《英炮艦政策與對華干涉政策》《捕赤反作奉魯破裂之導火索》《施肇基的滑稽把戲》《討赤軍最近的成績》《上海警察只値半元》《孫傳芳討赤乎？赤討乎？》《英工黨市選勝利與英國之前途》《孫吳倒後的中國局面》《加拉罕的偉論》《英國眞要承認國民政府麼》等述評，及時評述國內外重大事件。由上海、福州、紹興、汕頭、北京、濟南、南京、潮州、黃梅、開封、武昌、太原、長沙、成都、梧州、重慶、雲南、杭州、寧

1　錢承軍：《建國前中國共產黨報刊研究》，中國文聯出版社，2009年版，第59頁。
2　《本報啓事一》，（廣州）《軍人週報》，1926年9月7日第2期。

波、蕪湖、南昌、西安等書店、圖書館代售。

國民革命軍總政治部的《革命軍日報》，前身是國民政府軍事委員會政訓部宣傳處於 1925 年創辦的《政治日刊》，宣傳處處長吳明兼任主編。後更名《軍人日報》，羅漢主編。1926 年 7 月，國民革命軍誓師北伐，國民政府軍事委員會政訓部改名爲國民革命軍總司令部戰地政務處，不久改爲政治部，《軍人日報》遂擴大爲《革命軍日報》，隨軍北伐，先後在湖南郴州、長沙出版，繼遷江西南昌。1927 年 4 月 25 日遷武漢，由日出 8 開 1 張擴大爲 4 開 8 版，另出 8 開 4 版副刊，社址先設武昌糧道街總政治部內，後設漢口生成里 107 號。初由郭沫若兼任總編輯，楊逸棠、丘學訓、羅伯先、劉百川等編輯兼記者，1927 年 1 月潘漢年接任總編輯，同年 4 月，總編輯楊賢江，經理蔣光堂，副總編輯黃理文，印刷部主任王春生，編輯有林漢平、高歌、向培良、譚寶仁等。[1]7 月 15 日，汪精衛召開「分共」會議後，刊登宋慶齡、鄧演達和鮑羅廷取道西北前往蘇聯的消息，發表鄧演達《告別中國國民黨的同志們》的告別書。共產黨人和國民黨左派被迫退出，報紙停刊，出版上海版的籌備工作亦停止。

（二）新老部隊出版的報刊

國民革命軍的新老部隊，分別是指北伐戰爭之前組建的部隊，在北伐戰爭進程中擴充和收編的部隊。

1、國民革命軍創辦報刊

國民革命軍第 1 軍創刊《突擊週刊》（1926 年 5 月），第 2 軍創刊《先鋒》《革命》（半月刊，1925 年 10 月），第 3 軍創辦《國民革命軍》（約於 1925 年 12 月），第 4 軍創刊《四軍週報》（1926 年 12 月），第 6 軍創刊《奮鬥週刊》（1926 年 6 月 1 日），第 7 軍創刊《革命軍人》（半月刊，1926 年），第 8 軍創辦《前聲》《黨聲》等。

第 14 軍創辦《猛進週刊》（1926 年 11 月）。第 7 軍第 5 旅與柳慶清鄉督辦署合辦《柳江日報》（1926 年，第 5 旅旅長伍廷颺兼任社長）。第 26 軍政治部在浙江平湖創辦綜合性雜誌《彈花》（1927 年 2 月）。第 35 軍軍長何鍵創刊《三五報》（1927 年 2 月 15 日，田維中負責）。第 11 軍政治部創刊《血路》週刊（1927 年 2 月 15 日，陶百川負責）。國民革命軍前敵總指揮

1　曾旭波：《珍貴的〈革命軍日報〉》，《汕頭特區晚報》，2012 年 5 月 14 日。

部、第 8 軍特別黨部創刊《黨聲》旬刊（1927 年 2 月 20 日）。第 7 軍政治部創辦《大志願》週刊（1927 年 2 月）。第 15 軍政治部創刊《重光》週刊（1927 年 2 月，耿丹負責）和《重光畫報》（1927 年 3 月 2 日）。國民革命軍總司令部學兵團創刊《學兵日刊》（1927 年 2 月 1 日）。中央軍事政治學校一分校在南寧創刊《責任旬刊》（1927 年 4 月，16 開，鉛印）。國民黨湖北省黨部、第 8 軍總指揮部聯合創刊對開日報《武漢民報》（1927 年 5 月 21 日，主編張稼年）。國民革命軍東路軍前敵指揮部政治部在上海創辦對開 4 版《前敵日報》（1927 年 4 月 1 日）。國民革命軍北路總指揮部政治部在廣東韶關創刊《4 開 4 版北江日報》（1927 年 6 月 1 日）。第 8 軍特別黨部創刊《第八軍特別黨部週刊》（1927 年 9 月 10 日）。第 7 軍特別黨部在廣西南寧創辦《生路》（1927 年）。第 11 軍政治訓練處在廣東汕頭創辦《鐵軍》（1928 年 1 月）。第 4 軍政治訓練處在廣州創辦《軍聲》（1928 年）。第 4 集團軍創辦《半月刊》《創進》《軍事月刊》《政訓旬刊》等。

2、川軍改編國民革命軍創辦報刊

第 20 軍在四川萬縣創辦《軍育週刊》（1926 年 8 月），《壁報》（1926 年 9 月），《快刀》（1927 年 10 月 10 日），《坦途週刊》（1927 年 10 月 10 日）。

第 21 軍在重慶創辦《黨務周鐫》（特別黨部，1927 年 10 月 10 日），《革命畫報》（1927 年初），《革命週刊》（1927 年 12 月），《前兵》（第 1 師，1927 年 8 月），《血花旬刊》（第 6 師，1927 年 11 月），《建國旬刊》（第 7 師，1927 年 5 月 10 日），《政治旬刊》（第 8 師，1927 年 3 月 30 日）。

第 24 軍創辦《軍人週報》（1926 年 11 月，成都，原由幫辦四川軍務善後事宜公署編輯出版），《政務匯刊》（約 1927 年下半年或 1928 年上半年，西昌），《呼聲》（第 2 混成旅，1927 年冬，西昌），《前線週刊》（1927 年，成都）。第 28 軍創辦《軍政週刊》（1927 年，成都）。第 29 軍創辦《政治旬刊》（1927 年 8 月 21 日，三臺），《政治旬刊》（第 3 路 7 混成旅，1927 年 11 月 10 日，南部縣），第 28 軍混成旅特別黨部籌備處創辦《治幹》（1928 年 10 月）。

3、國民軍聯軍創辦報刊

1926 年 9 月 17 日，馮玉祥率部在綏遠特別區五原縣（今屬內蒙古自治區）舉行誓師授旗大會（史稱「五原誓師」），宣布脫離北洋軍閥，將西北國民軍改名國民革命軍（又稱國民軍聯軍），五色旗更換爲青天白日旗，集體加入國民黨，接受國共合作綱領，成立最高特別黨部，參加國民革命。馮玉祥任總司令。中共黨員劉伯堅任政治部副部長。1928 年 4 月，國民軍聯軍被整編爲國民革命軍第 2 集團軍，總司令馮玉祥，政治部部長劉伯堅。在此期間，國民軍聯軍和第 2 集團軍創辦一批報紙，加強宣傳工作。

1926 年 10 月，馮玉祥爲表示遵奉孫中山遺訓，由劉伯堅以政治部名義將 1925 年創辦的《西北民報》改名《中山日報》，李大釗派來的北京大學文科院學生賈午任社長，中共黨員李子光任編輯。同年秋末，國民軍聯軍援陝至寧夏，《中山日報》遷銀川玉皇閣繼續出版，改爲 4 開 4 版，石印。1927 年 9 月，《中山日報》因「清黨」被封。[1]國民軍聯軍總司令部進駐西安後，連續創辦《國民軍畫報》週刊（1926 年 12 月），《國民軍政報》日刊（1927 年 2 月 18 日，6 月 1 日改名《第二集團軍公報》，6 月 26 日遷河南開封出版），《新國民軍報》《中山畫報》（1927 年 2 月），《政治工作》週刊（1927 年 3 月 5 日），《政治畫報》（1927 年 5 月，國民軍聯軍第 13 路），《革命畫報》旬刊（1927 年 9 月 27 日，第 6 方面軍總指揮部）。第 2 集團軍總司令部創辦《革命軍人朝報》《革命軍人畫報》週刊（1928 年 3 月 18 日）。

《革命軍人朝報》，1927 年 10 月創刊，國民革命軍第 2 集團軍總司令部主辦。馮玉祥題寫報頭。政治部部長郭春濤、副部長簡又文、總部秘書長黃少谷、宣傳處長孟憲章和朱伯珍、李世軍、羅念冰等歷任社長、總編輯。社址初在鄭州喬家門，1928 年 6 月遷至開封中山南街北頭路西樂善局內。馮玉祥爲教育和提高士兵的思想文化素質而辦，對每天出版的報紙都要先過目，令全體官兵以連爲單位每日講讀。日出 4 開兩張。報頭下邊分別是《總理遺囑》專欄和總司令誓辭。報邊印有約束、鼓舞士兵的口號。報紙一張專登新聞，另一張登載馮玉祥對士兵的訓詞等。至中原戰事緊張，紙張匱乏，出版 4 開 2 版。第一版爲國內時事，主要是登載軍閥戰爭消息；第二版爲副刊，刊載闡揚國民黨黨義、討論政治經濟問題的文章及描寫第 2 集團軍內部生活的文藝作品。副刊每日刊出專欄「軍人千字課」，提高士兵文化水平。除在第 2 集團軍內發行，向豫陝甘黨政機關和學校廣泛贈閱。附設中華通訊社、公報處、畫報處，每週出《革命軍人公報》《革命軍人畫報》，發布軍令、文告等，刊載長官照片、犧牲官兵遺像及戰地實景圖片。1930 年停刊。

1　李萌：《建國前的寧夏報業》，《新聞大學》，1995 年第 2 期。

（三）北伐戰爭後出版的報刊

1、北伐戰爭後報刊出版簡述

1928 年北伐戰爭結束，國民黨軍內部爭鬥不息，軍隊政治工作受到削弱，軍隊報刊數量減少，社會影響降低。爲了配合對中央根據地進行第四次圍剿，國民黨訓練總監部剿匪軍隊政治訓練處 1932 年 6 月 23 日在南昌創辦《掃蕩日報》，另出版《掃蕩旬刊》（軍委會南昌行營政治訓練處），《掃蕩週報》（贛粵閩邊區政治訓練處），「在各『剿匪』軍隊中亦有《掃蕩簡報》」。[1] 一些部隊和領導機關出版的一些報刊，先後有：第 17 路軍 1931 年 7 月 12 日在西安創刊《軍事週刊》，第 42 師 1931 年在陝西大荔創辦《四二導報》，雲南省救國義勇軍政治部 1932 年 1 月 10 日創刊《義勇軍》週刊，訓練委員會 1932 年 10 月初在北平創辦《軍事日報》，第 86 師 1934 年 10 月在陝西榆林創辦《上郡日報》，陝西安康綏靖軍司令部 1934 年 1 月 23 日創刊《民知時報》，「圍剿」第二路軍 1935 年 2 月 10 日在貴陽創刊《革命日報》。還出版了一些軍事期刊：《海軍雜誌》，海軍部海軍編譯處 1929 年創辦於南京。[2]《兵工雜誌》，國民政府軍需部兵工署 1929 年 7 月 15 日創刊於南京。《炮兵雜誌》，南京炮兵雜誌社 1935 年 5 月創刊於南京。《防空雜誌》（季刊），軍委會防空委員會 1935 年 5 月創刊於南京。

2、西安事變中的東北軍報刊

1931 年「9．18」事變後，東北軍奉命屈辱地撤入關內，又被從河北抗日前線南調安徽，繼而於 1935 年 9 月後被調至陝西「剿匪」。全國抗日救亡運動日益高漲，背井離鄉的東北軍在西安出版《活路》《東望》《西京民報》等報刊，在西安事變中發揮了重要的輿論導向作用。

（1）第 67 軍的《東望》雜誌

第 67 軍參謀處創辦。軍長王以哲 1936 年 10 月 11 日題詞:「東北如何偉大，如何富饒？在我國經濟上國防上如何重要？以及關係我民族生存上如何密切？世人之論，至詳且備。所欲告我武裝同胞者，不徒東望，必須東歸，不達不止，誓必我身而完成之；方不愧爲東北健兒，方不愧爲現代革命軍人。」[3]

---

1 龔小京：《江西省建國前報刊概述》，《江西圖書館學刊》，1989 年第 4 期。

2 《海軍雜誌》1940 年 4 月更名《海軍整頓》，在桂林出版，1941 年 7 月更名《海軍建設》月刊，以增進國人對海軍與國防的認識，研究建設中國海軍理論，教育海軍幹部爲宗旨。

3 繆平均：《兩份西安事變的眞實紀錄》，《博覽群書》，2008 年第 1 期。

1936 年 12 月 20 日，第 6 卷第 6 期《東望》雜誌在西安出版，16 開，除了封面刊載王以哲的題詞，所刊內容集中在西安事變及抗日，綏東抗戰、日本侵華和反法西斯兩個方面。關於西安事變及抗日的文章有：張學良的《一二一二事件原委》《舉行諍諫與對日抗戰的決心》（1936 年 12 月 14 日晚在西安廣播電臺講話），楊虎城的《兵諫的意義》（1936 年 12 月 15 日晚在西安廣播電臺講話），《一二一二的革命火花爆發》《一二一二事件後之眞相》《中央飛機在渭南三原等地擲彈》《文電中的八大救國主張》《張楊兩將軍告全體將士書》《東北婦女抗日同盟會成立宣言》《停止一切內戰》（轉載延安《解放日報》論評）。關於綏東抗戰、日本侵華及反法西斯的文章有：《爲援助綏東抗戰告東北將士及流亡民眾書》（東北民眾救亡會啓 1936 年 12 月 6 日），日本侵華照片，《抗日援綏軍開始組織》《日本的國防實力檢討》《日本在華北大演習的實況》《出賣華北的何梅協定》《華北中日通航的前後》《意日成立協定兩個侵略國家狼狽爲奸》《蘇聯舉行全國代表大會各代表痛斥法西斯國家》。及《軍歌》（羅家倫作）《士兵救國歌》和《男兒血》。

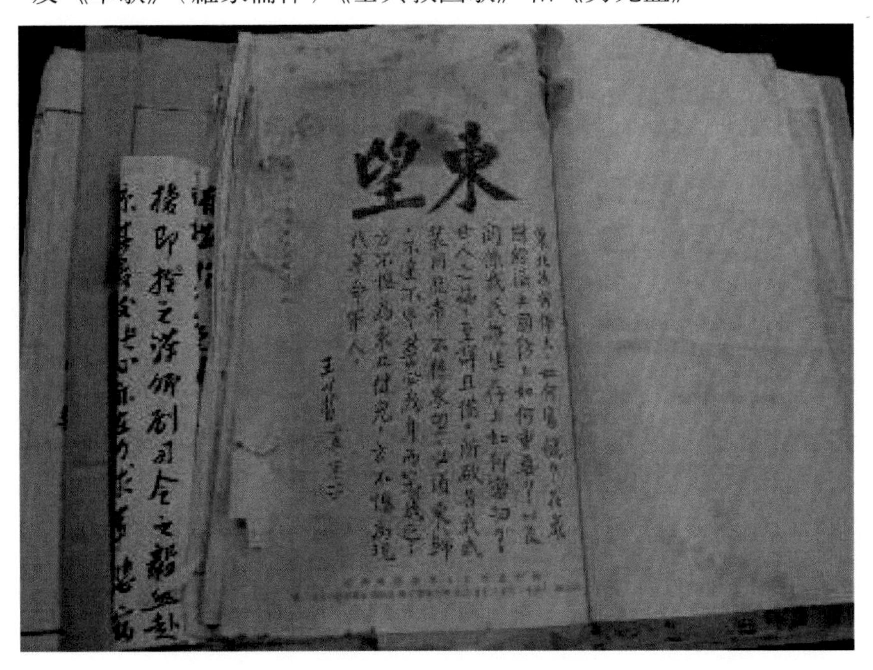

圖 2-4　東北軍第 67 軍出版的《東望》雜誌[1]

1　《圖文：珍貴史料披露張學良抗日救亡決心》，http://news.sina.com.cn/c/p/2006-12-12/164011770000.shtml。

《一二一二事變的原委》，是張學良1936年12月13日下午5時在東北軍參謀總部的內部講話，全文如下：

董參謀長，諸位同志：這幾天因爲我很匆忙，所以今天早晨想和諸位講話，結果未能騰出時間。方才又令諸位等了好些時間，很覺得對不起。

過去差不多有一個月的時間沒有到班，沒有同諸位講話。不到班，不同諸位講話的原因，實在是由於我內心不願意做「剿匪」工作！在外侮日迫的時候，我們不能用槍擊打外國人，反來打自己人，我萬分難過！我不願意同我的部下說假話，說違心的話；可是，因爲我限於命令和職務的關係，不說則已，要說就得說些違心的話，不得已，只好根本不說。關於此次十二月十二日事件的原委，想諸位已大概的明瞭，現在我再簡單的述說一遍：我同蔣委員長政治意見上衝突，到最近階段大抵已經無法化解，非告一段落不可，誰也不能放棄自己的主張。於是我決定三個辦法：第一，和蔣委員長告別，我自己辭卻職務走開；第二，對蔣委員長用口頭作最後的諍諫，希望蔣委員長能在最後，萬一改變他的主張；第三，就是現在所實行的類似兵諫的辦法。假如不是因爲我遭逢國難家仇的處境，假若不是因爲我對國家民族負有重大的責任，假若不是因爲採納部下的意見，接受部下的批評，或者假若我隻身離去，同東北義勇軍一起做工作，也能收到和實行第三種辦法同等的效果；實行第一種辦法，對我個人沒有什麼，我一點不在乎。

第二種辦法，是我最近一個月來所實行的，在實行這種辦法時，我眞是用盡心機，也可說是舌敝唇焦，而絕對是純潔無私的。我曾去洛陽兩次，有一次爲了表明心跡，是單身去的；可惜，因爲蔣委長氣太盛，我的嘴太笨，總未能盡其詞，在上面已經說過了。我可以說是蔣委員長的最高幹部，而他對最高幹部的話，不但不採納，甚至使我不能盡詞，反之，卻專聽從不正確的一面之詞，這實在不能算對！

第一第二種辦法都行不通，只好採用第三種辦法。採用第三種辦法，還有幾個近因，也是主要的原因：第一，上海七位救國領袖被捕，上海七位救國領袖究竟犯了什麼罪，我想全國大多數人誰也不曉得。沈鈞儒是一位六十多歲的著名教授，他所犯的罪，只好像他自己所說：「愛國未遂罪」！有一次，我對蔣委員長表示上項意見，他竟說：「全國人只有你這樣看，我是革命政府，我這樣做就是革命。」我心裏的話那時沒有說出來，革命政府並不只是空洞的四個字，革命必須有革命的行動；第二，一二九西安學生運動，事前我聽說了，便同楊主任、邵主席計議，想各種辦法來制止，我僅提出幾個辦法：令學生在學校開紀念會，請邵主席召集擴大紀念周，令學生用文字表示，實在還不成，非遊行不可，由我和楊主任、邵主席盡力勸阻，無論如何不叫到臨潼去。對學生運動我實在是盡力排解，假如不是蔣委員長，飭命警察開槍，武力彈壓，使群情憤激，我想學生決不至於堅持到臨潼去。學生走向臨潼後，我不顧一切利害，挺身而出，幸而把學生勸回來，而委員長卻怪我沒有武力彈壓，而且竟公開說是他叫警察開槍槍擊，假如學生再向前進，他便下令用機關槍打！我們的機關槍是打中國人的嗎？我們的機關槍是打學生的嗎？蔣委員長有了以上兩種表示，楊主任、其他西北將領和本人，就都斷定了他的主張是決不能輕易改變了！尤其是常聽他說，除了到西北，除了我，沒有人敢那樣說他，沒有人敢批評他；他是委員長，他沒有錯，他就是中國，中國沒有他不成等話以後，便斷然決定採取第三種辦法。的確，我們平情的說，從蔣委員長的一切言行上看，他和專制大皇帝有什麼區別？

我們這次舉動，把個人的榮辱生死完全拋開。一切都是爲了國家民族！將要發生什麼影響，我們眞是再三再三的考慮，假如無利於國家民族，我無論如何也不幹；反過來說，我們一定要幹！我們這次舉動，無疑的，對於國家的秩序，或有相當的影響，但權衡輕重，爲了拯救國家的危機，是不得不如此，這樣做，對於國家終於是有好處的！

現在蔣委員長極爲安全，我們對蔣委員長絕沒有什麼私仇私怨，我們絕不是反對蔣委員長個人，是反對蔣委員長的主張和辦法，反對他的主張和辦法，使他反省，正是愛護。我們這種舉動對蔣委員長是絕對無損的。如果蔣委員長能放棄過去的主張，毅然主持抗日工作，我們馬上絕對擁護他，服從他！那時甚至他對我們這次行動認爲是叛變而懲處我們，我們絕對坦然接受，因爲我們所爭的是主張，只要主張能行通，目的能達到，其他均非所計。

這次事件關係我們國家民族興亡，務望諸位集中全力，格外努力任事！都要下最大決心，獻身國家民族！我眞不信我們中國不能脫離日本帝國主義的羈絆！我們要承認過去的錯誤，我們決不一錯再錯！諸位同志！中華民族終有自由解放的一天！[1]

（2）張學良的《西京民報》

1936 年 6 月 18 日，創刊西安。西北「剿匪」副總司令代總司令張學良出資創辦。發行人趙雨時，總編輯張兆麟，編輯陳翰伯等，副刊編輯魏恩民（魏文伯），經理段競。4 開 4 版。第一版國內新聞，第二版國際新聞，第三版本市新聞，第四版副刊。發刊詞《我們的相約》稱：「惟有振起精神，就其才力所及，以最大最善之努力喚起國人，冀以完成民族復興，雪恥復土的艱巨工作」。反映東北軍官兵反對內戰、收復失地的呼聲，提出抗日復土「不是少數人英雄的事業，而是全國人民的任務，必須把抗日的武力與民眾結成一體」的要求。[2]刊登中央社消息。發表反映東北軍官兵反對內戰，收復失地重歸故里的文章。秘密爲中共印刷《游擊戰爭的戰略戰術》《工農紅軍北上抗日布告》等。

1936 年 12 月 12 日上午 10 點多鐘，發行號外，率先報導西安事變。12 月 13 日第一版，刊登附張學良楊虎城照片的消息《張楊對蔣介實行兵諫——揭竿抗日舉國歡騰》，張學良楊虎城提出的抗日救國八項主張，發表署名「文伯」的評論《偉大的又十二》。公開宣傳中共抗日民族統一戰線政策，多次以編輯部名義召集西安的軍官、學生、工商界人士等座談，宣傳中共聯蔣抗日、反對內戰的方針。美國記者艾格尼斯·史沫特萊多次來訪，總編輯向她介紹形勢和中共的方針政策，她建議報紙刊登專文，爲國民黨釋放的紅軍官兵募捐。

1937 年 2 月初，國民黨中央軍進駐西安。《西京日報》停刊，隨即被武裝接管。

1 繆平均：《兩份西安事變的眞實紀錄》，《博覽群書》，2008 年第 1 期。
2 張義：《它吹響了復土還鄉的號角——張學良創辦〈西京民報〉》，《黨史縱橫》，1998 年第 10 期。

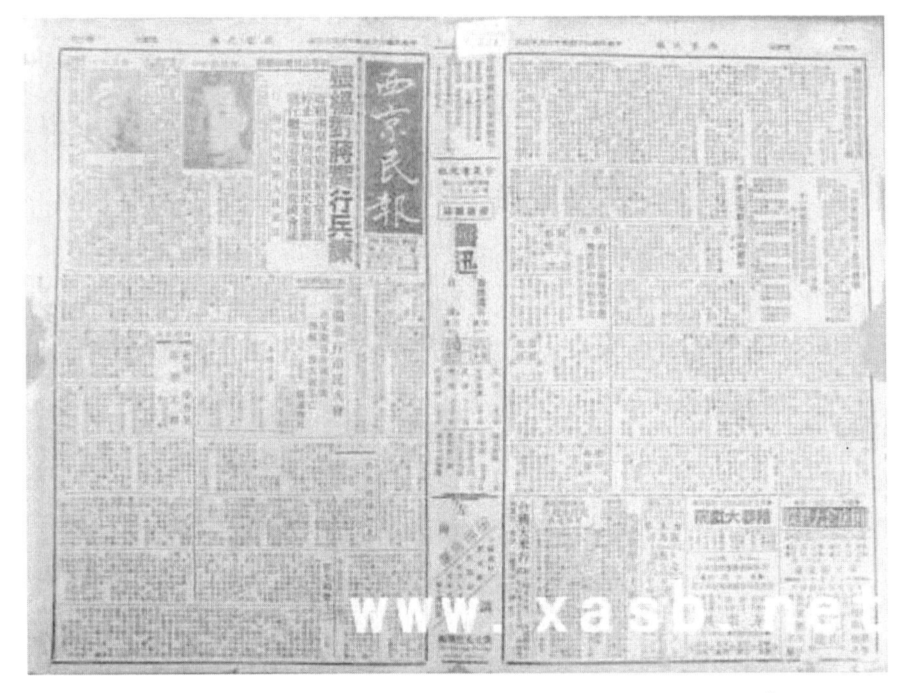
西京民報

張楊對蔣實行兵諫

圖 2-5　《西京民報》1936 年 12 月 13 日第一、四版[1]

三、抗戰中的國民黨軍報業

抗日戰爭時期，國民黨軍報刊出版興旺。形成了由軍委會《掃蕩報》、戰區《陣中日報》、集團軍（軍）《掃蕩簡報》構成的三級報刊出版體制。作戰部隊報刊大量湧現。雜牌軍和中央軍在創辦報刊方面嫡庶難分。據統計，1941 年國民黨軍有 182 種報紙，除了《掃蕩報》《陣中日報》，39 家《掃蕩簡報》，39 家《陣中簡報》，「另有《明恥日報》《精忠日報》《前衛日報》《忠貞簡報》《精誠週刊》《忠義日報》《中正日報》《抗建簡報》《鐵血旬刊》《必勝日報》《黨軍日報》」。[2]國民黨軍各部隊自行出版的報紙，名稱雖然不一，明恥、忠義、抗建、必勝的寓意顯而易見。

（一）總部及所屬單位出版的報刊

1、國民黨軍總部出版的報刊

國民政府軍委會出版的報刊有：《新軍日報》，軍政部，1938 年 1 月創辦貴州獨山。《戰時文化》，政治部第三廳戰時文化社 1938 年 5 月創辦湖北

1　《1936 年 12 月 12 日〈西京民報〉》，http://www.xasb.net/view.asp?id=608。
2　王曉嵐：《抗戰時期國民黨的軍隊報刊》，《軍事歷史》，1998 年第 1 期。

漢口，半月刊，主編兼發行人張申府。《抗戰藝術》，政治部 1939 年 1 月 1 日創刊四川重慶，月刊。《軍事雜誌》，軍訓部創辦，抗戰中先後遷湖南衡陽、重慶、四川璧山，月刊。《軍醫公報》，軍醫署創辦，月刊。《陸軍經理雜誌》，軍政部 1941 年 1 月創刊，月刊。《軍事與政治》，政治部 1941 年 3 月 26 日創刊，月刊。《政工週報》，政治部約於 1941 年初創辦。《國民兵教育季刊》，軍訓部約於 1941 年 12 月創刊四川璧山，白崇禧題寫刊名，季刊，16 開。《士兵半月刊》，政治部 1941 年 1 月創刊，第三期改名《士兵月刊》，平民教育家晏陽初主編。[1]

軍委會政治部第三廳爲加強對外宣傳，1939 年 7 月至 1941 年 3 月，在香港以今日中國出版社的名義，使用英、法、俄、中四國文字，出版發行 8 開大型畫報《今日中國》，以外國人特別是各國首腦、政府官員、社會名流、使領館人員爲對象，刊用各攝影通訊社的新聞照片，報導重慶火炬遊行、青年武裝農民、重慶大轟炸、中國空軍、抗戰演劇隊演出、生產建設等和郎靜山的《滇蜀之旅》等風光攝影作品。

2、國民黨軍總部所屬單位出版的報刊

國民政府軍委會委員長行營出版的報刊有：《桂林晚報》，桂林行營政治部主辦，1939 年 6 月 15 日創刊，8 開。《西南日報》，西南行營政治部主辦。《寧遠報》，西昌行轅政治部主辦，1939 年 7 月 7 日創刊，西昌行轅主任張篤倫爲社長，西昌行轅政治部主任張敦品爲副社長兼發行人，西昌行轅政治部第二科科長毛鵬基爲代理總編輯。《成都快報》，成都行轅政治部主辦。《現代中國》，天水行營政治部主辦，1940 年 4 月創刊，半月刊，西安。

3、國民黨軍總部等出版的兵役榮軍報刊

中國在敵強我弱的情況下被迫進行自衛性的抗日戰爭，遭受前所未有的兵員損耗。堅持抗戰，徵集兵員，補充部隊，投放戰場。生力軍源源不斷地奔向抗日前線，傷病員連綿不絕地後送醫治。國民黨軍出版了兩種新型報刊，即兵役報刊和榮譽軍人報刊。

軍委會軍政部和省兵役機關出版的兵役報刊，先後有：四川省軍管區司令部主辦的《四川兵役》，原名《兵役》，1938 年 9 月創刊，半月刊，1940 年 3 月改名並改月刊，1943 年 3 月因經費等問題改出季刊。浙江軍管區司

1 杜學元：《論晏陽初的平民教育課程觀及其實踐》，《西華師範大學學報（哲學社會科學版）》，2016 年第 2 期。

令部主辦的《浙江兵役》，1939 年 9 月 15 日創刊，半月刊，浙江省主席兼浙江軍管區司令黃紹竑任發行人，主編趙天聲。陝西軍管區 1940 年創辦《陝西兵役》。軍政部兵役署主辦的《兵役快訊》，1941 年 9 月創刊，週刊，16 開，印行 4000 冊，發至各縣。廣東省兵役宣傳委員會 1941 年 4 月至 12 月出版《建軍畫報》月刊。安徽屯溪貴徽師管區區黨部 1943 年 1 月創刊《貴徽兵役》。四川隆富師管區司令部 1944 年 7 月 15 日創刊《隆富兵役月刊》，16 開，鉛印。四川省軍管區出版的《兵役》半月刊稱：「闡發兵役理論，宣達兵役法令，溝通各方對役政意見，並喚起民眾踴躍服役」。「所登文電法令以到達官署之日起，即生一體遵守效力，凡軍管區司令部所屬各機關均須訂閱。」[1]

軍委會和國民政府等出版的榮譽軍人報刊，先後有：軍委會後方勤務部主辦的《傷兵生活》，1939 年 8 月創刊重慶，不定期刊。新生活運動委員會總會、軍委會後方勤務部聯合主辦的《傷兵之友》，約於 1940 年 2 月創刊，半月刊。西北傷兵管理處 1940 年 5 月在西安創刊《榮譽》旬刊。安徽屯溪軍委會政治部榮譽軍人招待第七總隊 1940 年 9 月創刊《榮譽軍人》。榮譽軍人月刊社編輯發行的《榮譽軍人月刊》，1942 年 11 月 10 日創刊重慶，32 開，軍委會參謀長何應欽題寫刊名。「奉委座手令創辦。以宣揚榮譽軍人英勇事蹟，報導榮譽軍人動態，指導榮譽軍人之生活，加強其抗戰意志，激勵其抗戰情緒，鞏固對三民主義、總理遺教、總裁訓示信念，並檢討榮譽軍人問題爲宗旨」[2]。

（二）陸軍出版的報刊

1、陸軍軍以上部隊出版的報刊

陸軍軍以上部隊出版的報刊有：1938 年 1 月 5 日，第五路軍總政訓處創刊《全面戰》週刊；夏天，第 38 軍在中條山區創辦《新軍日報》；7 月 1 日，第 35 軍在山西河曲創刊《奮鬥日報》；10 月，第一戰區政治部在西安創刊《青年正論》半月刊；12 月，第 31 集團軍創辦《戰友》月刊；同年，第 5 軍軍長杜聿明在廣西全縣（今全州縣）創辦 3 日刊《甦報》（負責人李毅，社址在縣城西楊泗廟）。1940 年 4 月 15 日，廣西軍民合作總站和戰地工作督導團

1　王綠萍：《四川報刊五十年集成》，四川大學出版社，2011 年版，第 703 頁。
2　王綠萍：《四川報刊五十年集成》，四川大學出版社，2011 年版，第 641 頁。

第一分團在桂南前線創刊《軍民日報》。1941 年 5 月至 7 月，第 28 軍在浙江孝豐報福鄉出版《京杭日報》；9 月，第 16 集團軍在廣西南寧創辦鉛印《挺進》半月刊。1942 年 2 月，第 49 軍在浙江金華創辦《四九月刊》；同年秋，四川重慶憲兵司令部創辦《憲兵雜誌》。1943 年 8 月，陸軍第 50 軍特別黨部在安徽屯溪創刊《軍中文化》；10 月，魯蘇皖邊區總司令部特別黨在安徽臨泉創刊《重建月刊》，國民黨安徽省軍隊特別黨部在安徽立煌（今金寨縣）創刊《忠勇月刊》。1944 年 1 月，國民黨浙江軍隊特別黨部在龍泉創刊《黨軍》月刊。中國遠征軍創辦了《軍聲報》，第 20 集團軍創辦了《抗戰導報》，第 32 集團軍創辦了《捷報》，騎兵第 1 軍創辦了《鐵騎日刊》。

2、陸軍師級部隊出版的報刊

陸軍師級部隊出版的報刊有：第 194 師 1938 年 3 月在浙江鄞縣創辦《叱吒》旬刊。第 137 師 1939 年 1 月 1 日在四川西昌創辦《鐵血旬刊》（4 開 4 版，石印）。第 151 師 1940 年在廣東開平創辦《陣地畫報》（油印單頁）。第 76 師 1942 年 9 月在四川會理創辦《智慧三日刊》（油印）。第 126 師 1944 年在四川綿陽創辦《政工報》（4 開 1 張，單面石印）。青年軍第 201 師 1945 年 2 月 2 日在四川璧山創刊《軍中導報》（週報，4 開 4 版）；第 187 師 7 月在廣東南雄創辦《雄風日報》；新編第四師 7 月在甘肅酒泉創辦《營地生活報》。還出版了《七十三師軍報》等報刊。

3、陸軍團以下部隊出版的報刊

陸軍團及以下部隊等出版的報刊有：1938 年 1 月，第 163 師 977 團在四川自流井（今自貢）創辦《抗倭週報》。1939 年 4 月 16 日，第五戰區政治總隊第一中隊在安徽阜陽創刊《淮流》半月刊（原名《淮濤》，戰區司令長官李宗仁應邀題寫刊名，誤寫「淮流」，隨即改名）；6 月，第五戰區第十一游擊縱隊在安徽阜陽創刊《抗戰藝術》《抗戰歌集》《阜陽畫報》。1943 年 8 月 13 日，第三戰區第四挺進縱隊田岫山部在浙江上虞豐惠鎮創辦《錦報》。1944 年 6 月，浙江保安第三縱隊第二支隊在紹興塘北創刊《晨呼月刊》。第五戰區第六挺進縱隊在湖北隨縣與京山縣交界的六房嘴創辦石印《挺進週報》。青年軍第 201 師 602 團創辦《銅營旬報》，603 團創辦《武風週報》，第 203 師 609 團創辦《青年週刊》。

銅營

第九號

編練總監部政治部設計委員

林桂圃陳永珍兩氏來營講學

演習歸來

團部召開檢討會

政工會報，政工小組會議

如期舉行

圖 2-6　青年軍第 602 團《銅營旬報》1943 年 5 月 30 日第 1 版[1]

4、《戍聲週報》

1936 年 10 月，第 24 軍 138 師 402 旅（後改 408 旅）創刊四川裏塘（一

1　《抗戰時期 200 餘種報紙首次對外開放》，http://news.sohu.com/20140902/n403970766.shtml。

說在康定創刊，1937 年遷至裏塘）。旅長曾言樞爲發行人，旅部政訓人員賀覺非、徐耕芻爲編輯。16 開，油印。期印 200 份，發至本旅部隊及康南、康北各縣。旨在奉行主義，服從領袖，扶持三寶，利濟友情。設「簡論」、「特載」、「專著」、「文電」、「譯述」、「西康風志」、「地方通訊」、「一周消息」、「塞外吟壇」、「雜錄」等欄目。

「簡論」欄刊載《康南民眾請纓抗戰之聲威》（毅公），《西康各縣縣政府改修與創造》（賀覺非），《康南整理途中之荊棘》（張朝鑒）等文。「特載」欄刊載《鄉稻私怨與縣政》《噶布可條約之解剖》《三十年之得榮》等文。「專著」專欄刊載《康禮》（曾言樞），《整頓關外軍隊》（徐智東）等文。「地方通訊」欄，刊載康南地區的雅江、裏塘、稻城、得榮及鄉城等地新聞；「一周消息」欄，多介紹本旅的活動；「文電」欄，有介紹國內外大事的電訊摘要和反映地方事件的消息摘要兩類。「通訊」欄主要刊載駐軍將士家信。「雜錄」欄刊載《呈報解決喇嘛寺糾紛經過文》《官兵兌款數目表》《人事變動表》等呈文及表冊。每週附有小說、傳說、故事等藏文文稿，出版週年特大號、慶祝西康省政府成立等特刊。報導軍事政治動態，介紹康南地區的社會組織、時政、歷史沿革、宗教、文化、經濟、農牧生產、風俗習慣、風景名勝等。

1940 年 8 月，出版至 198 期停刊。1941 年秋，又出版了 15 期《戍聲通訊稿》。[1]

（三）空軍出版的報刊

1、中國空軍報刊出版簡述

中國空軍，規模不大。抗戰初期英勇作戰，幾乎損失殆盡。抗戰中期恢復發展，並與美國空軍並肩作戰。中國的防空作戰，任務艱巨，包括首都南京和許多大城市都遭到了日本空軍的轟炸，陪都重慶則遭到了日本空軍的長期轟炸。

中國空軍出版的報刊數量較少，主要有：《中國的空軍》，航空委員會政治部主辦。《飛報》，航空委員會政治部主辦，1939 年 4 月 10 日創刊成都和《防空情報》《防空軍人》《防空季刊》《防空月刊》等。《防空情報》，重慶防空部宣傳委員會主辦，約 1937 年 9 月出版，8 開，週刊。刊載防空常識、

1 周曉晴：《三四十年代西康地區期刊（藏族部分）之述略》，《西南民族學院學報·哲學社會科學版》，2000 年第 2 期。

敵我飛機作戰情報、漫畫、標語、論文等。[1]《防空導報》，嶺東防空司令部主辦，1937 年 12 月 3 日創刊，4 開。《陝西防空月刊》，陝西全省防空司令部主辦，1938 年 8 月 12 日創刊西安。《今日防空》，湖南省防空協會主辦，1941 年 2 月創刊湖南耒陽。

2、《中國的空軍》

《中國的空軍》，1938 年 1 月 1 日創刊湖北漢口，16 開，航空委員會政治部主辦。蔣堅忍、簡樸先後任社長。軍委會政治部印刷廠代印。自詡「創造空軍文學，培養國民偉大性格；報導空戰情況，灌輸民眾航空知識」。[2]「宣傳建設空軍，強化空軍才是本刊的目的」。[3]初爲旬刊，第 10 期改爲半月刊，第 12 期改爲月刊。遷渝出版改爲半月刊。1939 年 2 月 1 日改爲月刊。刊物篇幅常規爲 36 頁，時有變動，少則 21 頁（1940 年第 33 期），多則 52 頁（1943 年第 67 期「第四屆空軍節紀念特輯」）。出版地點多次搬遷。1938 年 11 月 15 日，從漢口遷重慶。1939 年遷成都。編者啓事稱：「自重慶慘遭倭寇無人道之轟炸以來，此間印刷製版俱感困難，又兼編輯部奉令遷蓉」[4]，致使第 23 期雜誌延至 1939 年 8 月 13 日出版。1944 年 11 月 15 日，回遷重慶。1945 年 9 月，遷至南京，編輯部設於白下路東升里 2 號。1948 年 12 月停刊。

《中國的空軍》遷至重慶出版第 16 期每冊零售 1 角 2 分，遷至成都出版第 23 期每冊零售 1 角 5 分。初發行 8000 冊，第 11 期增至 5 萬冊。同時在廣州刊出華南版，發行 3 萬冊。1938 年 11 月 15 日在重慶出版第 16 期，標明「本刊本期印刷五萬冊」，啓事稱：「本刊發行以來，蒙讀者愛護，銷售份數自八千激增至八萬」；制訂比零售每冊便宜 2 分錢的徵求長年訂戶辦法：「定閱：六期，六角；十二期，一元二角；二十四期，二元四角」，「郵費：國內每期加一分；國外照郵政章程辦理」。[5]1939 年 2 月，出英文版。

1　王綠萍：《四川報刊五十年集成（1897～1949）》，四川大學出版社，2011 年版，第 396 頁。
2　《第十六期中國的空軍出版了！》，《中央日報》，1938 年 11 月 17 日。
3　王綠萍：《四川報刊五十年集成》，四川大學出版社，2011 年版，第 468 頁。
4　《中國的空軍第二十三期今日出版》，《中央日報》，1939 年 8 月 13 日。
5　《本社徵求長期訂户啓事》，《中國的空軍》第 16 期封底。

圖 2-7　《中國的空軍》第 15 期封面[1]

一些官兵與編輯部溝通聯繫並成爲作者，以口述、座談、書信、回憶等方式記述戰鬥的見聞感受。報導中國空軍英勇抗戰。刊載《「七四」南昌空戰實錄》（以一戰四的勇士張偉華口述，夏振揚記），《敵人永遠沒有擊中他——劉粹剛》（湯卜生隊長遺作），《人道的遠征！》《去年「五二○」東征的回憶》《桂南上空的游擊隊》《七年來重慶防空紀實》《殉國成仁的烈士群》《我隨 B-25 掃蕩鄂北敵》等通訊，較爲及時的報導中國空軍奮勇作戰的具體戰況。《憶我壯士閻海文》《陳懷民肉彈擊敵記》《記「萬山」劉依均隊長》《江南大地之鋼盔——樂以琴》，報導中國空軍的個人英雄；《「萬山」部隊怒播南海》《空軍第二大隊東海奮戰記》《「413」大廣東領空之保衛戰——「流星群」大隊南國長空死敵記》《「志航」大隊兩年來的戰績》，報導中國空軍的英雄團隊。1938 年 4 月 11 日出版的第 8 期，封面疊印閻海文照片及他壯烈殉國

1　《中國的空軍》，http://www.jslib.org.cn/pub/njlib/njlib_gczy/njlib_mbwx/200508/t20050805_3168.htm。

的畫作，內文刊載黃震遐的文章《憶我壯士閻海文》，記述閻文海的悲痛壯舉。中國空軍飛行員閻海文在淞滬會戰期間，駕機執行轟炸任務被日軍高射炮擊中，陷落敵陣，奮起抵抗，自戕殉國。日本大阪每日新聞刊登上海特派員木村毅氏寫的閻海文悲壯殉國的通信，內稱「我將士本擬生擒，但對此壯烈之後，不能不深表敬意而厚加葬斂」。[1]日本海軍航空兵在 4 月 29 日日本瘋狂慶祝天長節（昭和天皇誕辰紀念日）這一天空襲武漢。中國空軍與蘇聯志願航空隊聯合作戰，擊落敵機 21 架，我方損失 12 架。5 月 10 日出版的第 10 期是「四二九武漢空戰大捷特輯」，刊載《殲滅佐世堡第十二航空隊》《陳懷民肉彈擊敵記》《血花飛濺的「四二九」——記我勇士劉宗武》《四二九空戰受傷戰士吳鼎臣訪問記》《四二九高射炮××隊奮戰記》等。《陳懷民肉彈擊敵記》的作者高度褒揚陳懷民撞擊敵機犧牲的壯舉，譽之「肉彈」，贊稱：「中華魂戰勝『武士道』！空中『肉彈』，沈崇海之後又一人，陳懷民太使人感泣了！」漫畫家豐子愷作畫配詩描述擒獲日俘的場景：「中國空軍殲敵機，敵機翻落稻田裏。農夫上前捉敵人，縛住兩人如縛雞。連聲喊打動公憤，鋤頭鐵爬（耙）齊舉起。軍官搖手忙攔阻，訓誡敵兵聲色厲：『爾等愚癡受利用，我今恕爾非罪魁。姑饒性命付拘禁，掃盡妖寇放爾歸。』敵兵感激俱涕零，雙雙屈膝田中跪。起來齊聲仰天呼：『中華民國萬萬歲』。」[2]刊載《川原中尉戰斃記》《皇軍的醜態：擊落敵機師身上的「靈符」》《「皇軍」俘虜群像》《囚虜之音》《美穗子的悲哀》等，多側面地揭露日本空軍被擊斃者及俘虜。

探討空軍建設和要地防空，灌輸航空知識。刊載《認識空軍》《抗戰建國與空軍建設問題》《空軍精神教育的我見》《空軍實戰一年之經過與教訓》《四川之都市防空》《再論太平洋戰爭中的空軍使用》《偉大的空運時代》《航空體格的養成與保護》等文論，交流抗戰時期空軍建設、要地防空的見解與建議，向廣大讀者普及航空知識。創造空軍文學。刊載小說《一封悲壯的信》《九死一生》《雲海之戀》《軍民之間》《銀空三騎士》，散文《我來自海外》《鷹的牧者》，雜文《流亡人的空軍熱》《空軍的勝利在陸上》，詩《昆明之捷》《給飛

1　轉引趙偉：《抗戰時期空軍文學管窺——以〈中國的空軍〉爲窗口》，《徐州工程學院學報（社會科學版）》，2019 年第 1 期。

2　轉引趙偉：《抗戰時期空軍文學管窺——以〈中國的空軍〉爲窗口》，《徐州工程學院學報（社會科學版）》，2019 年第 1 期。

戰士》《空軍頌》《空軍軍歌》，畫《空軍漫畫三幅》《夜間飛行》《強迫降落》等多種形式文學作品。「空軍文學是立體的」，「記載飛行員的艱苦執行任務，描寫空軍的壯舉場面，這是空軍文學的最大功能。」[1]

（四）軍校出版的報刊

1、中央陸軍軍官學校出版的報刊

中央陸軍軍官學校出版的報刊有：《黨軍日報》，校政治部主辦。《軍校半月刊》，校政治部編審科主辦，1940 年創辦成都，16 開。《軍校黨務》，校特別黨部 1943 年 10 月 15 日創刊成都，16 開。《建軍》半月刊與《武鄉季刊》，第一分校，1940 年 2 月創刊陝西城固。《建軍》半月刊，第五分校主辦，創辦桂林，16 開。《正氣》月刊，第六分校主辦，1940 年 6 月創刊廣西桂林。《王曲》週刊和《力行》月刊，第七分校主辦，1938 年 9 月 18 日和 1940 年 1 月創刊陝西長安王曲，校政治部副主任余紀忠負責。

2、國民黨軍其他院校出版的報刊

國民黨軍其他教育單位和院校出版的報刊有：戰時工作幹部訓練團 1938 年初在武漢創辦《自強日報》。空軍軍士學校 1939 年 12 月 10 日在重慶創刊《青年空軍》。國民黨軍委會西北游擊幹部訓練班 1939 年冬創辦《游擊》週刊。陸軍大學編譯處 1940 年在重慶創辦《空軍陸戰隊》。[2]中央軍事政治學校「高級教育班」的川籍學員 1941 年 1 月在成都被核准出版「非賣品」《忠勇月刊》。重慶空軍軍官學校畢業同學約 1941 年 2 月創刊《筧橋月刊》，後奉蔣介石手諭充實篇幅。空軍幼年學校 1941 年 6 月在成都創刊《空幼月刊》。空軍參謀學校 1944 年 7 月在重慶創刊《空軍參謀學校月刊》。陸軍大學編譯處 1945 年 7 月在重慶創刊《現代軍事》。廣西宜良國民黨軍校出版了《新軍日報》。

3、《黨軍日報》

1928 年 4 月 17 日創刊南京。中央陸軍軍官學校機關報。于右任題寫報頭。1927 年，廣州黃埔中央軍事政治學校遷寧，1928 年春改名中央陸軍軍官學校，3 月 6 日開學。

---

1 杜秉正:《空軍文學創造一年》，王綠萍：《四川報刊五十年集成》，第 467 頁，四川大學出版社，2011 年版。

2 王綠萍：《四川報刊五十年集成（1897～1949）》，四川大學出版社，2011 年版，第 569 頁。

創刊號報名之下標注「第一號（非賣品）中華民國十七年四月十七日出版，中央陸軍軍官學校政治部黨軍日刊社。」初名《黨軍日刊》，出版一月改本名。[1]雖稱黨軍日刊社編輯，實由校政治部下屬的編輯部專人編輯。創刊號發表校政治部主任周佛海撰寫的《青年同志的責任和本校學生的使命——代黨軍日刊發刊詞》。設「社論」、「校聞」、「國內新聞」、「國際新聞」、「軍事閒話」、「政治問答欄」等專欄和《黨軍副刊》。1928 年 11 月至 1933 年，爲擴大副刊範圍曾改出對開 6 版。抗戰爆發，隨校西遷。

1939 年 1 月 1 日，復刊成都。社址在成都西東大街 6 號。由校內發行改爲公開發行。4 開 2 版。第 1 版是國內外新聞，第 2 版是本市新聞、副刊《血花》及廣告。單獨出版 8 開 2 版《抗戰與建國》《軍事週刊》《國際政治》《戰時新聞》《黃埔文藝》《戲劇綱》《民族戰士》專刊，作爲正刊的第 3、4 版一併發行。3 月 18 日改出對開 4 版，第 1 版是廣告，第 2 版是國內新聞，第 3 版是國際新聞，第 4 版是時論文章或專刊和副刊《血花》。刊出中國邊疆協會主辦的《邊疆週刊》。

1945 年 7 月 9 日北伐誓師紀念日，奉命改名《黃埔日報》。「原取由黨建國，由黨建軍之義，現因中樞決義，定期召開國民代表大會，實施憲政，還政於民，須先還軍於國，故『黨軍』之名隨時代之進步，實有更正之必要」。[2]社址在成都江漢路 143 號，在祠堂街、春熙路、東大街設營業處。1949 年 12 月停刊。

（五）戰區與集團軍（軍）出版的報刊

1、戰區出版的《陣中日報》

《陣中日報》是國民政府軍委會戰區機關報。1937 年 8 月，國民政府軍委會應對逐步擴大的戰爭，爲加強軍事指揮，在全國劃分戰區。經多次調整，全國劃分的戰區由 5 個增至 12 個。

（1）東、北、西戰線的《陣中日報》

1937 年 8 月 13 日，國民黨軍發起淞滬會戰。國民政府軍委會政訓處按照蔣介石的手諭，創辦戰地報紙。計劃分別出版東戰線、北戰線和西戰線三家《陣中日報》。

1　何江：《黃埔軍校南京時期軍校報刊史料考證》，http://www.huangpu.org.cn/hpyj/201704/t20170427_11755078.html。

2　王緑萍：《四川報刊五十年集成》，四川大學出版社，2011 年版，第 486 頁。

《東戰線陣中日報》，在具有紀念意義的 1937 年 9 月 18 日創刊蘇州，《吳縣日報》承印，對開 2 版，張慧劍主編。以報導戰地消息爲主，刊發特寫、雜文、漫畫。施白蕪、吳禊雲和漫畫家高龍生、葉淺予等撰稿。發行 1 萬多份，每天由卡車從蘇州送往淞滬會戰前線。10 月 13 日，戰火威脅蘇州前夕停刊。11 月 19 日，蘇州淪陷當天，日軍第十軍海勞原部進城後發現《吳縣日報》社內積存大批《東戰線陣中日報》，放火焚毀了胡覺民苦心經營十年之久的報社，五進深的房子化爲一片廢墟，大火殃及隔壁的 3 戶人家，從日本引進的套色輪轉印刷機被壓在瓦礫堆中。[1]

北戰線《陣中日報》，原計劃在石家莊創刊，北線戰局急轉直下，被迫 1937 年 10 月創刊於鄭州。蔣介石題寫報頭。1938 年 4 月，豫東吃緊，先撤信陽，後遷西安。1939 年 7 月，改歸第一戰區司令長官部指導，回遷河南洛陽。社址在洛陽北門內吳家街 5 號。第一戰區司令長官部政治部長袁守謙兼社長，陸印泉任副社長，陸印泉、董文淵、李節光、李方白等歷任總編輯。4 開 4 版。報頭下方「總裁訓詞」欄，每日選登蔣介石語錄。第一版，遇重大勝利喜訊套紅印刷，每日刊發社論，邀請郭沫若、陳獨秀等學者、名流爲星期日「每週一論」撰稿；闢「地名辭典」欄，解釋報導中新出現的地名。第二版，刊載國內新聞、戰地通訊、將領訪問記等。第三版，刊載國際新聞和「軍人服務」專欄。第四版是副刊《軍人魂》，刊登士兵生活的小說、散文、詩歌等文藝作品。1940 年後，報紙改爲 4 開兩大版，版面內容有所調整。免費發給官兵閱讀，後因物價上漲，改爲向部隊收費，向社會徵求訂戶，刊登廣告。1944 年 4 月，日軍進逼洛陽，第一戰區司令長官部倉促西撤，報人星散，遷移南陽、寶雞等地出版。[2]

西戰線《陣中日報》，原計劃在太原創辦。1937 年 11 月 9 日太原失守，西戰線《陣中日報》胎死腹中。

（2）第二戰區《陣中日報》

1938 年 1 月 1 日，創刊山西臨汾溫泉村。社長閻錫山，經理薄毓相。僅供閻錫山等高級官員閱讀。1938 年 2 月底，隨軍轉進停刊，在鄉寧、吉縣出版街頭壁報。6 月 19 日，復刊陝西宜川驃騎村。1939 年 1 月 1 日，日軍圍攻吉縣，隨軍轉移，出版油印報和壁報。1 月 22 日，復刊。先後遷移至宜川秋

1 《蘇州日報的前世今生》，http://www.wutongzi.com/a/83570.html。
2 王曉嵐：《抗戰時期國民黨的軍隊報刊》，《軍事歷史》，1998 年第 1 期。

林鎮太原村、神壇寺。9 月，從省城撤退到臨汾的《山西日報》器材和人員，根據閻錫山的命令併入，報社編輯部全部由《山西日報》人員充任。發行對象與範圍擴大至本戰區軍政機關、前線部隊及民間。報紙發戰區機關，部隊發至營部，本戰區各機關、學校、團體各寄 1 份；各區行政督察專員公署各 5 份；各通郵縣，每縣政府、犧盟會、公道團、總動員會、公安局、自衛隊、區公所各 1 份，另 2 份張貼通衢；不通郵縣，由各主管行政區專員公署發給每縣一份。1941 年，遷移山西吉縣克難坡桃花溝。

初爲 8 開 2 版，單面印刷。1940 年 1 月，設專刊《青年週刊》《火線》《民革教育》《革命生活》《敵工週刊》《理論廣播》《文化戰線》《軍政週刊》《戰地公園》《壺口》《讀者園地》等。注重精心編輯，以改變初創版面編排較爲粗糙零亂的現象。1941 年 5 月第一版辟言論欄目「今天談」，一年間，每天刊出二、三百字的短評談論國際形勢。逢重大節日或紀念日，出版《山西光復三十週年特刊》《本報復刊五週年特刊》《陣中日報七七紀念增刊》等，刊載閻錫山、楊愛源、趙戴文等人文章。1944 年增爲 8 開 4 版，第一、二版是國內新聞，第三版是副刊，第四版是國際新聞，「閻司令長官格言」置於報頭旁邊。報導閻錫山的活動，刊登閻錫山的講話，配合閻錫山的施政方針，發表《送軍政民高級幹部》《迎接困難　克服困難　解除困難》《淪陷區同胞應有的認識》《痛擊敵寇在今朝》《正告張伯倫》等社論、專論等。轉載《英報急呼「援助中國」——欲使日本被制於遠東，必須援助中國之抗戰》（1942 年 5 月 24 日），借外國人之口說出國民政府想說卻不便於直說的話。

報導本省、國內戰況。刊載《晉北晉西敵圖犯靜樂　我軍正分頭迎擊》《晉南敵寇四路會犯垣曲　各線均有猛烈爭奪戰　我軍做的計劃轉移再予敵打擊》等報導。1942 年配合閻錫山發動的「晉西大保衛戰」，集中宣傳華靈廟 24 烈士，刊發華靈廟 24 勇士堅守陣地與敵同歸於盡的消息和《華靈廟二十四炸彈鼓詞》，發表社論《悼華靈廟二十四壯士》，報導閻錫山主持祭奠、致哀詞、報告壯士殉國經過及《殉國壯士姓名》《華靈廟壯士可謂壯士種子》《紀一個隆重而悲壯的追悼會——華靈廟二十四壯士追悼大會》。

1945 年 9 月 26 日，奉命遷移太原停刊。1946 年元旦，復刊太原。1947 年 11 月 1 日，爲節約紙張，減輕讀者負擔，對開 4 版改爲 4 開 4 版。有人希望 1948 年的《陣中日報》「改用白話文字，至少除開中央社的專電以外，一律改成爲一看就懂，一聽就明白的通俗語體。」[1]1949 年 4 月 14 日，爲已見最後一期。4 月 24 日，太原解放。

（3）第四戰區《陣中日報》

1939 年 7 月，創刊廣東曲江，8 開週刊。蔣介石題寫報頭。第四戰區司令長官部政治部主辦。戰區政治部主任侯志明兼任社長。閱讀對象主要是前線將士。1940 年 7 月，隨司令長官部遷至廣西柳州，戰區政治部主任秘書王侯翔任社長。1941 年初至 12 月一度遷桂林出版。1942 年 1 月 1 日出版特刊，8 日復刊，改出 4 開 4 版。5 月 6 日，改名《中正日報》。6 月，停刊。7 月 1 日復刊，擴大爲對開 4 版。1943 年 2 月 1 日，恢復原名出版，3 月 1 日與《中正日報》聯合出版。11 月 26 日和 12 月 12 日，《中正日報》和《陣中日報》先後單獨出版。社址在柳州東大路 10 號。1944 年 7 月 1 日改爲 3 日刊。8 月 21 日增出下午版。[2]1944 年９月，日軍進逼廣西。9 月 18 日停出日刊，21 日下午版停刊。[3]遷移貴州途中，在黔桂線的麻尾車站，出版了１個多月８開２版的油印報，日銷 200 份，每份法幣 100 元。[4]

報眼刊登逐日更換的「蔣委員長訓詞」。第一版每天一篇由總編輯執筆的社論，約請郭沫若、老舍、陳銘樞、陳獨秀、陶希聖、楊述、葉青等名流爲「每週一論」專欄撰稿。第二版刊載國內時政新聞和專欄文章。第三版，上半版刊載中央社供稿的國際新聞，下半版設「爲軍人服務」專欄；第四版設蔣介石題名的「軍人魂」專欄，刊載小說、散文、雜文、報告文學。有時第一、四版全部是廣告，第二版是國內新聞和社論、專論，第三版下部是本埠文化、經濟、社會新聞。[5]

（4）第五戰區《陣中日報》

1938 年 11 月，第五戰區司令長官部遷至湖北襄陽樊城，戰區政治部接辦國民黨襄陽縣黨部《鄂北日報》，第五戰區文化工作委員會主任錢俊瑞任社長，胡繩任總編輯。1939 年春，蔣介石下令該報改組，更名《陣中日報》，

1 趙宗復：《今年的陣中日報》，（太原）《陣中日報》，1948 年 1 月 1 日。
2 《柳州市志・報刊志・第一章報紙》，http://lib.gxdqw.com/view-b19～168.html。
3 《柳州市志・報刊志・第一章報紙》，http://lib.gxdqw.com/view-b19～168.html。
4 《廣西壯族自治區通志・報業志・第五章　軍警憲特報紙》，http://lib.gxdqw.com/file-a40-1.html。
5 《廣西壯族自治區通志・報業志・第五章　軍警憲特報紙》，http://lib.gxdqw.com/file-a40-1.html。

錢俊瑞、胡繩先後離去。[1]第五戰區司令長官李宗仁題寫報頭。5 月，日寇逼近襄陽，隨軍遷老河口，社址在北街 11 號，通信處爲湖北 32 軍郵局，印刷廠在老河口羅漢寺。後遷至均縣停刊。1939 年秋復刊。1940 年 1 月，在湖北樊城再次改組。[2]第五戰區司令長官李宗仁的外甥、政治部主任韋永成兼任社長，總編輯尹冰彥。1941 年，反共高潮再起，中共黨員離去。1944 年秋，戰區政治部副主任兼調查室主任馮澍兼社長。

圖 2-8　第五戰區《陣中日報》第 248 號報頭[3]

4 開 4 版，鉛印。中華郵政登記證爲第二類第二種新聞紙類。零售每份 0.2 元，訂閱每月 4.5 元、外埠 5 元，代售每月每份 4 元，廣告每方寸每日 2 元。第一、二版爲國內新聞和國際新聞。第三版爲國內通訊，刊發世界各地新聞社所發稿件。第四版爲副刊。設「陣中生活」、「士兵園地」、「文藝版」、「社會服務欄」、「信箱」、「星期文粹」、「集納」、「世界珍聞」、「新聞部隊」等欄目。另有戰區政治部主辦的「戰地文藝」，前線出版社主辦的「筆部隊」，婦女工作委員會主辦的「婦女前哨」，戰區青年團主辦的「戰區青年」，廣西學生軍主辦的「鐵群」等欄目。週日刊出整版「星期文藝」。大量報導在本戰區進行的隨棗、棗宜、襄東、鄂東、豫南鄂北等會戰和皖東「掃蕩」、大別山戰鬥等戰事新聞。發表署名伊隱的通訊《「一個永不磨滅的印象」——夜訪李（宗仁）長官》。版面活潑，內容翔實，文章短小，通俗易懂，注意

1　張鴻慰：《李宗仁與報紙宣傳》，廣西政協文史資料委員會、廣西日報新聞史志編輯室、民革廣西壯族自治區委會：《桂系報業史》，1997 年 12 月，第 23 頁。

2　張鴻慰：《新桂系報業大事記（1925～1949）》，張鴻慰：《八桂報史文存》，廣西民族出版社，1995 年版，第 62、63 頁。

3　《〈陣中日報〉在老河口組閣新陣容》，http://www.kongming.cc/thread-1176671-1-1.html。

溝通讀者，經常開展討論。發起「戰區一日」徵文活動，反映第五戰區作戰、生產和工作等方面的情況。[1]刊載美術作品，受條件限制沒有攝影報導。

1938 年 3 月，李宗仁率第五戰區部隊取得臺兒莊大捷。1940 年 1 月 26 日特以此將副刊定名爲《臺兒莊》，作家田濤主編。發表馮玉祥的文章《痛悼張自忠將軍》和詩《哭張自忠將軍》。1941 年反共高潮之前，臧克家、姚雪垠、黃碧野、老舍、李蕤、艾蕪、魯彥、安娥等爲之撰稿。組織關於托爾斯泰的劇本《活屍》主題（1941 年）和《文藝眞實論》（1944 年）的爭鳴。

1942 年 5 月 9 日，改爲「臨時石印」，縮爲 8 開 2 版，全部刊載新聞。抗戰勝利後，第五戰區司令長官部撤銷，改爲綏靖區司令部，遷往鄭州，《陣中日報》改爲《群力報》出刊。

（5）魯蘇戰區《陣中日報》

1940 年初，魯蘇戰區政治部主任、中將周復主持創辦並兼任社長。經理盧麟（又名盧好問），總編輯張冰子。社址先設在山東安丘馬家旺村，後遷至沂水北鄉馬家土峪子村。新聞紙鉛印，報導國內外戰事新聞，號召抗日救亡，對孤懸敵後抗戰的官兵進行愛國教育，鼓舞官兵士氣，每日出版後分發戰區所屬單位。1941 年 11 月，日僞軍 5 萬餘人分三路「鐵壁合圍」沂蒙山區，進行爲期 50 多天的「掃蕩」，報社設備大都被搶走或遭到破壞。周復率政治部轉移至日照北鄉坊子村，報紙停刊。1942 年 8 月 20 日，爲躲避「掃蕩」日軍，報社經理盧麟帶領陣中日報社人員登上有子山，隱藏在一戶姓武的道士家中。

魯蘇戰區《陣中日報》社長周復，黃埔軍校第三期生，1927 年 5 月任黃埔軍校入伍生部秘書兼總政治部《三民週報》編輯、黃埔同學會宣傳科長。1932 年「1．28 淞滬抗戰」後，罷讀離日回國。3 月，受蔣介石之命，參與建立中華民族復興社，任檢查會書記。全面抗戰後，先任第一戰區政治部中將主任。1939 年 3 月，調任四個月前成立的魯蘇戰區政治部主任兼戰區國民黨特別黨部執行委員會書記長、幹部訓練團教育委員、軍委會戰地黨政委員、山東省政府委員。1943 年 2 月，日僞軍 2.5 萬人進行「掃蕩」。2 月 20 日午後，周復率部在城頂山突圍，與數十名敢死隊員一起衝殺，壯烈殉國。6 月，重慶報紙公布周復遇難消息，稱他是國民黨軍中將級政工主官抗戰陣

1　張鴻慰：《五戰區〈陣中日報〉副刊〈臺兒莊〉》，張鴻慰：《八桂報史文存》，第 144 頁，廣西民族出版社，1995 年版。

亡第一人，爲政工人員與部隊同行動共生死的良好榜樣。

2、集團軍（軍）出版的《掃蕩簡報》

（1）《掃蕩簡報》的主辦者

《掃蕩簡報》是國民黨軍在集團軍、軍（師）出版的小型隨軍報紙。由所在部隊政治部主辦，以本部隊官兵爲主要讀者對象。抗戰期間，國民黨軍出版的《掃蕩簡報》，數量難以確定。已知《掃蕩簡報》的出版信息較爲零碎，有些《掃蕩簡報》知道主辦者的番號或部隊單位，有些《掃蕩簡報》知道主辦者掃蕩簡報班的編製序號，還有些《掃蕩簡報》只知道出版地點。

知道主辦者番號或部隊單位出版的《掃蕩簡報》有：第 17 集團軍 1939 年 12 月 17 日在寧夏銀川創刊《掃蕩簡報》。第 3 集團軍 1939 年創辦《掃蕩簡報》。第 30 集團軍 1940 年初在江西修水良塘創辦《掃蕩簡報》。第 24 軍 1939 年在四川雅安創辦《掃蕩簡報》。雲南軍管區 1940 年 5 月 18 日創刊《掃蕩簡報》。新 4 師 1943 年 8 月在四川酒泉創辦《掃蕩簡報》。第 79 軍第 98 師 1945 年 4 月在四川樂山創辦《掃蕩簡報》。

知道序號的掃蕩簡報班出版的《掃蕩簡報》有：第 18 班《掃蕩簡報》廣西隨軍版，第 33 班廣東興寧《掃蕩簡報》，第 48 班柳州《掃蕩簡報》，第 73 班《掃蕩簡報》（粵北版）。

知道出版地點的《掃蕩簡報》有：陝西渭南《掃蕩簡報》，廣西南寧《掃蕩簡報》，安徽黟縣《掃蕩簡報》，四川重慶《掃蕩簡報》，安徽岳西《掃蕩簡報》，鄂東《掃蕩簡報》，內蒙古伊克昭盟東勝《掃蕩簡報》。

（2）《掃蕩簡報》的開本

《掃蕩簡報》的開本不定，8 開、4 開均有；版數不等，一版、二版、四版亦有；刊期不同，有雙週刊、週刊、3 日刊、2 日刊。第 28 軍《掃蕩簡報》，由《掃蕩簡報》第 47 班編印，1940 年 8 月在浙江於潛太陽朱柏塢創刊，發行人張煦本，總編輯郎寧，副總編輯孫仲子、周一弘。1943 年 3 月 1 日，擴爲 4 開 4 版。1945 年 6 月 10 日，遷至昌化（今屬臨安）河橋出版，由 3 日刊改爲隔日刊。

（3）《掃蕩簡報》的編排

《掃蕩簡報》的刊載內容和版面編排，以中央社電訊爲主的新聞一般刊載在第一版，然後是本報採寫的少量當地消息、外地消息和特約通訊、專載、特寫等，排在版面最後的一般是副刊。1945 年 7 月 4 日出版的第 638 號《掃蕩簡報》廣西隨軍版，刊載 6 月 30 日下午國民黨軍進入柳州的通訊《劫後柳州見聞》，7 月 28 日 12 時急出號外，報導 7 月 27 日午後 2 時「國軍收復桂林」的喜訊。

（4）《掃蕩簡報》的印製

《掃蕩簡報》的流動性較大，大部分是油印，石印或鉛印的較少，有的單面印刷，印製人員的專業技能高低懸殊。第 24 軍石印的《掃蕩簡報》，「印刷質量差，字跡不清，編輯混亂，無章法。」[1]第三戰區第一游擊區出版的《掃蕩簡報》，由油印改爲鉛印，發行量由約 1000 份增長到約 7000 份。[2]

（5）《掃蕩簡報》的人員

一個簡報班配備幾個人。多數人員經過短期培訓。「報館一肩挑，報人上前方」，是他們受訓時面對的口號之一。從中央訓練團新聞研究班結業的張煦本，在這個口號的鼓勵下來到了浙江主持第三戰區第一游擊區《掃蕩簡報》。他說：掃蕩簡報班很簡單，「連官長只有七人，配備也僅一架『機時得紐』輪轉式的油印機，一架收音收報兩用無線電機，在戰地印發油印報」。「掃蕩簡報大家都說是報館一肩挑」，油印機、紙張，「什麼東西都是……自己挑著走的啦，走到哪裏就寫鋼板交油印」。[3]掃蕩簡報班的幾個人隨軍進退，隨時隨地出報。「《掃蕩簡報》是流動性的軍中報紙，也是最能適應前線需要的一種報紙。」[4]

3、地方實力派出版的報刊

中國地方性的軍事實力派，佔地爲王，主政一方，往往同以蔣介石爲代表的中央政府及「中央軍」因權益產生摩擦、矛盾衝突。辦報成爲地方軍事實力派生存的一個重要手段，掌管政權，維護利益，倡言國是，表示存在。中國地方性軍事實力派（集團）出版的報刊，是所在地區有影響的社會輿論力量。楊虎城任國民革命軍第 17 路軍總指揮、陝西省政府主席，第 17 路軍 1931 年 7 月 4 日在西安創刊《軍事週刊》。蔡挺鍇任國民革命軍第 19 路軍總

1 王綠萍：《四川報刊五十年集成》，四川大學出版社，2011 年版，第 533 頁。

2 張煦本：《工作在浙西及臺灣》，中華文化基金會：《掃蕩報二十年——掃蕩報的歷史記錄》，1978 年版，第 349 頁。

3 《〈一寸山河一寸血〉解說詞 · 第十七集　戰時文化》，www.360doc.com/content/11/1008/18/700052_154391922.shtml。

4 曾虛白：《中國新聞史》，第 440 頁，三民書局，1984 年版。

指揮，入閩主政，第19路軍在福州創辦了《挺進》雜誌，在福建事變中出版《人民日報》。劉文輝任國民革命軍第 24 軍軍長，治理西康，派人創辦《新康報》。新桂系主導的廣西，抗戰期間組建學生軍，在廣西廣大農村出版《曙光日報》《軍中導報》《大眾報》等報刊。

（1）劉元瑄的《新康報》

1941年1月1日，創刊四川西昌，4開4版。9月1日由週報改爲日報。以劉文輝、鄧錫侯、龍雲爲代表的四川、西康、雲南地方勢力，爲抗衡蔣介石的委員長西昌行轅及《寧遠報》而辦。實行民營股份制架構。名譽董事長劉文輝，董事長兼發行人劉元瑄（劉文輝侄子、駐西昌第136師師長），董事張青岩、呂實英、葉大璋等。資本總額25萬元，由各位董事認繳。

總經理許成章（第24軍411旅秘書），總編輯章蒼萍，主筆羅西玲。1942年後，第 1 版是評論和要聞，第 2 版是通訊和地方新聞，第 3 版是副刊和廣告，第4版是國際新聞。設「邊情」、「東南西北」、「簡報」、「西昌行情」、「文藝」等欄目，學術副刊《礦冶》《農林》《畜牧》，文藝副刊《康莊》《新副》《西南文藝》。堅持團結抗日，爲民眾代言，宣傳劉文輝以德化（代替威服）、同化（代替分化）、進化（代替羈縻）治理西康的「三化」政策，報導中共對時局的主張、八路軍敵後戰績和國統區的民主運動，揭露官員貪贓枉法。日刊社論，闢短評專欄「三言兩語」，邀社會知名人士撰寫，針砭地方積弊。報導內容豐富。「川訊」專欄以集錦的方式摘錄重慶、成都等報和西昌難以收到的重慶《新華日報》的新聞；通過自設電臺抄收國內電訊；約請重慶《新華日報》任以沛和陸慧年撰寫重慶通訊；記者自行採訪和附設康藏通訊社提供的地方新聞，較多反映百姓疾苦，「小消息」欄每天刊登數條二三十字一則的社會新聞；仿傚《新華日報》的「國際述評」，編寫「天下大事」；譯載英美大使館新聞處英文《新聞公報》比較客觀的內容。

斥資10萬元從成都購買設備，建立印刷廠，成爲西昌少有的幾個擁有自印能力的報紙。使用老五號字，橫排版式，土紙和白報紙各半印刷。初創費盡心力徵求訂戶。5 萬多人的西昌約 500 份，是報紙銷行最多的地方。[1]發行量逐漸增至 2000 多份（1944 年）和 3000 份（1945 年），創造西康報紙發行最高記錄。八路軍西安辦事處長期訂閱20份。美國駐華使館新聞處除訂閱外，

1　國民黨西康省黨部：《報社調查表》，四川省檔案館：民 198 全宗 2371 卷，王鈺：《民國時期西康報業概論（1929～1949）》，www.doc88.com/p-360167237969.html。

並按期寄給新聞稿、照片膠版及展覽圖片。[1]

《新康報》受到軍委會委員長西昌行轅的打壓。行轅主任張篤倫多次警告劉元琯，《新康報》有共產黨。西昌行轅派特務跟蹤報社人員，偵察報社人員動向。登門要求檢查所刊稿件的原稿。在郵局派專人檢查新康報社人員信件。在報社對面民房架設電臺，攔截從成都康藏通訊社發來的電訊。西昌軍警憲督察處向劉文輝指控報紙「越軌」。劉元瑄調任 24 軍代軍長常駐雅安。1947 年 8 月 1 日，《新康報》自動停刊。10 月 10 日，對開 4 版《西方日報》在成都創刊，董事長劉元瑄，辦報人員來自《新康報》。以中間偏左的《西方日報》，不容於四川當局，1949 年 2 月 22 日停刊。部分人員轉至西康省會雅安，8 月 1 日復刊《新康報》，主辦者劉元琮（劉文輝侄子）。12 月，劉文輝率部起義，《新康報》停刊。

（2）廣西學生軍的報刊

廣西省政府 1936 年至 1938 年組建的廣西學生軍，是一支地方性的抗日救亡武裝團體，人數超過 5000 人。廣西學生軍在發動民眾破壞日軍補給，保障中國軍隊戰地後勤，協調軍民關係，爲部隊提供情報，開展戰地宣傳等抗戰的政治、軍事活動中，把報刊作爲重要的戰鬥武器，積極開展新聞宣傳活動。中共「派遣 90 多名黨員秘密加入，大多在學生軍中擔任正副班長或學生軍所辦報刊的主編和編輯。」[2]1941 年 8 月，廣西學生軍解散。

1939 年至 1940 年 7 月，廣西學生軍一年半時間裏在桂東、桂南 27 個縣市出版了 88 種報刊，主要有《廣西學生軍旬刊》《曙光日報》《突擊》《軍中導報》《大眾報》《民眾日報》《勝利日報》《戰鼓》《殲滅》《游擊報》《好士兵》《新軍報》《烽火》《戰聲報》《哨兵》《蕩寇報》《十萬大山報》《火車頭》《好好睇》《女戰士》《西江小報》《大家看》《合力》《反攻》等。這些報刊「軍內發行的占三成，完全面向社會發行的占兩成半，其餘是內外兼顧。」[3]絕大多數爲油印，都是小型報刊，少有 4 開版，最小的是 32 開。據統計，有日刊 11 種，3 日刊 26 種，5 日刊 7 種，週刊 21 種，旬刊 11 種，半月刊 10 種，2 種刊期不明。[4]期發行量，多的 2000 份，少的 40 份，一二百份的居多，期發行總量「達 3 萬多份，幾乎佔了當時廣西省自己出版報紙總數的

1 趙樂群：《我的知道的〈新康報〉》，《新聞與傳播研究》，1986 年第 3 期。
2 陳崢：《第三屆廣西學生軍與崑崙關戰役》，《軍事歷史研究》，2012 年第 3 期。
3 《廣西通志，報業志，第二篇　民國報業》，http://lib.gxdqw.com/file-a40-1.html。
4 《廣西通志，報業志，第二篇　民國報業》，http://lib.gxdqw.com/file-a40-1.html。

50%」。[1]廣西學生軍報刊形式簡樸，稿件短小精悍，重視言論、時事和形勢分析，指導學生軍的工作和學習，刊載內容突出地方性。廣西學生軍辦報人員與國際新聞社、中國青年記者學會有著較多接觸，聆聽社長范長江講授新聞報導與寫作，學習怎樣辦油印報紙。1940 年 9 月，中國青年記者學會廣西學生軍通訊處成立。

《曙光日報》原名《曙光報》，1939 年 3 月 12 日創刊桂平潯旺鄉。廣西學生軍第二團主辦，團長蕭光保、團政治室主任靳爲霖（中共黨員）先後兼任社長，張熙和（中共黨員）總負責。8 開 2 版或 4 開 4 版，油印，週刊。主要面向本軍人員，報導戰況、交流工作經驗，發行 300 份。提出奮鬥口號，「出得久，出得多，出得好，出得早」。1939 年秋，在中國青年記者學會於陝西漢中舉辦的全國報紙展覽評比中，獲得油印報紙第三名。[2]1939 年 11 月，遷隆安出版，改爲 4 開 4 版鉛印日刊，公開發行，發行 8000 份。1940 年 7 月，成爲廣西學生軍機關報。12 月，遷入南寧，改名《曙光日報》。1941 年廣西學生軍解散，第 16 集團軍接辦，集團軍政治部主任黎行恕兼任社長，副社長陳思義，總編輯黃漢傑，副總編輯張熙和。1943 年 7 月，報社改組，第 16 集團軍總部秘書李興接任社長，更換總編輯、經理、出納等人員。1944 年 11 月，日軍再次侵佔南寧，遷往桂西田東縣出版，1945 年 9 月，遷回南寧出版。

四、「戡亂」時期的國民黨軍報業

（一）國民黨軍報業的膨脹衰敗

1、國民黨軍報業的短暫膨脹

國民黨軍的報刊出版受到抗戰勝利的刺激，從 1945 年 9 月開始新創報刊與復刊報刊接踵而至。新編第六路軍在江蘇徐州創刊《雲臺日報》（9 月 1 日），第 49 軍在浙江吳興創刊《掃蕩報 · 湖州版》（9 月），第四路軍《民族日報》在廣州復刊（10 月 26 日），閻錫山指使第二戰區長官司令部成立合謀社出版《晉風》雜誌（10 月），第十戰區臨泉指揮所創辦《中報》（10 月），第 8 軍在山東青島創刊《軍民日報》（11 月 25 日），第十戰區在河南創辦《中

1　曹愛民：《從媒介生態視角看抗戰時期廣西學生軍報刊活動》，《玉林師範學院學報》，2010 年第 4 期。

2　《廣西通志，報業志，第二篇　民國報業》，http://lib.gxdqw.com/file-a40-1.html。

原日報》（12 月）。

掃蕩日報

上海日軍繳械竣事

數千徒手步入集中營

日海軍艦隊

我已派員接收

顧長官在杭州

接見日降代表

浙東收復

國軍紹興

圖 2-9　掃蕩簡報第 50 班出版的 1945 年 9 月 18 日《掃蕩日報》第 1 版（局部）[1]

抗戰期間各戰區出版的《陣中日報》，停刊續出及新創不一。第四戰區政治部在柳州的《陣中日報》，1945 年 11 月遷廣州，以《中正日報》爲名復刊。第三方面軍進駐上海，1945 年 11 月 22 日創刊《陣中日報》，孫元良兼任社長，副社長俞爾華，總編輯張葆奎。1947 年 3 月初，國防部新聞局批准在開封創辦《陣中日報》，委派姜顯楷、賓煥有爲正副社長。1945 年 12 月，第七戰區面向社會發行的《建國日報》由老隆遷來廣州出版，社址在光復中路，發行人李育培，總編輯先後爲李子誦、李少穆。《掃蕩簡報》擴大出版規模，掃蕩簡報班序號逾百。

2、第三方面軍的日文《改造日報》

日本投降，滯留中國的近 400 萬日本俘虜、僑民，被集中在滬、漢、津和大連，通過輪船分批遣返日本。在遣送期間，國民黨軍爲了便於管理，面

1　《酒泉市檔案館公布一批抗戰時期〈掃蕩日報〉》，http://lanzhou.baogaosu.com/xinwen/。

對日俘、日僑，在上海出版《改造日報》《導報》（第三方面軍），在瀋陽、長春發行《東北導報》（東北行轅日僑俘管理處），在武漢出版《正義報》（《和平日報》武漢版副版）等日文報刊。

《改造日報》，1945 年 10 月 5 日創刊上海。第三方面軍主辦。接收敵產上海日文報紙《大陸新報》的樓房和設備創辦。董事長由第三方面軍司令官湯恩伯兼任，社長由第三方面軍少將參議、臺灣省行政公署參謀陸久之兼任，總經理金學成。編輯局局長符滌塵，另有中日雙方各 3 名次長，編輯部有中日員工 30 多人。

《改造日報》發刊詞稱：「日本國民頭腦中的軍國主義餘毒尚未完全肅清，上海日僑集中的區域內仍不斷散佈著無稽的謠言，人心動搖。我們絕對不能容許這種現象存在，因此毅然決意發行日文報紙，承擔起正確報導與啓蒙的責任。」[1]設專欄「自由論壇」、「民・聲」，發表《日本人民的覺悟》（湯恩伯）、《致日本大眾的公開信》、《正確之中國人觀》《打倒人民之敵——專制》（野阪參三）、《首先爲了人民，民主戰線要團結》（鹿地亙）等文、談話和蔣介石著《中國之命運》、「蔣主席訓示」。刊載《首先要肅清軍國主義——日僑管理處王處長期待本社》《警惕霍亂——有蔓延虹口的跡象》《日本人互相幫助「日僑自治會」應運而生》《郭沫若的事》等報導。刊登「搬家行李要用卡車嗎？」、「口筆譯交涉」、「購買高級洋酒」及醫院、電影院等廣告。發行量逾 10 萬份。除在上海以訂購的方式供日俘、日僑閱讀，還發行到日俘日僑集中的武漢、天津、大連。一些不接受日本戰敗這一事實的頑固者也貪婪地閱讀這份日文報紙。1946 年 6 月 21 日，改出 3 日刊，較多的報導自 5 月 3 日起遠東國際軍事法庭開庭審判日本戰犯。另出版日文《改造週報》《兒童三日刊》《改造評論》和中文《改造論壇》《改造畫報》及「改造叢書」。

上海市警察局密切注視改造日報社內日本左翼分子的活動及中共力量的滲透。國民黨中宣部長彭學沛、上海市黨部方治、上海市警察局長毛森，揚言《改造日報》發表的言論對國民黨不利，陸久之像共產黨。1946 年 11 月，湯恩伯接管報社，撤銷陸久之社長、金學成總經理的職務，將報社留用日僑全部強制遣送回國。停刊時間不詳。

1　高綱博文：《上海最後的日文報紙〈改造日報〉——圍繞其「灰色地帶」背景的考察》，《史林》，2017 年第 1 期。

3、國民黨軍報刊出版在東北

抗戰勝利後，國民黨即在東北開展活動。1945 年 12 月末，國民政府瀋陽市政府成立。1946 年初，國民黨軍由秦皇島登陸，大批湧進東北。東北成爲國民黨軍報刊出版的新增長區域。瀋陽是國民黨軍報紙出版的集中地。所出版報紙絕大多數面向社會公開發行，有：《新生命報》（東北保安司令部，錦州），《中蘇日報》（東北保安司令部，瀋陽），《和平日報》《和平晚報》（和平日報總社，瀋陽），《正義報》（國防部保密局，瀋陽），《前進報》（新 6 軍，瀋陽），《湘潮日報》（新 6 軍第 22 師，鞍山），《吉林日報》（新 6 軍第 14 師，吉林），《中報》《精忠日報》（新 1 軍，長春），《華聲報》（新 1 軍第 50 師，長春），《掃蕩報》《戰友報》（第 60 軍），《光華報》《新聲報》《掃蕩報・安東》（第 52 軍，安東），《遼南日報》（第 53 軍，鞍山），《青年報》《新報》（青年軍第 207 師，瀋陽），《光復日報》《長白日報》《正義日報》（第 71 軍第 88 師，吉林），《新東北日報》（國防部少將高參郝逸梅）等。國民黨軍在東北公開發行的報紙，報導內容大多宣揚國民黨軍的「赫赫戰功」，爲國民黨軍前線作戰撐腰打氣。不少報紙報導本埠新聞，設有副刊，發行量相對穩定。1948 年底，國民黨軍在東北出版的報紙，隨著戰場形勢的變化而消失。

（1）東北保安司令長官部的《新生命報》

1945 年 11 月 28 日，創刊錦州。先後由國民黨軍東北保安司令長官部和東北「剿匪」錦州前進指揮所政工處主辦。社長麻德魁，編輯科長李澤深，採訪主任董墨林，經理科長段弼臣。社址初在錦州市民生街 10 號，後遷至春日街。11 月 24 日，東北保安司令長官杜聿明抵達錦州，將自己題寫的《新生命報》報頭交給麻德魁，委託他辦報。1946 年 5 月，東北保安司令長官部遷瀋陽，報社部分人員隨同遷往，將東北保安司令長官部《掃蕩簡報》的人員充實到新生命日報社。社長兼發行人許權。1948 年 5 月，東北「剿匪」錦州前進指揮所政工處接辦，政工處少將處長方濟寬兼任社長，易恕孜任總經理，第 84 師新聞處上校主任葉映輝任總主筆，國防部通訊局政工處少校科員於軍任總編輯。印刷用紙色黑粗糙。發行量最高 1 萬份。在錦州城內西大街 38 號榮德源商號設經銷處。戰場失利，國民黨軍控制的地域僅達鐵路沿線，發行量大減，縮爲 2 版。1948 年 10 月初，人民解放軍攻擊錦州。在不時停電和出報也賣不出去的情況下，時斷時續地出版，10 月 12 日停刊。[1]

1　遼寧報業通史組委會：《遼寧報業通史（1899～1978）》，遼寧人民出版社，2016 年

（2）東北保安司令長官部的《中蘇日報》

1946 年 3 月 5 日，創刊瀋陽。對開 4 版。東北保安司令長官部機關報。司令長官部政治部中將主任余紀忠兼任社長，採編人員均是現役軍人，主筆和主要的採編人員是將、校級軍官。7 月，賀逸文應余紀忠之邀出任總編輯。余紀忠兼任國民黨中宣部駐東北特派員，利用所接收日本南滿洲鐵道株式會社機關報《滿洲日日新聞》的設備創辦該報。社址在和平區和平街十三段。

發刊詞頌揚中蘇友好。創刊號刊載「本報特寫」《中蘇軍人聯誼晚會誌盛》。社長余紀忠在報紙創刊招待會上說：《中蘇日報》是一張三民主義的報紙，「報導必須是建設性的。人民向政府提意見，亦必須是建設性或教育性的。」[1]創刊第五天至蘇軍撤離東北，在第四版推出《蘇聯週刊》，介紹第一個社會主義國家蘇聯。第一版是公告、布告，第二版是國內外要聞、本地新聞，第三版是國內外新聞、週刊，第四版是副刊。1946 年 8 月 1 日增爲 6 版。關注社會與經濟，報導遼寧地區經濟動態，通過社論和《經濟週刊》，對東北及中國的經濟發表意見，主張法幣應該出關。

刊載《新華日報歪曲事實　載瀋陽國軍擴大內戰》《李運昌部下進攻唐山　增援部隊破壞灤縣東鐵橋》《東北共軍阻撓接收工作襲擊國軍破壞交通》等消息。綜合性副刊《東北風》介紹內地和世界情況，後定位社會服務，解答讀者問題，設專欄「有話大家說」。綜合文藝性副刊《白山黑水》刊載謝冰瑩的長篇小說。《學術研究》指責中共生吞活剝馬列學說。至 9 月，報紙銷量由 3000 份突破 10000 萬份，躍居全市報紙前列，後增至 50000 份。[2]1947 年 8 月，陳誠接替杜聿明出任東北行轅主任。余紀忠離職返回關內，胡賡年接任社長。10 月，併入《中央日報》瀋陽版。

（3）新 6 軍的《前進報》

1946 年 5 月 5 日，創刊瀋陽，對開 4 版。第一版是國內要聞，第二版是國際新聞，第三版是本埠新聞，第四版是副刊《離離草》《藝文》，發行 8000 多份。劉一行、趙公皎、趙惜夢歷任社長，董效書、唐逵歷任總編輯。社址在和平區中山路衡陽大街 9 號。5 月下旬，新 6 軍攻佔吉林長春。軍長廖耀湘授意，長春《前進報》5 月 29 日創刊，對開 4 版。社長鍾中。新 6 軍回撤

版，第 331 頁。

1　遼寧報業通史組委會：《遼寧報業通史（1899～1978）》，遼寧人民出版社，2016 年版，第 306 頁。

2　賀逸文：《瀋陽〈中蘇日報〉片斷》，《新聞與傳播研究》，1982 年第 6 期。

遼寧，長春《前進報》與《湘潮日報》出版聯合版。1947 年 10 月停刊。[1]新 6 軍一度進佔遼西義縣，曾出版半個月的義縣分版。[2]宣稱效忠黨國。1947 年初，持續三個月報導國民代表大會，把破壞民主政治的罪名強加給中共，把毛澤東比作「張獻忠」。1948 年北平發生「七五慘案」，刊載支持東北在北平的流亡學生同北平當局抗爭的報導。1948 年 11 月，瀋陽解放前夕停刊。[3]

（4）第 22 師的《湘潮日報》

新 6 軍 1943 年創辦印度。1946 年初，新 6 軍抵達東北，所屬第 22 師在鞍山接收日僞滿洲日日新聞分社舊址續出，社長胡恒中校。5 月底，第 22 師進佔長春，胡恒接收日僞《滿鮮日報》設備，7 月繼續出版《湘潮日報》，後由對開 4 版縮爲 2 版。1947 年，與新 6 軍長春《前進報》聯合出版，10 月停刊。[4]

（5）國防部保密局的《正義報》

1946 年 9 月 9 日，創刊瀋陽。國防部保密局主辦。保密局東北督導室主任、東北行營第二處處長文強爲發行人。社址在瀋陽市南市區東亞街 5 段 19 號。東北行轅主任熊式輝題詞「主持正義」。文強秘令瀋陽站直屬國際組組長宋振中使用接收日僞物資中的印刷設備進行籌備，指令陳旭東以東北人身份擔任社長。1947 年 8 月，文強調離瀋陽，由東北督導室主任秘書陳澤如負責。

初爲 4 開 4 版。第一版是時事新聞，第二、三版是《宇宙線》（1947 年 1 月改名《摩天嶺》，7 月再改名《松花江》）和《山海經》《文藝週刊》《南人北話》《正在想》等副刊，第四版是社會生活新聞。1948 年上半年改爲 4 開 2 版，第一版是綜合新聞版，第二版先是《各地風光》《內幕新聞》的副刊版，7 月份改以瀋陽爲主的地方新聞。鼓吹國民黨軍戰績。頭版頭條以醒目大字刊登中央社假新聞《林彪重傷後已不治身亡》。針對有報紙揚言北京大學女學生沈崇被美軍士兵強姦，「是一起延安最近曾撥出大量費用津貼雇

1 梁利人：《瀋陽新聞史綱》，瀋陽出版社，2014 年版，第 35 頁。
2 黑龍江日報社新聞志編輯室：《東北新聞史》，黑龍江人民出版社，2001 年版，第 347 頁。
3 遼寧報業通史組委會：《遼寧報業通史（1899～1978）》，遼寧人民出版社，2016 年版，第 338 頁。
4 黑龍江日報社新聞志編輯室：《東北新聞史》，黑龍江人民出版社，2001 年版，第 345 頁。

傭各校學生製造的美軍不幸事件」，發表社論質問：「小子，你還有良心嗎！假如你的姐姐、你的母親被美軍強姦，你也會說她是接受延安的津貼而誘惑美軍的嗎？」[1]銷行約 6000 份。1948 年 11 月，瀋陽解放前夕停刊。

（二）軍事失敗退出大陸

1、國民黨軍報刊在大陸消亡

「戡亂」戰爭中後期，貨幣貶值，物價爆漲，國民黨軍報紙出版艱難。第 13 軍在河北承德出版《長城日報》，1946 年 9 月創刊即每月虧損，出版一年累計虧損約 3000 萬元。1947 年 12 月 31 日刊登啓事宣告：「本報經費支絀，自明天起停刊，復刊無定期。」[2]軍委會廣州行營的《中正日報》，苦於無法迎合市民讀者，訂戶極少，銷路極差，警察分局派員強行派送，也不過數百份。[3]

1948 年 3 月，人民解放軍發起洛陽戰役。青年軍第 206 師師長邱行湘鼓動少將政工處長賴鐘聲，在一兩天內急促地創辦《革命青年》週刊激勵士氣。3 月 14 日下午，青年軍第 206 師被人民解放軍消滅，賴鐘聲在地下室被俘。12 月，第 35 軍從張家口回撤北平，被圍新保安。軍長郭景雲一面呼叫傅作義空投慰問品，一面出版《陣中日報》，張貼標語，發放賞金，封官許願。12 月 22 日，國民黨軍第 35 軍被人民解放軍消滅。

軍委會軍訓部《軍事雜誌》，創刊南京，抗戰期間先後遷移衡陽、重慶、璧山等地出版，1948 年才北返還都，隨即於 7 月停刊。徐蚌會戰前期，黃百韜兵團被圍困。載有軍聞社戰況報導、黃百韜大幅半身像和蔣介石嘉獎令的《和平日報》《中央日報》，天天由飛機空投黃百韜司令部所在地碾莊。1948 年 11 月 20 日拂曉，解放軍攝影記者郝世保來到剛被攻佔的碾莊。街上隨處可見張貼著的大字「記錄捷報」。其中最引人注目的一張上寫著「邱（清泉）兵團不日即可與我會殲匪軍」。[4]徐蚌會戰後期，國防部政工局長鄧文儀堅持將自己在南京主持出版的《中國時報》送往前線。他聲色俱厲地對專責運報的人

1 遼寧報業通史組委會：《遼寧報業通史（1899～1978）》，遼寧人民出版社，2016 年版，第 332 頁。

2 《本報重要啓事》，《長城日報》，1947 年 12 月 31 日。

3 陳雪堯：《解放前夕的廣州新聞界概況》，www.gzzxws.gov.cn/gzws/fl/wjwt/200809/t20080917_9118.htm。

4 郝世保：《碾莊巡禮——殲滅黃百韜兵團司令部目擊記》，陳粟大軍征戰記續編編輯委員會：《陳粟大軍征戰記續編》，新華出版社，1991 年版，第 409 頁。

說：「如果不能及時運到，就當你貽誤戎機，殺你的頭。」運報的人送報回來說：所有送到蚌埠的報紙，都堆積在李彌的司令部裏。那些官員說，這些報紙所報導的戰事新聞，與前線狀況不符，沒有人看。[1]

隨著「戡亂」戰爭全面失敗，國民黨軍的絕大多數報刊因出版主體的覆滅而化爲灰燼。1948 年 10 月底，新 6 軍《前進報》的所有設備，被瀋陽中共地下黨組織有效地進行了保護。12 月 20 日，在《前進報》舊址，誕生了中共瀋陽市委第一份機關報《工人報》（今《瀋陽日報》前身）。

2、國民黨軍報刊在臺澎金馬延續

「戡亂」戰爭後期，國民黨軍在臺灣地區創辦報刊，少數在大陸出版的報紙陸續遷移臺灣。

1946 年 8 月 6 日，抗戰勝利後率先入臺的國民黨軍第 70 軍在臺灣基隆創刊《自強日報》。1948 年 2 月 22 日，陸軍訓練司令部在臺灣鳳山創刊《精忠報》（社長張佛千，總編輯馮愛群，日出 8 開 1 張），1952 年 3 月改爲陸軍總司令部主辦，1968 年改名《忠誠報》。1949 年 11 月 22 日，澎湖防衛司令部的《每日新聞》、馬公要塞的《新聞導報》和守備團的《白沙日報》合併爲《建國日報》，油印 4 開，「兼有軍報和地方報的特色」。[2]

1948 年，第 18 軍在江西南城創辦《無邪報》，1949 年 5 月 1 日更名《正氣中華報》，改隸陸軍第二編練司令部，8 開，3 日刊。10 月遷往臺北，11 月 23 日遷至金門，兩天後，正式出版 4 開日報。1950 年，發行量增至 4500 份，免費供應全島軍民閱讀。1951 年 10 月，由金門防衛司令部主辦。1958 年 1 月，改隸金門政務委員會。爲自給自足，刊登商業廣告，除軍中免費贈閱，一律收費。1965 年 10 月 31 日，另創刊《金門日報》，面向社會發行，《正氣中華報》恢復純粹軍報性質，不對外發行。1992 年 11 月 7 日，《正氣中華報》因金門地區終止戰地政務實驗再次改隸金門防衛司令部，並改刊週報在軍中發行，《金門日報》改隸金門縣政府繼續出版。[3]

1949 年 7 月 1 日，軍委會機關報《和平日報》以原名《掃蕩報》在臺北

1　李廷芳：《解放戰爭期間的南京政府國防部新聞局（政工局）見聞點滴》，中國人民政治協商會議廣東省委員會文史資料研究委員會：《廣東文史資料》第 48 輯，廣東人民出版社，1986 年版，第 96 頁。

2　曾虛白：《中國新聞史》，臺灣三民書局，1984 年版，第 542 頁。

3　曾虛白：《中國新聞史》，臺灣三民書局，1984 年版，第 540 頁；許清茂、林念生：《閩南新聞事業》，福州，福建人民出版社，2008 年版，第 74～75 頁。

復刊。同年冬，《掃蕩報》南京總社遷來臺北，社長蕭贊育，總編輯許君武。人事更迭，人力分散，財力支絀。1950 年 7 月 7 日，《掃蕩報》停刊。

（三）傅作義集團的《奮鬥日報》《平明日報》

1、《奮鬥日報》在晉綏蒙冀

1938 年 7 月 1 日，《奮鬥日報》創刊山西河曲。景昌之、王華灼、崔載之、閻又文歷任社長。

1938 年春天，第 35 軍粉碎日軍包圍，夜渡汾河，山中行軍數百里，到達晉西離石柳林鎮。北路軍總司令部、收復失地政治工作會，創刊油印日報《新聞簡報》。新聞的來源，除政工人員的採訪外，使用收音機收聽廣播新聞。編輯、印刷工和趕驢腳夫各一人。行軍宿營，腳夫打點毛驢草料兼做廚役，編輯架起收音機抄新聞、編稿件、刻蠟紙，再和印刷工一起油印，「次晨八時，這一張唯一的油印小報，便出現於每一個戰友面前。」晉北綏南轉戰數千里，「新聞報導迄未間斷者，全賴此一撮爾簡報」。[1]

1938 年 5 月 1 日，第 35 軍抵達河曲。軍中政治會議討論加強軍中文化、提高抗戰認識，決定將 16 開《新聞簡報》擴大為 8 開。北路軍總司令部認為《新聞簡報》過於簡略，內部稍事擴充，易名出版新報。傅作義常以「艱苦奮鬥」作為戰鬥口號，即定名《奮鬥日報》。[2]7 月 1 日中午，油印《奮鬥日報》問世，編排新穎、印刷清楚而不難看，打破了除社長一人外均首次辦報的「門外漢」幹不了新聞工作的疑慮。

1939 年 3 月，《奮鬥日報》隨軍抵達五原，油印技能大為提高。刻寫仿宋字體，每個字縮小到兩生，「不太留心的話，初一看，也許會當成鉛印的，並且經常可以印刷到一千二百多份。」[3]8 月 1 日改為鉛印。1942 年 5 月擴大為 4 開。1945 年 8 月，抗戰勝利，隨軍抵達綏遠省會歸綏（今呼和浩特），接收偽蒙疆新聞社厚和支社，出版 8 開《奮鬥日報》綏遠版，社址在歸綏舊城北門裏。1946 年 10 月 11 日，傅作義部進佔張垣（今張家口）。10 月 16 日，《奮鬥日報》張垣版創刊，社址在張垣中山大街南端。1947 年 1 月，使

1　周北峰：《新聞簡報——奮鬥日報》，《我們是怎樣成長的——奮鬥日報九週年紀念冊》，1947 年 7 月 1 日，第 30 頁。

2　傅作義部的文教組織多以「奮鬥」命名，還有奮鬥小學、奮鬥中學、奮鬥劇社、奮鬥國劇社、奮斗室（軍師旅至連設置的俱樂部）、奮鬥基金會、奮鬥造紙廠。

3　思誠：《我們奮鬥的足跡》，《我們是怎樣成長的——奮鬥日報九週年紀念冊》，1947 年 7 月 1 日，第 27 頁。

用從北平購買的對開印刷機，由 4 開擴大爲對開。

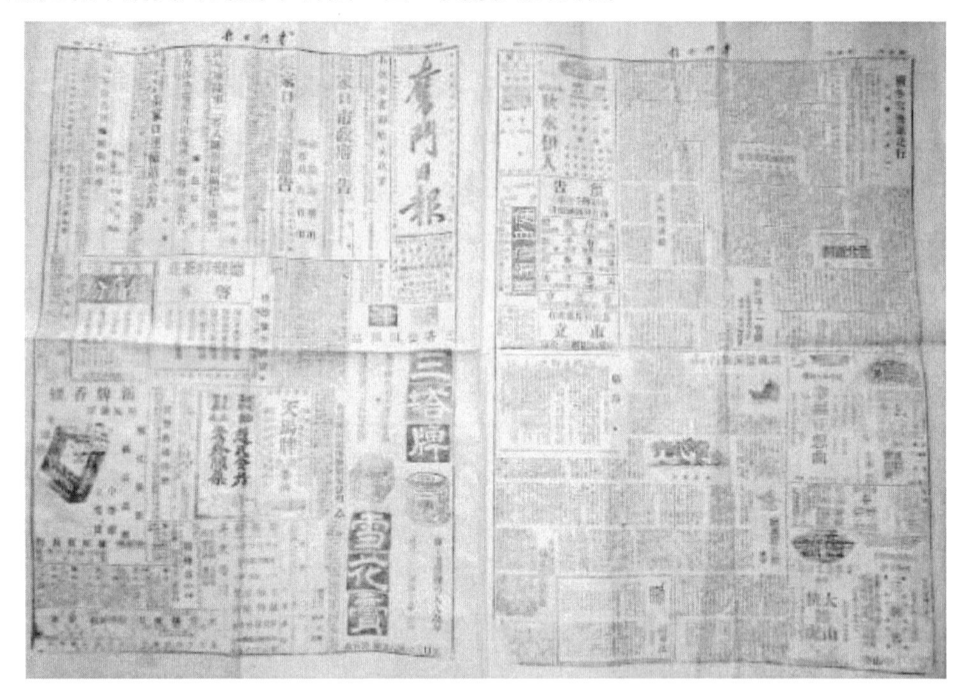
奮鬥日報

圖 2-10　《奮鬥日報》1948 年 2 月 6 日第 1、4 版[1]

創刊 9 週年的《奮鬥日報》，在印刷能力上，有了打紙板機、新鑄 4 付字架，買了新六號字銅模，報紙印製有了相當的改觀；在版面編排上，力求改進版面不活潑、標題欠生動、副刊少趣味等問題；在刊載內容上，使用新六號字增大版面容量，格外重視西北和蒙旗的消息，在蘭州、西安、寧夏、太原、綏包、青海、迪化邀聘特約記者撰寫通訊。怒揭嗜好鴉片的貪官，打擊囤積居奇發國難財的奸商，興利除弊，爲民代言，開罪權貴，澄清吏治。連續開辦副刊《草原》《畫報》《奮鬥》《戰友》《駝峰》《星期文藝》《遊藝春秋》《二十世紀》《西北通訊》《古今中外》《綏遠婦女》《青年》《學生園地》《讀書》等，開墾綏西地區文化。

《奮鬥日報》是傅作義軍政事業的一個重要部分。第三任社長崔載之說：《奮鬥日報》「並不在於它以一個地方性的報紙，而具有全國性的矩度，也不在於它有充實的內容，翔實的報導，因爲這都是一般報紙共有的特點。它最大的特點是由一個表面上的缺點出發，便是我們從來沒有把它看作一個

1　《奮鬥日報〔1948 年 2 月 6 日〕》，http://www.997788.com/s115_9076465/。

獨立的事業，而是把它看作整個抗戰事業的一個分支的力量，這是一個缺點，所以它的設備簡陋，形式內容上都有些不夠完美的地方，但這也是一個優點，因爲大家把它看作推動行政的動力，大家把它看作抗日的部隊，於是報紙與軍政社會的關係，由對立的客體，變成了統一的主體。它鑽入這一陣營的核心，成爲一種感情組織精神領導的力量。」[1]重視輿論的傅作義說：「所謂輿論，就是社會上共同的褒貶，大家用同一的觀點，以道德的力量，給予善者一種表揚，對惡者加以制裁」。奮鬥日報社工作人員以「把自己的生命貢獻在新聞事業上，爲國家爲人民而奮鬥」[2]爲信條，以戰鬥姿態，屹立於前線，隨軍戰鬥。20 世紀 40 年代後期，《奮鬥日報》在內蒙古陜壩、呼和浩特和河北張家口同時出版。1949 年 9 月，綏遠和平解放。傅作義集團所屬部隊接受人民解放軍的改編，《奮鬥日報》停刊。

2、《平明日報》在都市北平

1946 年 11 月，《平明日報》創辦北平。傅作義就任「華北剿匪總司令部」總司令，謹慎地以民營面目出版報紙。傅作義選定的報名，寓意和平光明及切盼黎明。社長崔載之，副社長兼總編輯楊格非，主筆梁客若、李中偉。工作人員多來自《奮鬥日報》。社址在北京宣武門內石附馬大街浸水河 9 號，前院是發行廣告部門和單身宿舍，中院是編輯部，後院是印刷所。日銷 5000 份。

抗戰期間，傅作義已有到大城市辦報的想法。他對崔載之、閻又文、楊格非等說：「多年來你們在後套那樣的地方辦刊物，環境苦，條件差，難以充分施展你們的才能。我前些年曾給你們說過，一旦打走日本，就給你們提供方便，到大城市去辦報紙。」[3]在大報雲集的北平都市辦報，傅作義留有後手。他在東單墨蝶林俄式餐館分別招待全社人員和編輯部全體同仁的講話中說，綏遠黃河後套土地十分肥沃，如果報紙在北平辦不下去，可以到後套去。[4]

《平明日報》旨在爲國家負責，替人民說話，主張政治民主，經濟平等，

1　崔載之：《我所瞭解的奮鬥日報》，《我們是怎樣成長的——奮鬥日報九週年紀念冊》，1947 年 7 月 1 日，第 31～32 頁。

2　《我們是怎樣成長的——奮鬥日報九週年紀念冊》，1947 年 7 月 1 日，第 1、9 頁。

3　張新吾：《創辦〈平明日報〉》，《團結報》，2013 年 7 月 18 日。

4　紀剛：《我在〈平明日報〉當記者》，文史資料研究委員會：《文史資料選編》第十輯，第 248 頁，北京出版社，1981 年版。

團結統一，和平建國。曾規定在大小標題和各類電訊、文章中一律不用「匪黨」、「匪軍」、「匪區」等字樣，不到一年時間，迫於形勢作罷。用各種形式發布專人收聽「延安廣播」的消息，刊登解放區的軍政情況及主要人物活動等。大量發表教授、學者、社會名流撰寫的專論、星期論文、副刊文字和特約專欄文章。1947 年，遵照傅作義的指示，邀請一些教授組成參觀團，由社長崔載之陪同到張家口訪問、講學。

1948 年 12 月，社長崔載之奉傅作義之命，在採訪部主任、中共地下黨代表李炳泉陪同下，出北平城與中共進行和平談判。1949 年 1 月 22 日，《平明日報》用特號大字標題在頭版頭條公布《關於和平解決北平問題的協議》。該協議規定《平明日報》可以繼續出版。傅作義認爲已無必要，解散報社，工作人員由人民政府分配到各單位工作。[1]

（四）第三戰區的《前線日報》

1、《前線日報》在皖贛閩戰地

1938 年 10 月 1 日，《前線日報》創刊皖南屯溪。第三戰區政治部主任谷正綱主持創辦，沒有按照軍委會政治部關於戰區出版《陣中日報》的統一規定，將本部出版的報紙命名《前線日報》。在全國各戰區獨樹一幟的前線日報社的編制、預算，未能列入軍委會政治部統一的軍隊報紙系統範圍，報紙的開辦費與日常費用，大部分由第三戰區司令長官部特別費項下補助支付，免費寄往軍中。承辦報紙籌備的宣傳科（組）科長李俊龍兼任社長，秘書馬樹禮兼任總編輯。國內版編輯邢頌文，國際版編輯宦鄉。

1939 年 4 月，第三戰區司令長官部遷往江西上饒，報紙停刊隨遷，駐市郊荷葉街。4 月 23 日試刊，5 月 1 日復刊，由 4 開 4 版增爲 4 開 8 版。不久，李俊龍隨谷正綱調任社會部長入社會部任職，馬樹禮繼任政治部宣傳科科長兼社長，宦鄉任總編輯，邢頌文任總經理。浙贛戰役，日軍攻陷上饒。1942 年 6 月 13 日至 8 月 19 日，隨第三戰區司令長官部遷往福建建陽出版。1943 年 2 月在閩北設置分支機構，同時在上饒、建陽兩地各出 4 開 8 版。第一至四版爲電訊與新聞，兩地各自編排，通過自設收發報機聯絡，社論與編餘漫筆相同。第五至八版爲通訊、副刊與專刊，由上饒編排，打好紙型送達建陽。

1 李騰九：《北平解放與北平和談》，政協文史資料委員會《平津戰役親歷記》編審組：《平津戰役親歷記——原國民黨將領的回憶》，中國文史出版社，2012 年版，第 311 頁。

一社兩版，歷時三月。1943 年夏初，日軍有進犯贛東之勢，遷往江西鉛山永平鎮出版。

宣傳抗日至上，激發民族意識，促進民眾動員。日刊社論和精短「編餘漫筆」，時常刊登國民黨中宣部由電臺拍發的社論。刊載中央社電訊、特約聯絡電臺的消息、軍方動態和戰訊。電訊室頗具規模，聘請一位中英混血女士和一位朝鮮人專職收聽倫敦廣播，擇要編譯外電報導的盟軍動態和國外專欄作家的國際政治軍事評論，比國內一般報紙早一天報導日本偷襲珍珠港、美軍攻克硫磺島、羅斯福逝世、蘇聯對日宣戰等重大新聞。報紙版面安排，刊出 4 版時，第一版是國內要聞，第二版是社論與國際新聞，第三版是地方新聞與通訊，第四版是副刊，星期日增刊 2 版，綜述一周國內外大事與軍事形勢。刊出 8 版時，第一至四版是國內外電訊與新聞，第五版是通訊，第六、七版是副刊，第八版是社會服務與專刊、特刊。文藝副刊《戰地》由殷夢萍、葉家怡等主編，刊載名家、學者文章。發表《官虎與商虎》等雜文，抨擊「苛政猛於虎」，針砭時弊。綜合副刊《磁鐵》由周起鳳、郭繹之等主編。《新聞戰線》專刊由本報通訊採訪組編輯，《漫畫》專刊由軍委會政治部漫畫宣傳隊隊長張樂平主編。

宦鄉畢業於交通大學工科，學識豐富，中英文俱佳，勇於負責，主持筆政，聲譽鵲起。他在歐戰爆發前發表社論《分析慕尼黑協定》指出，英法縱容希特勒反蘇，可能導致第二次世界大戰，終將搬起石頭砸自己的腳。1941 年，重慶方面估計日軍對中國戰區的壓力將趨緩，主力將北攻蘇聯。宦鄉判斷日軍將繼續南進而非北向。同年 8 月，日軍配合太平洋戰爭，繼續執行對中國南方作戰計劃，打通粵漢線。宦鄉的準確分析，震動了第三戰區司令長官部。《前線日報》設置以「快」「新」見長的「本報綜合報導」、「時事漫談」、「編餘漫筆」等欄目，引起了各方關注。戰區軍政首腦和高參樂意出席報社組織的國際形勢座談會。

1942 年上半年，《前線日報》發行區域已超出第三戰區所轄閩浙贛蘇皖五省範圍，擴展到湖南衡陽、廣西桂林，報紙銷量由初創時的 7000 份增至 2 萬多份，在大後方與淪陷區同具知名度。中共重慶《新華日報》時常引用《前線日報》的言論、新聞。上海日僞廣播電臺針對《前線日報》的社論，發出「駁斥渝方《前線日報》謬論」的叫囂。江西南昌的敵僞勢力，僞造《前線日報》，用以欺騙民眾。

前線日報

爪哇戰事激烈進行
英軍參加保衛戰
荷方採取主動進攻敵主力軍
荷印政府已遷往萬隆

荷蘭坦克車出動

十拉萬平原地區
荷軍曾實行反攻

魏菲爾將軍
復任印度軍總司令

保衛澳紐，克復失地
同盟國正在商討中

英守軍正予掃蕩中

美西海岸區域
劃爲第一軍區

圖 2-11　第三戰區《前線日報》1942 年 3 月 4 日[1]

圍繞報業創辦副業。創辦《前線週刊》，邀請曹聚仁擔任主編。成立前線通訊社，加強與全國各報社的聯繫。成立戰地圖書出版社，在上饒城內開設門市部，出版數十種書籍，代售各地圖書。建立中國印刷所、鉛山造紙廠，利用當地材料與技術，試製成功微黃、潔白兩種印報用紙，比廣爲使用的福建紙略勝一籌，除滿足自身需要，仍有餘力支持同業。1942 年初，前線日報社及所屬事業的全體員工約有千人。馬樹禮運用廣泛的人事關係和有異常人的活動能力，不斷地獲得抵押貸款和購買優良器材。

1　張挺、魏潤生：《中國古近代現代報紙圖集》，第 341 頁，遼寧教育出版社，2015 年版。

2、《前線日報》在大都市上海

1945 年春夏之交，《前線日報》派人到上海創辦油印「淞滬敵後版」，秘密地在上海浦東發行。此一先著，成爲《前線日報》戰後成功入滬的一大理由。1945 年 9 月 1 日，上海《前線日報》創刊。社長馬樹禮，總編輯曹聚仁、邢頌文，總經理趙家璧，總主筆錢納水。《前線日報》江西版停刊。

上海《前線日報》，初爲 4 開 12 版，很快改出對開 8 版。嘗試雜誌化的道路，設要聞、國內新聞、國際新聞、本埠新聞、「經濟前線」、體育教育新聞、遊藝新聞版和副刊《晨風》《天下》《磁鐵》《四海》。出版《新聞戰線》《書報評論》《社會人生》《婦女》《科學》《學生》《新醫》週刊。除第 6 版，各版均插刊廣告，兩版間的中縫繼續被用來刊登廣告。連載的曹聚仁著《蔣經國論》，1948 年由上海畫報出版社出版。

《前線日報》在上海的先發效應消失，同業競爭激烈，物資供應緊張，物價迅速攀升，經營日益窘迫，報紙銷量從幾萬份驟然降至幾千份，生存環境逐步惡劣。前線日報社進行改制，成立股份有限公司，經營狀況稍有好轉。1947 年，公司董事會改組，擴大股東投資。企業化之路荊棘叢生。1948 年冬，徐蚌會戰已成定局。許多軍政人員談論並著手「應變」。1949 年 1 月 8 日，努力經營而少有起色的《前線日報》，改出晚刊，4 月 15 日停刊。

第三節　國民黨軍的廣播電影通訊業

一、國民黨軍的廣播業

（一）「掃蕩」中的國民黨軍廣播業

中國廣播業誕生於 20 世紀 20 年代前期。至 30 年代，中國廣播業主要依附於上海、北平等大都市和沿海經濟發達地區有了初步的發展。

1928 年 8 月 1 日 17 時 30 分，國民黨中央廣播電臺在南京湖南路中央黨部開播（呼號 XKM）。國民黨軍廣播起步於軍事「圍剿」。抗戰期間，國民黨軍廣播業納入部隊作戰系統，由上而下地開展廣播戰，事業規模小有發展。在崑崙關戰役（1939 年 12 月至 1940 年 1 月），國民黨軍使用廣播機對敵宣傳，收到相當效果。第三戰區設置流動電臺開展廣播宣傳，也引起了其他戰區對於廣播的關注。國民黨軍普遍感到廣播的重要，尤其是進行戰地宣傳及開展敵前喊話的重要性。

1、南昌廣播電臺及其他

1933 年秋，軍政部交通司向中央廣播事業管理處提出申請並獲得批准，將計劃在國民政府洛陽辦事處使用的 250 瓦廣播發射機移至南昌。軍事委員會委員長南昌行營使用這臺廣播發射機，創建南昌廣播電臺（呼號 XGOC），專門用於「剿匪」宣傳。

軍委會委員長南昌行營使用的 1930 年 8 月正式開館的江西省圖書館，位於南昌百花洲，與江西大旅社、民德路郵局並稱爲南昌三大建築。南昌廣播電臺架設在這座新建樓房的樓頂。1934 年冬，江西「剿匪」結束。1935 年 2 月，南昌行營撤銷，所屬的臨時性南昌廣播電臺，移交給江西省政府，以原名繼續播音。[1]

國民黨軍早期接觸與使用廣播，除了短暫的南昌廣播電臺外，還幫助地方政府創建廣播、移動播音和試辦廣播。第四集團軍總司令部負責籌建的廣西省政府南寧廣播電臺，1934 年 1 月 6 日正式開播。1936 年 6 月 23 日，第四集團軍總司令部政訓處巡講團用大車裝置播音機，每晚 18 時至 21 時 30 分在南寧各街道播音，宣傳抗日，教唱抗日歌曲。1936 年，國民黨軍無線電專科學校試驗性廣播電臺在廣州開播，每天定時播音。後隨隊轉移。

2、上饒廣播電臺

1940 年 7 月，試裝就緒，8 月 1 日在江西上饒正式開播，呼號 XGOC，頻率 9710 千周，每日播音初爲 3 小時。使用英國馬可尼公司 TR600 號型短波發射機，350 瓦。該臺的建立，是第三戰區司令長官部一再要求建立並歸其管理使用。

1941 年 6 月，隨戰區司令部遷至福建建陽，12 月返回。1943 年 2 月，又隨戰區司令部遷至江西鉛山，4 月 1 日恢復播音，改名流動電臺，呼號改爲 XLMA。1944 年 7 月，湘北再起戰事，影響江西，再隨戰區司令部遷至福建邵武。1945 年 8 月，抗戰勝利後停播。[2]

3、軍中播音總隊

1942 年 6 月 1 日，軍中播音總隊成立，辦事處設重慶兩路口大田灣，組建 6 個對敵播音宣傳隊。1944 年，播音總隊遷入重慶。軍中廣播力量進行整編。1945 年春，軍中播音總隊轄 5 個中隊、20 個分隊，派駐部隊，擔負對敵

1 曾虛白：《中國新聞史》，三民書局，1984 年版，第 611、613 頁。
2 曾虛白：《中國新聞史》，三民書局，1984 年版，第 624 頁。

喊話、戰地宣傳及收音轉播等任務。通過日語廣播、「紙彈」、戰地喊話等方式，開展對敵宣傳戰。[1]

1943年6月1日，中央廣播事業指導委員會第24次會議作出決議，由廣播事業管理處協助軍委會政治部辦理對部隊播音及前線對敵喊話。向資源委員會中央無線電機製造廠訂購1千瓦短波廣播機1部，10瓦流動廣播機14部，收音機120架，請指導委員會指定3個短波頻率，供軍中播音總隊使用。[2]

（二）「戡亂」中的國民黨軍廣播業

1、國民黨軍廣播業集中於大城市

民國南京政府後期的國民黨軍廣播業，和這一時期中國官營與民營廣播電臺一樣，主要聚集於寧、滬、平、津、穗等大城市。國民黨軍不同系統與部門創辦的廣播電臺，有的經歷複雜，有的以民營面目出現，生存時間多較短暫。作爲國民黨軍廣播業核心的軍中之聲廣播電臺和明顯帶有應對中共軍事廣播宣傳之意而創辦的空軍之聲廣播電臺，是國民黨軍長時間開播並遷移臺灣繼續播音的兩個廣播電臺，其餘的國民黨軍廣播電臺也隨著戰敗而覆滅。

國民黨軍在北平開辦了軍中之聲廣播電臺、「國防部第七十二廣播電臺」、勝利廣播電臺（第11戰區司令長官部）、中國廣播電臺（軍統局北平特警班主任樓兆元任董事長）、民生廣播電臺（軍統局北方經濟建設協進會）和軍友廣播電臺（北平警備司令部）。國民黨軍在天津開辦了軍友廣播電臺、軍聲廣播電臺、陣中廣播電臺、中國廣播電臺（天津警備司令部嚴家浩任董事長）。1948年6月開播的軍友廣播電臺、12月開播的軍聲廣播電臺，播出國民黨軍的軍旅生活、訓練成果、軍隊音樂等節目。軍友廣播電臺因經營困難，開播3個月即處於時停時播狀態。軍聲廣播電臺由天津警備司令部責成鐘鏡公司承辦，以商業廣告爲主，天津解放後宣告結束。1949年1月，國民黨守軍責成天津警備司令部政工處將已停播的青年廣播電臺改爲陣中廣播電臺開始播音，輸出功率500瓦，在1月14日天津解放前一天停播。[3]

上海是中國廣播業的發源地和抗戰勝利後的聚集地，國民黨軍總部和部

1　仲華：《抗戰時期國民黨軍隊政治工作述論》，《南京社會科學》，2005年第4期。
2　曾虛白：《中國新聞史》，三民書局，1984年版，第624頁。
3　馬藝等著：《天津新聞史》，天津人民出版社，2015年版，第442頁。

隊蜂擁滬上。從 1945 年 12 月至 1948 年，在上海先後開辦了忠義廣播電臺（忠義救國軍），軍政廣播電臺（第三方面軍），勝利廣播電臺（憲兵司令部），鐵風廣播電臺（空軍供應司令部），和平廣播電臺（和平日報館），滬軍廣播電臺（上海師管區司令部），凱旋廣播電臺（陸軍整編第 63 師 186 旅），遠征廣播電臺（青年軍第 202 師 162 旅），公建廣播電臺（淞滬警備司令部）和陸總（民本）廣播電臺（陸軍總司令部）等 20 多個廣播電臺。

國民黨軍在江蘇開辦了蘇州青年廣播電臺（1945 年秋，青年軍第 202 師政工處與國民黨江蘇省吳縣縣黨部聯合創辦，每晚播音 2 小時），無錫軍政廣播電臺（1946 年春，第 1 綏靖區，每天播音 2 次共 11 小時 30 分鐘，經費主要靠廣告收入），南通正聲廣播電臺（1948 年 3 月 3 日，第 1 綏靖區，每晚播音 2 小時）。

2、軍中之聲廣播電臺

1945 年 9 月，軍中播音總隊派員抵寧接收日軍設在南京漢中門蛇山 10 號的通訊電臺。

1946 年 5 月 6 日，軍中播音總隊從重慶遷移南京，10 月 10 日正式播音，定名南京軍中之聲廣播電臺。臺長徐復華，設指導、技術、總務三科，共 60 餘人。隸屬後勤司令部特種勤務總署。使用 2 個頻率，每天 7 時至 23 時 3 次間歇播音共 8 小時。臺址在南京漢中門蛇山 10 號。同年，增設擴音總隊，在南京新街口、夫子廟、挹江門外過境軍人接待站及中山陵新聞訓練班設立 4 個擴音站，使用 50 瓦擴大機和 25 瓦高音喇叭，收轉軍中之聲廣播電臺的節目。

1947 年 7 月，國防部新聞局奉准增設北平、瀋陽、漢口、西安 4 個軍中之聲廣播電臺[1]，連同已有的廣州軍中之聲電臺，統歸南京軍中廣播電臺管轄，隸屬國防部新聞局。軍中之聲廣播電臺以國民黨軍官兵爲主要對象。11 月，南京軍中之聲廣播電臺全天 3 次間歇播音共 10 個小時，播出節目大致分爲四類：新聞評論節目有「新聞」、「時事評論」、「戰地通訊」、「軍事消息」、「一月戰況」、「一周時事述評」等，談話節目有「軍中晨話」、「軍中夜話」、「軍學講座」、「特別演講」、「戡亂動員」等，音樂娛樂節目有「軍樂」、「國樂」、「平劇」、「中外樂曲」、「時代歌曲」、「雜曲」等，服務節目有「對時」、「軍人服務」、「軍人園地」、「氣象報告」、「預報明日節目」、「記錄新聞」等。

1 《國防部增設　軍中廣播電臺》，《長城日報》，1947 年 8 月 2 日。

1949 年 4 月，南京解放前夕，臺長徐復華匆匆離去，行前宣布由指導科科長康暉午、梁培麟任代理臺長和副臺長。5 月，南京軍中之聲廣播電臺被中國人民解放軍南京市軍事管制委員會接管。

3、空軍之聲廣播電臺

國民黨空軍總司令部爲「宣揚空軍精神灌輸革命思想，對外講解航空常識，喚起國人對於航空之認識與注意，以『加速』達成空軍建軍！」，決定設立空軍廣播電臺。[1]1946 年 12 月 1 日，空軍廣播電臺在南京成立。赴昆明接收美軍撥給 3.5 千瓦短波發射機 4 臺、1 千瓦長波發射機 1 臺及柴油發電機 1 部等。播音室設於小營空軍總司令部，發射臺設於中央門。初創，將總部大禮堂後臺化粧室改爲播音室，後在院內空地建造小型新房作爲播音室。12 月 15 日，正式以空軍之聲開播。以「XGAF」爲呼號。隸屬國民黨軍空軍總司令部，由通信處、新聞處進行業務指導。社長初由通信處副處長張寶華兼任，1947 年 6 月改由陳建元少校專任。從通信處、政治部、空軍軍官學校、電信器材修造廠、陸空聯絡區臺選調人員，從北平、南京的大學畢業生中招考取錄播音員，設廣播、工務兩課。

使用 3 個頻率（中波 1000 千赫，輸出功率 1 千瓦，短波 7100 千赫、11680 千赫，輸出功率 2 千瓦），每天 7 時至 23 時，分 3 次間歇播音 8 小時 45 分鐘。國民黨空軍總司令周至柔、副總司令毛邦初、王銘璋先後發表錄音廣播講話。據空軍之聲廣播電臺 1948 年元旦實行的廣播節目表，播出「新聞」、「警策語（嘉言錄）」、「航空講壇」、「軍中花絮」、「交通消息」、「康樂消息」、「兒童」、「衛生」、「家庭」、「各種常識」、「電信常識」、「英語新聞」、「科學新聞」、「航空消息」、「物理化學」、「生物」、「歷史地理」、「英語教學」等節目。「各種常識」節目中有家庭婦女、史地、理化、生理衛生、生物農業等內容。「航空講壇」中有空軍戰史、國防科學、航空學術、空軍生活、滑翔常識等。播出的文藝節目，有「國樂」、「中西樂」、「軍樂」、「中國歌曲」、「中國舞曲」、「西洋舞曲」、「平劇」等。

1948 年 11 月 1 日，空軍之聲廣播電臺遷至臺灣臺北。1949 年 2 月 1 日恢復播音。1953 年，增加對大陸廣播節目。1958 年 12 月 1 日，成立第二廣播部分，專門對大陸廣播。[2]

1　《空軍廣播電臺成立經過》，《空軍總司令部空軍廣播電臺週年紀念特刊》，1948 年元旦出版。

2　曾虛白：《中國新聞史》，第 650、657 頁，三民書局，1984 年版。

4、華中軍政長官公署廣播電臺

1946 年 11 月在漢口開播，華中「剿匪」總部創辦。呼號 XMPO，周率 1070 千周，日間歇播音 3 次共 4 小時 30 分。1949 年 5 月 9 日撤至桂林，改名桂林綏靖公署桂林廣播電臺，8 月 10 日試播，9 月 1 日正式播音。短波發射機功率 1 千瓦，呼號 DEL7，周（頻）率 11500 千周；中波發射機功率 500 瓦，呼號 BEL5，周（頻）率 830 千周。代理臺長丁作超，設總務、工務、傳音三科，全臺 24 人。臺址在桂林市桂西路尾（今桂林市解放西路）。每天 19 時至 23 時播音 1 次共 240 分鐘。所播出的廣播節目中，新聞節目時間占 45%，選播中央社播發的稿件，「特別節目」播出桂林綏靖公署和國民黨華中軍政長官公署提供的稿件和專題演講；文藝節目時間占 55%，播出音樂、歌曲、戲劇（川劇、漢劇、湘劇、楚劇、平劇、越劇、粵劇、桂劇等）和曲藝（墜子、幫子、相聲、大鼓、彈詞等）。11 月初，恢復原名。11 月 23 日停止播音，遷往南寧。

1949 年 12 月 4 日，南寧解放。代理臺長丁作超和總務科長胡傑遙向南寧人民解放軍天津第二支隊三七部隊政治處報到後，被南寧市軍管會文教接管部接收，並主要以此為基礎籌建與開播廣西人民廣播電臺（1950 年 5 月 1 日）。

二、國民黨軍的電影業

國民黨軍的電影業萌芽於 20 世紀 20 年代，中國軍事電影首先在廣州及黃埔軍校得以出現，在 30 年代開始形成規模。全面抗戰爆發前，國民政府所擁有的中央電影攝影場、中國電影製片廠和西北電影公司 3 家官營電影機構，後兩家是軍方的電影機構。中國電影製片廠在抗戰期間獲得較大的發展。

（一）從電影組到攝影場

1、血花劇社電影科

1925 年 1 月 18 日，黃埔軍校創辦的軍人藝術團體血花劇社正式成立。校長蔣介石兼任社長，實際領導者是政治部主任周恩來。軍校黨代表廖仲凱為之書寫「烈士之血，主義之花」的錦旗。1926 年 5 月 18 日，進行改組，拓展業務，蔣介石續任社長，設置劇務、總務、理財、電影 4 科。血花劇社電影科，添製設備，配有專業人才，拍攝電影。國民黨中央為謀求推行電影宣傳計劃，徵得黃埔軍校校長蔣介石的同意，由血花劇社牽頭籌劃並進行具體的電影拍攝製作。至北伐初期，國民黨軍初由政工組主導包括電影放映的駐地內的宣傳活動。

北伐戰爭爆發後，廣州富家子弟黃英擔任北伐軍總政治部攝影組組長，進行隨軍攝影，將所拍攝素材編輯成 10 本的北伐戰爭大型文獻紀錄片《蔣介石北伐記》。白崇禧任總司令的第四集團軍邀請上海大中華百合公司攝製《北伐完成記》。導演王元龍、王次龍兄弟率領 3 名攝影師，前往河北唐山、灤洲一帶實地拍攝。反映第四集團軍戰地生活、作戰勇敢、兩軍交戰及重炮、飛機的使用效率，戰地民眾遭受直系軍閥剝削的苦難和歡迎國民革命軍等。總司令白崇禧親自參加拍攝，「並撥兵一部扮成直魯軍，以便攝取兩軍之交鋒，如佔領古冶、炮攻灤洲等等。」[1]

血花劇社電影科在北伐戰爭期間，附設於北伐軍總政治部，攜帶自製的幾套影片隨軍出發，經粵、湘、贛等省進至南京，途中放映電影，宣傳三民主義，以與軍民同娛，所得成效顯著。1927 年 5 月，總政治部在京漢鐵路開行繪有圖畫、寫有標語、設置圖書室和展品並放映蘇聯電影的宣傳列車。囫圇吞棗採用的蘇式宣傳，沒有激起中國民眾的共鳴，宣傳列車被紅槍會搗毀。[2]

2、政訓處電影股

四川富順農家子弟鄭用之，黃埔軍校第三期政治班畢業，參加部隊政治工作。清黨時受到審查，脫離軍隊。酷愛攝影，擔任重慶《新蜀報》駐滬特派記者，創辦《新大陸報》和中國聯合新聞社。1932 年淞滬「1．28」抗戰期間，他進行戰地拍攝，輯爲《淞滬抗日大畫史》。他在上海接觸了影劇界人士，對電影產生了深厚的興趣，與黃埔校友尹伯休合寫小冊子《如何抓電影這武器》。鄭用之受邀籌建軍隊電影組織。他與鄭伯璋、鄭仲璋等在上海，延攬攝影、放映、發電等人員，購置法國、美國生產的電影攝影機、放映機等設備，爲了給無聲電影配音，在百代公司購買了一套飛機、輪船、汽車、火車、槍炮等音響的唱片和音樂、戲劇唱片，還在明星公司購買了一些動畫影片的電影拷貝。1933 年 8 月，鄭用之率人由上海來到南昌。

1933 年 9 月 1 日，南昌行營政訓處電影股成立，股長鄭用之，下設劇務、技術、秘書 3 個組。電影股初成，連同放映隊、炊事兵、勤務兵不過 12 個

1　陳祐愼：《抗戰時期的國民黨部隊電影事業》，《抗戰史料研究》，2012 年第 1 輯。
2　曾虛白：《中國新聞史》，三民書局，1984 年版，第 650、657 頁。

人[1]，日常的主要工作，是攝製新聞片和隨軍赴前線及鄉村巡迴放映影片。攝製一些「圍剿」工農紅軍的軍事新聞片，編輯爲《電影新聞》放映，也整理了一部大型紀錄片《孫中山逝世記》。開始嘗試攝製故事影片。1934 年，以怒潮劇社演員爲班底，攝製了故事影片《光明》。

電影股放映隊所放映的影片，除了自己攝製的影片，多爲上海聯華、明星公司出品的卡通片。至 1933 年冬，電影股放映隊在贛北、贛東的大小城鎮，利用部隊駐地廣場或鄉鎮空地放映電影。同年 11 月，福建事變。電影股隨軍開赴福建，鑒於福州政權有改換國旗、國號的舉動，刻意在各影院放映中華民國國旗、總理遺像及蔣介石像，播放國歌唱片。

3、漢口攝影場

1935 年春，國民政府軍委會委員長南昌行營政訓處電影股遷至漢口，改名漢口攝影場，改隸湘鄂贛「剿匪」總部政訓處，仍由鄭用之主持。擴充員額達 50 餘人。1936 年春，訂購的有聲電影設備等次第完成，規模有所擴大，擁有攝影棚、剪接、錄音、放映、攝影、美工、卡通、洗片、印片諸室。軍事影片攝製開始由無聲電影進入有聲電影階段。攝影了 30 餘本《電影新聞》，還攝製了《峨嵋軍官訓練團》、《南京秋操演武》等紀錄片。

留過洋、出國考察的蔣介石，對於電影這一新生大眾傳媒持開放與重視的態度。他同意黃埔軍校血花劇社攝影科嘗試性的以自己爲對象拍攝電影。1935 年 3 月 24 日，蔣介石特意囑咐陳慶雲、周至柔派員前往各省市中學生軍事訓練班放映電影，以提高青年學生對空軍的熱情。[2]

（二）中國電影製片廠

1、「中製」機構變化設置齊全

全面抗戰 1937 年 7 月 7 日爆發，漢口攝影場改名中國電影製片廠（簡稱「中製」），隸屬國民政府軍事委員會政訓處。國共再次合作後，軍委會成立政治部，「中製」直屬政治部第三廳領導，經費來自軍委會政治部，第三廳第六處電影科長鄭用之兼任中國電影製片廠廠長，被授予上校軍銜。廠長之下設有秘書一人及技術、劇務、總務 3 個組。組建戰地攝影隊，奔赴抗日前線

1 陳祐愼：《抗戰時期的國民黨部隊電影事業》，《抗戰史料研究》，2012 年第 1 輯。

2 《蔣介石致陳慶雲、周至柔電》，1935 年 3 月 24 日，《蔣中正「總統」檔案》，「國史館」藏：典藏號 002-080200-00416-152，轉引陳祐愼：《抗戰時期的國民黨部隊電影事業》，《抗戰史料研究》，2012 年第 1 輯。

拍攝紀錄片。

1938年9月27日，「中製」遷至重慶。1939年春進行擴充，組升級爲課，增設副廠長、主任秘書及攝影場務主任（與副廠長同級）、秘書會計。廠長鄭用之，副廠長羅靜予，攝影場務主任王瑞麟，廠長下設主任秘書（金擎宇）。秘書室下設業務（發行）、劇務、技術、總務4課。宣傳、美工兩組直屬廠長室。1940年，增設新聞影片部，專門負責新聞紀錄影片的設計與攝製，鄭君里主持；教育電影部，專門負責設計與攝製軍事教育影片，袁從美主持；卡通影片室，萬古蟾、萬籟鳴兄弟主持。12月，在香港設立分廠大地影業公司（兼營發行，尤其是向歐美和東南亞地區輸出影片）。

爲了加強電影創作，「中製」成立編導委員會，第三廳主任秘書、中共電影工作者陽翰生兼任副廠長級編導委員會主任。編輯、剪輯有羅靜予、錢筱璋等，攝影師有吳蔚雲、羅及之、楊霽明、陳晨、韓仲良、王士珍等。[1]1941年，員工總計500餘人，是比肩而立的中央電影攝影廠的5倍。

在軍委會劃定的重慶市觀音岩純陽洞（今重慶市渝中區）的荒山建設新廠。1939年遭到轟炸，攝影場嚴重損壞，主任秘書奎文、技工趙如泉、日本反戰人士山本黑、工友和德順被炸死；在廠內外修建防空洞，配備發電機。至1939年上半年，第一攝影場、辦公樓、剪接室、洗片室、宿舍等落成。至1940年底，卡通室、片庫、抗建堂（原第二攝影場）、第三攝影場等陸續建成；成立中國電影出版社，出版電影叢書。1941年1月，創刊16開電影學術月刊《中國電影》，出版第3期後突然停刊。經過兩年時間的建設，「中製」成爲抗戰時期戰中國設施齊全的電影製作機構，是戰時中國最爲重要的軍事電影製作基地。1941年8月，「中製」遭到日軍飛機轟炸。1942年1月，捐獻《滑翔飛機》《青年中國》等影片收入約2萬元，贊助「中國電影號」滑翔機10架。

1942年6月，第八戰區政治部主任吳樹勳和王瑞麟接任正副廠長，從北平逃亡到大後方的清華大學教授陳銓接替陽翰生擔任編導委員會主任委員。1944年7月13日，吳樹勳辭職，原上海警察局局長蔡勁軍接任廠長。1945年11月13日，蔡勁軍調職，羅靜予接任廠長。

1946年，遷移南京。接收南京日僞電影業、上海僞中華電影股份有限公

1　高維進：《中國新聞紀錄電影史》，世界圖書出版公司北京公司，2013年版，第30頁。

司的一部分財產和上海金司徒廟的前藝華攝影場。在上海建分廠，聘請美國電影顧問進行設計。美國援助了一批電影設備。軍委會改組爲國防部，「中製」業務分別劃入國防部新聞局、民事局、監察局。又被改組爲軍（事）教（育）電影事業管理處，主要編譯美國援助的 1100 餘種軍事科學教育影片。1947 年 4 月，軍教電影事業管理處撤銷，恢復「中製」，南京總廠專事軍事教育影片攝製與編譯，上海分廠負責故事影片的攝製與發行。攝製故事片《萬象回春》《擠》和宣傳片《鐵》《共匪禍國記》《共匪暴行實錄》。1949 年初，「中製」派員攜運部分設備赴臺。4 月，全廠奉命遷臺灣。[1]先在臺灣南部的岡山，後遷移臺北附近的北投競馬場，以拍攝軍事新聞片和軍事教育片爲主業。1952 年夏天，庫房因無空調設備，所存影片，夜半自燃，十餘年積累的故事影片、新聞紀錄影片等盡成灰燼。1955 年，恢復攝製故事影片。

1946 年後，「中製」多次改隸。1949 年秋，再次轉隸原特種勤務署改組的國防部特勤處，縮減規模，放映隊、中國萬歲劇團劃歸國防部新聞局。1950 年，「中製」劃歸國防部政治部。1990 年，「中製」停業。

2、「中製」匯聚電影話劇精英

「中製」主動積極地邀請，在武漢收羅了編劇、導演、演員、攝影、錄音、美術、洗印等 160 餘人。遷渝後，劇作家、導演、演員等蜂擁而至。

重慶「中製」匯聚的人才有：劇作家陽翰笙、田漢，編導鄭君里、沈西苓、夏衍、洪深、馬彥祥、應雲衛、司徒慧敏、宋之的、陳白塵、何非光、孫師毅、葛一虹、王爲一、史東山、陳鯉庭、孫瑜、石凌鶴、楊村彬、蔡楚生、章泯、于伶、蘇帖、陳銓等；音樂舞蹈和美術專家有盛家倫、吳曉邦、戴愛蓮、葉淺予、丁聰、胡然、賀渌汀、沙梅、光未然、安娥；演員有中國話劇與電影「四大名旦」的白楊、黎莉莉、張瑞芳、秦怡和舒秀文、高占非、風子、魏鶴齡、陳天國、李景波、吳茵、陳波兒、江村、項堃、耿震、寇家弼、陶金、羅軍、章曼萍、孫堅白（石羽）、周峰、錢千里、朱銘仙、周伯勳、凌琯如、鄭挹英、金淑芝、虞靜子、郭壽華（陽華）、韓濤、田深、王班、王玨、王豪和 4 名日本演員（日本反戰人員）。[2]辛漢文、姚宗文、姚亞彬、錢筱章、章超群、甘淼、韓仲良、吳蔚雲、錢江等攝影、化妝、布景和阮振南（越南人）、付潤華等著名魔術家，也聚集在「中製」的麾下。

1 陽翰笙：《泥濘中的戰鬥（二）——影事回憶錄》，《電影藝術》，1986 年第 3 期。
2 陳祐慎：《抗戰時期的國民黨部隊電影事業》，《抗戰史料研究》，2012 年第 1 輯。

劇作家陽翰笙應邀加入，聲明不要軍銜，每月只要 50 元工資，爲「中製」創作《八百壯士》《塞上風雲》《青年中國》《日本間諜》4 部電影劇本。原來月薪二三百元的史東山等人，應邀加入也提出不要軍銜，每月只取 50 元報酬，在社會上引起很大反響。《掃蕩報》刊文稱：「不久前我曾因某種機會得以參觀中國電影製片廠，最使我驚奇的不是它二年來的燦爛成績，而是那種嚴肅的工作態度和緊張的服務精神，那裡沒有什麼重金禮聘的『明星』，有的只是一批平平實實的演員—— 一群朝氣蓬勃的無名英雄！一個非常受人重視的所謂『明星』在他們那裡也一變而爲電影戰鬥員之一。『軍事』、『政治』、『藝術』三位一體的規律生活，把他們鍛鍊成最勇敢的文化鬥士，提高了他們對於工作的熱忱和自信。」[1]

「中製」怒潮劇社遷渝，大批電影和話劇優秀演員加入，陣容強盛於一時。1938 年 9 月至 1945 年抗戰勝利，「中製」演員劇團上演《爲自由和平而戰》《血祭九一八》《中國萬歲》《國賊汪精衛》《清營外史》《霧重慶》《虎符》《蛻變》《重慶屋簷下》《國家至上》《江南之春》《草莽英雄》《棠棣之花》《夜上海》《殘霧》《秋收》《青春不再》《秣陵風雨》《野玫瑰》等 33 齣戲劇。唐納編劇、應雲衛導演、舒秀文與陳天國主演的《中國萬歲》，享譽山城，成爲保留劇目，怒潮劇社也因此於 1940 年 4 月 1 日改名中國萬歲劇團。

（二）從太原到成都的西北電影公司

1、閻錫山拍攝閱兵電影

1919 年 6 月 14 日，電影進入中國上海後的 13 年，內陸省份的山西省城太原首次放映電影。1924 年 6 月，山西督軍兼省長閻錫山命都署宣傳主任曾望生、憲兵司令張達三聘請英美煙草公司上海總公司電影部的外籍攝影師來晉，拍攝閱兵電影。閻錫山耗資 5 萬銀元，爲參加閱兵的部隊添置各種服裝。

在炮兵操場舉行的閱兵式，有步兵、騎兵、炮兵、工兵、輜重兵、衛生兵和自行車隊約 15 個連隊參加。據天津《大公報》報導：出場人員有勳章者一律佩戴。中級以上軍官乘馬，著紗軍裝、黑皮鞋，帶馬刺刀，洋鞍黑革紅邊，免帶貼胸。初級軍官著灰布軍裝、灰裹腿，乘馬軍官著馬靴黑皮鞋，用皮刀帶、戴白手套。士兵著新灰布軍服、灰裹腿。騎兵、野炮兵著皮靴。新肩領章、皮鞋、水壺、乾糧帶、皮帶、刺刀槍背帶去槍口貼……閻錫山身著

1　德：《電影演員的新生》，《掃蕩報》，1940 年 9 月 25 日，轉引蘇韶紅：《〈中國電影〉（1941/1～3）研究》，西南大學碩士學位論文，2007 年。

在北京特製的上將軍服，「差遣衛隊共五百餘人蒞正，登臺舉行閱兵式。軍裝整潔，步伐整齊。閻氏亦顧盼自豪，欣欣然有得色云。」[1]

2、西北電影公司在太原

1934 年，閻錫山授意的西北電影製片廠開始籌建。山西省人民公營事業董事會所屬的西北實業公司和斌記五金行共同出資，以山西公營事業的名義，開辦太原西北電影公司。初定名太原西北實業公司電影製片廠，為便於獲得批准，向國民政府申辦註冊手續，根據公司組織法獨立成立，改名西北電影公司（簡稱「西影」），「實則是綏靖公署的宣傳機構之一。」[2]

1935 年 6 月，西北電影公司成立，7 月 8 日宣布開業。公司設於太原市壩陵橋裕德東里 12 號的四合院。內景攝影棚設於海子邊公園（今兒童公園）內北側的勸工樓（今為孫中山蒞臨太原講演紀念館）。閻錫山的秘書郝振邦擔任經理，溫松康任主任（後任經理）。導演石寄圃，編劇宋一舟（宋之的）、周彥，攝影沈家麟，呂班負責演員培訓。設經理室、導演組、洗印組、攝影組、總務組、會計室。舉辦為期 3 個月的演員訓練班，招收 30 名學員。後來成為作家的趙樹理報考未被錄取，託人說情，成為該訓練班年齡較大的一名學員。同年冬，創辦電影刊物《西北電影》。1936 年春，工農紅軍東渡黃河入晉，閻錫山停撥經費，一度暫停。七七事變後，第二戰區司令長官部成立文化抗敵協會，閻錫山五妹夫、清華大學畢業留學日本歸國的梁綖武擔任主任。「西影」與歌（京）劇隊、劇話隊、民族革命通訊社、西線文藝社、民族革命出版社、文化書店等，統由第二戰區文化抗敵協會領導。

3、西北電影公司在成都

1937 年 11 月，「西影」隨閻錫山擔任司令長官的第二戰區機關先遷山西臨汾，繼遷陝西西安，部分機器和膠片轉移到陝西宜川秋林，由第二戰區文化抗敵協會保存。與西安士紳張德樞合作建廠未成，部分設備、器材先行運往蓉城。

1938 年 5 月，「西影」派人與總政治部第三廳政治部主任秘書陽翰笙取得聯繫，廣邀才俊，重組隊伍，邀請瞿白音、沉浮、賀孟斧任編導，楊霽民、

1 《閻錫山閱兵電影已攝成》，1924 年 6 月 4 日天津《大公報》影印版第一張第三頁，轉引苗壯：《閻錫山與民國山西電影事業——從 1924 年閻錫山拍攝「閱兵電影」說起》，《當代電影》，2017 年第 9 期。

2 李泓：《山西早期拍攝的電影》，《文史月刊》，2003 年第 1 期。

陳晨、程默、秦威、姚俊初等任攝影、美工、錄音，吳雪、謝添、歐陽紅櫻、楊瓊、金淑芝等任演員。同年秋，再遷四川成都，駐紮燈籠街 92 號原薛旅長公館。1939 年秋，在成都拍攝影片，經常剛剛開工或端起飯碗，日軍飛機來襲，只得急忙躲避轟炸。沒有自來水，用竹管子接水沖印膠片。

「西影」以企業形式經營，進入全面抗戰中期，國內影業市場狹窄，影業經營環境進一步嚴峻，營運收入難以支撐巨額製片費用，生存艱難，經費窘迫，捉襟見肘，員工在欠薪的情況下堅持。1939 年 12 月，晉西事變發生。領導「西影」的第二戰區文化抗敵協會名存實亡，「西影」的經費更加困難。經理溫松康再赴山西吉縣克難坡，向閻錫山尋求支持。閻錫山說：「而今軍糧民食尚難以爲濟，哪有餘力再舉不急之務。」[1]他資助了數萬元，囑咐力行自給自足。溫松康返回成都，發給同仁欠薪，資助款即所剩無幾。眾人改編排演話劇，仍入不敷出。1941 年，「西影」宣告正式結束。

（三）軍事電影宣傳抗戰

國民黨軍電影機構在全面抗戰期間攝製的電影作品，大致類型是各種新聞紀錄影片、軍事教育影片和故事影片。

1、攝製新聞紀錄影片

戰事紀錄影片往往能夠產生驚人的作用，民眾觀看紀錄戰事的影像，重新感知戰爭，激發出對於戰爭的熱情。1937 年 8 月 12 日，國民黨中常會議決通過《戰時電影事業統製辦法》，規定淩駕於一切文字宣傳之上的電影，要側重於攝製戰事新聞紀錄片。抗戰局勢動盪不定，大眾傳媒尚不發達，抗戰新聞紀錄片熱映一時。「新聞片一度成爲市民階層瞭解戰爭動態的重要管道。許多觀眾進戲院，是爲了觀看附加的新聞片，對正片反而興趣不大。戲院只要放映抗戰新聞片，即能場場爆滿。」[2]

（1）「中製」拍攝的新聞紀錄影片

盧溝橋槍聲響後兩周，「中製」攝影技師宗惟賡、陳嘉謨於 7 月 20 日晨，赴盧溝橋、宛平、長辛店一帶進行戰地拍攝，遭到日軍炮擊，倉卒徒步返回長辛店。「中製」在抗戰期間尤其是在抗戰初期，組織攝影隊奔赴抗日前線，拍攝了大量紀錄全民抗戰的新聞紀錄片。帶有一定的創新色彩，攝製綜合性

1　李泓：《山西早期拍攝的電影》，《文史月刊》，2003 年第 1 期。

2　陳祐愼：《抗戰時期的國民黨部隊電影事業》，《抗戰史料研究》，2012 年第 1 輯。

報導的《抗戰特輯》。延續以前工作傳統，攝製動態性報導的《電影新聞》和其他新聞影片。

「中製」1937 年 8 月至 1940 年 3 月攝製的 7 集《抗戰特輯》，主要報導重大事件的綜合新聞電影，每輯片長，短的 4 本，長的 11 本。在各戰區和大小城市放映，鼓舞了抗日前線官兵的戰鬥意志，激勵了後方支持前線的抗日熱情。在新加坡、緬甸、越南、菲律賓等地放映，海外華僑爭相觀看，許多華僑紛紛解囊支持抗戰。報導敵機轟炸廣州平民區和文化機關，1937 年 9、10 月抗戰戰況，難民救濟和八路軍平型關大捷的第二集，在英國利物浦放映，英國觀眾自動捐款 3 萬多英鎊支持中國的抗戰。報導盧溝橋事變後各方抗戰動態，國民政府收回漢口日租界，破獲日本人販製毒品機關的第一集，在日內瓦世界禁毒會議上放映，引起日本代表的抗議，在會場上引起激烈辯論。《抗戰特輯》通過中蘇文協送到蘇聯放映，通過美國銀星公司向美國本土推銷，其中的廣州大轟炸、柏林號飛機遇難等，被美國的影片公司攝製的新聞片所選用，在全球放映，擴大了影響力。綜合性報導的《抗戰特輯》，成功地提高了「中製」社會的聲望。

「中製」在武漢攝製了《電影新聞》第 41 號～47 號，在重慶攝製了《電影新聞》第 48 號～56 號，還攝製了單獨發行的《郝軍長榮衰錄》《精忠報國》《民族萬歲》《保衛大四邑》等新聞片和記錄南京撤退前後的《南京專集》，攝製了《武漢空戰大捷》《中國空軍長征日本》《廣州大轟炸》《「桂林」號郵航機失事》等號外。故事影片編導參加新聞影片的剪輯工作，史東山剪輯了記錄武漢人民紀念抗戰週年活動的《七七抗戰週年紀念》和記錄天主教徒祈禱抗戰勝利的《天主教大彌撒》，孫師毅剪輯了記錄世界學聯代表來華活動的《和平之應聲》，王瑞麟剪輯了記錄武漢傷兵醫院治癒傷兵重上前線的《精忠報國》等。

編導鄭君里爲了拍攝《民族萬歲》，在美術師韓尚義、錄音師趙啓海、攝影師羅及之和姚石泉的協助下，兩次長途跋涉，從拍攝素材到剪輯完成歷時近 4 年。1939 年 4 月至 1940 年 1 月，攝製組進行第一次拍攝，穿越陝西、甘肅、寧夏、內蒙、青海 5 省，完成了蒙古族、藏族、回族抗日素材的拍攝。1940 年 5 月至 8 月進行第二次拍攝，拍攝了苗族、瑤族、倮族（彝族）等抗日素材。9 本紀錄片《民族萬歲》，運用短鏡頭蒙太奇手法，採用無縫剪接技巧，記述了西北、西南地區各族人民，支持前方抗日的事蹟及他們的風俗人情、宗教活動等。藏族同胞爲前方將士準備青稞食物，蒙古族同胞爲抗戰貢獻羊毛羊皮，苗族同胞上山伐木運往前線，倮族（彝族）同胞築路架橋修建公路，回族同胞靜心祝福祈禱勝利……生動形象而又含蓄地體現了民族團結共抵外侮的主題。

1943 年 3 月 1 日，徐昌霖在重慶《新華日報》發表《〈民族萬歲〉觀後感》，他說：「《民族萬歲》確是一部優良的紀錄片，因爲它無論在形式或是內容上都有特色，它已經擺脫了一般新聞電影式的死板的剪輯，已經揚棄了新聞電影一般陳舊的講白。它經過了良好的『蒙太奇』，已經整個的成爲有血有肉的東西，把很多的材料容納在『爲民族解放而鬥爭』的偉大主題下了」。[1]演員出身的故事影片導演鄭君里，深感新聞紀錄影片的紀實拍攝受到各種條件的限制，特別是在攝影器材完全依賴進口的「一寸膠片一寸金」的抗戰時期，鏡頭缺少變化，難以完美拍攝瞬息即逝的人物神韻和反映人物細微的感情活動。他再次到青海補充拍攝素材時，特意拍攝了按照編導臺本組織的一些活動，悉心指導沒有表演經驗的民眾在鏡頭前展示自己，並把經過組織再進行拍攝的活動稱爲「紀實中的戲劇化」方式。

抗日戰爭勝利前夕，羅靜予將「中製」抗戰以來拍攝的大量新聞紀錄片素材帶到美國，與曾受美國國防部委託主持編輯激勵美國青年參軍的系列紀錄片《我們爲何而戰》的美國導演費蘭克．卡普拉，合作編輯文獻紀錄片《中國之抗戰》（又譯《中國戰役》）。美國電影史學家埃利克．巴爾諾指出：「卡普拉攝影隊拍攝的影片不是全都獲得了好評。《中國戰役》把蔣介石描寫成確實統治著中國的情況引起人們的懷疑，這部影片馬上被收回了。」[2]

「中製」攝製發行的《抗戰特輯》《電影新聞》《抗戰號外》《電影專輯》《抗戰言論集》等新聞片、紀錄片，外銷出口，南洋華僑爭相觀看，成爲世界各國瞭解中國抗戰的重要窗口，也是各國電影公司新聞片經常選用的中國抗戰的素材。

（2）「西影」拍攝的新聞紀錄影片

「西影」在太原拍攝了記述閻錫山爲其父隆重出殯場景的《閻老太爺哀榮》，拍攝《萬里風沙》《大地》《塞北風雲》等短紀錄片，反映農村水利灌溉、

1　陳晨、魏棟：《〈民族萬歲〉和鄭君里值得重新發現》，http://news.hexun.com/2015-09～15/179102229.html。

2　單萬里：《中國文獻紀錄片的演變》，https://www.douban.com/group/topic/1366471/。

禁煙禁毒、取締童養媳、放天足、修築公路和鐵路、開墾荒地、體育競賽、學校生活等，記錄與反映閻錫山執政有方。1936 年 11 月，日軍侵犯綏東，綏遠省主席、晉綏軍第 35 軍軍長傅作義率部抗擊，擊敗日僞軍對紅格爾圖的進攻，奪取百靈廟，作全面抗戰的先聲。「西影」戰地攝影隊趕赴百靈廟、武川，拍攝大型紀錄片《綏東前線》（又名《百靈廟大捷》）。

紀錄片《華北是我們的》是「西影」的一部力作，記錄 1938 年冬至 1939 年春第二戰區及晉東南抗日根據地抗擊日寇的眞實場景。遷蓉的安頓工作尚在進行之時，來自「中製」的攝影師陳晨隻身一人，深入前線和敵後進行拍攝。他碰到率領抗敵演劇三隊在秋林開展宣傳活動的熟人張光年，聽了張光年介紹的晉東南抗日根據地的情況，自作主張地把拍攝一點素材擴展爲拍攝一部完整的紀錄片。陳晨在第二戰區及晉東南根據地採訪月餘，擬製了說明抗日統一戰線歷史、介紹華北抗戰形勢、華北抗日根據地建設、八路軍和決死縱隊英勇作戰的攝製提綱。

陳晨使用第二戰區抗日文化協會提供的一臺艾姆手提攝影機和數千尺膠片，在 1938 年冬至 1939 年春的數月間，拍攝了第二戰區司令長官閻錫山及長官司令部、民族革命大學的學習宣傳、晉西青年抗敵決死縱隊、第二戰區副司令長官兼八路軍總司令朱德、晉東南抗日根據地的經濟和政治建設及民眾等活動，晉東南 800 萬軍民聲討汪精衛反對投降大會的人海旗雲、氣象萬千的壯闊場面及部分日本戰俘的反戰活動。陳晨完成拍攝回到八路軍總部，向左權副總參謀長述說拍攝情況，這部紀錄片是否就叫《華北游擊區》？左權想了一下說不妥。陳晨又說：「我在大後方時聽說廣大北中國的地區都淪陷了，這次來到晉東南，才知道原來不是那麼一回事，除了點（部分城鎮）線（鐵路線）被敵人占去之外，廣大的華北土地完全在我們手裏……」。左權聽到這裡搶著說：「好嘍！影片就叫《華北是我們的》嚒！這個名字，才眞是名符其實！」陳晨「也覺得果然妥貼，大家都非常高興，片名就這樣定下來了。」[1]

1939 年夏秋間，《華北是我們的》在重慶、成都、昆明、貴陽等地上映，轟動一時。片中採用的《游擊隊員之歌》和《風雪太行山》主題歌《在太行山上》兩首抗戰歌曲，膾炙人口，聲波遠揚，久爲傳唱。《華北是我們的》上映不久，即在西安、蘭州等地遭到禁映。1940 年，民族革命出版社華南分社

1 陳晨：《憶〈華北是我們的〉拍攝經過》，《電影藝術》，1961 年第 5 期。

林煥平等在香港，對影片進行重新剪接編輯，修改解說詞，更換解說人，以《華北風雲》爲名在香港上映。

2、攝製故事教育影片

「中製」在全面抗戰期間，攝製了 17 部故事影片，在武漢完成的 3 部是《保衛我們的土地》《熱血忠魂》《八百壯士》；在香港完成的 2 部是《孤島天堂》《白雲故鄉》；在重慶完成的 12 部是《保家鄉》《好丈夫》《東亞之光》《勝利進行曲》《火的洗禮》《青年中國》《塞上風雲》《日本間諜》《氣壯山河》《血濺櫻花》《還我故鄉》《警魂歌》。還攝製了國民黨黨歌、精忠報國、在此一戰、統一意志集中力量、軍民合作等 5 集抗戰標語卡通片和馬兒好、滿江紅、長城謠、打回老家去、保家鄉、巾幗英雄、朝鮮進行曲、瀋陽花鼓、募寒衣、五月紀念歌、上前線等 7 集抗戰歌輯。

根據舞臺劇改編的紀實性故事片《東亞之光》，在位於重慶南岸南溫泉楊家村的軍政部第二戰俘收容所（「博愛村」）拍攝，敍述日軍士兵受迫參加侵略戰爭而覺悟的歷程。中日人員共同參演，參演的日本戰俘立誓：「余等幸蒙中國軍隊營救，恍悟中日戰爭之眞意，而作日本軍閥之犧牲品，今誓以至誠自願演出中國電影製片廠製作之《東亞之光》電影，向全世界人類作正義之呼籲。」[1]日本戰俘、戰俘收容所管理人員本色出演，主要場景多爲現場實景，營造了濃鬱的紀實風格。1940 年 8 月底，《東亞之光》在重慶公映，轟動山城，觀眾讚歎是中外戰爭影片中的奇蹟，軍委會及軍政部、政治部給予關注與好評。軍政部部長何應欽觀看後，致信軍政部第二俘虜收容所所長鄒任之，指出了影片中的一個問題：「近觀中國電影製片廠放映《東亞之光》一片，其中有將倭寇俘虜用繩索束縛牽引而行之一幕，此種虐待俘虜、侮辱俘虜之行爲，顯與戰時國際公法及軍委會頒行之俘虜處理規則相違背。除飭將該幕影片加以剪裁再行放映，以免影響國際宣傳。該所平日對於俘虜有無此種虐待侮辱情形亦須特加注意。並附戰時國際公法手冊一本。」[2]

《八百壯士》主題曲《歌八百壯士》吶喊的「中國不會亡！中國不會亡！」震撼一時，傳唱後世。1938 年 7 月 11 日，《南洋商報晚版》用整版篇幅刊登《熱血忠魂》劇照。《孤島天堂》在南洋上映，每遇影片中人說到「中國是

1　重慶《在公報》，1941 年 2 月 28 日，轉引熊學莉：《陪都時期的電影宣傳研究》，西南大學碩士學位論文，2006 年。

2　鄒安和、吳臻：《管理日軍俘虜那些年——回憶父親鄒任之》，《檔案春秋》，2014 年第 9 期。

不會亡的」，觀眾往往激動地起立鼓掌。

「中製」在全面抗戰期間還攝製了《防禦戰車》《步兵射擊》《中國的空軍》《滑翔飛行》《降落傘》等軍事教育影片。運用影片進行軍事教育提高軍事技能是一種新型的訓練方法。一位軍官對於軍事教育影片給予了稱讚，他說：麾下兵士萬餘人通過觀看《防禦戰車》，認識了戰車的性能與弱點，在實戰中顯得機智，意想不到地大幅減輕傷亡！[1]

「西影」1937年開拍的故事片《塞上風雲》，五臺山的外景還未拍完，七七事變爆發，日軍迅即侵入晉北，終止拍攝。1939年在成都拍攝了故事片《風雪太行山》《在太行山上》（音樂短片），以重慶《新華日報》刊載通訊《井疙瘩村的血》改編的《老百姓萬歲》（原名《大地烽煙》），因「西影」停辦未完成。

3、國民黨軍放映電影

1938年，軍委會政治部部長陳誠在武漢開辦訓練班，招收中學程度流亡學生，進行軍事、技術等訓練。武漢撤守，訓練班學員轉進長沙，再遷衡陽，一面行軍，一面上課，一面工作。同年12月，訓練結業，設置3個電影放映隊，分赴湖南、桂林、西北工作，服務對象除了部隊官兵，還有農民、工人、商人、學生。1939年7月，「中製」計劃設置「鄉村電影院」，在重慶成立放映總隊，增設第四電影放映隊。

至1942年底，國民黨軍已有10個電影放映隊，擁有18臺放映機、16臺擴音機、6臺幻燈機、18張銀幕、1500瓦交流發電機3部、300瓦交流發電機3部、125瓦直流發電機3部、變壓器3個、雙匣傳話機12個、留聲機10臺、照相機5架等器材。抗戰後期，電影放映隊擴充至40個。

國民黨軍的電影放映人，自詡「機械化宣傳部隊」或政治工作的「輕騎隊」，足跡遍及湘、鄂、贛、浙、皖、粵、桂、黔、川、豫、晉、陝、甘、青、綏遠、西康的235個縣和緬甸的8個縣，深入前線和鄉村，爲官兵民眾放映電影。1938年至1942年，國民黨軍電影放映隊總計放映4857次，電影觀眾總計5047881人，其中：農民3571278人，工人714422人，商人54848人，學生432523人，公務員274810人。[2]

1 《揚郭人關於軍委會政治部電影放映隊三年來工作情況的報告（1941年12月）》，第149頁，轉引陳祐愼：《抗戰時期的國民黨部隊電影事業》，《抗戰史料研究》，2012年第1輯。

2 陳祐愼：《抗戰時期的國民黨部隊電影事業》，《抗戰史料研究》，2012年第1輯。

三、國民黨軍的通訊業

（一）國民黨軍通訊業概述

中國在第一次世界大戰前後出現了創辦通訊社的熱潮，對國民黨軍新聞業產生了積極的影響。國民黨軍的通訊業，以 20 世紀 20 年代中期的黃埔通訊社爲誕生標誌。20 世紀 30 年代及抗戰期間，國民黨軍的通訊業有了初步的發展。20 世紀 40 年代後期出現的軍事新聞通訊社，使國民黨軍通訊業進入了一個新的發展階段。國民黨軍的通訊業，作爲中國軍事新聞傳播領域中的一支專業力量，出現不晚，發展緩慢，作用有限。

1、軍事通訊社創辦主體多樣化

1929 年 1 月 7 日，第 21 軍政訓部在重慶創辦新川康通訊社。1931 年 2 月，陸海空軍總司令開封行營創辦和平通訊社。1934 年 5 月，軍委會南昌行營通訊社「剿匪」別動隊在浙江衢州開設分支機搆衢州通訊社，並在各縣設站，傳遞軍事文件和軍事情報。

以李宗仁、黃紹竑、白崇禧爲代表的新桂系所屬的部隊，先後創辦了民眾通訊社、廣西攝影通訊社、西南新聞社、建國新聞社和軍需同仁通訊社。民眾通訊社，1936 年初春成立於桂林，國民革命軍第四集團軍政訓處處長潘宜之兼任社長。廣西攝影通訊社，1938 年 3 月 1 日成立於桂林，附設於國防藝術社。第五路軍政治部主任韋永成兼任社長，副社長李文釗。後由程思遠兼任社長。1942 年停辦。西南新聞社，1940 年 5 月成立於桂林，廣西綏靖公署政治部與三青團桂林分團、廣西日報社等單位聯合創辦，《廣西日報》總編輯莫寶堅任社長。建國新聞社，1940 年 11 月成立於湖北省老河口，第五戰區主辦，在本戰區建立通訊網，每月 4 次發稿，發布第五戰區的經濟、政治、文化、敵情等新聞稿，常發特號。軍需同仁通訊社，由第五戰區軍需同仁開辦，另出版《經理月刊》。

抗戰勝利後，廣州行營政治部中校專員黃弦通任社長成立建國通訊社，以發布軍方消息爲主，發稿數量很少，到後期各報記者採訪多向廣州行營中將參謀長甘麗初詢問。1946 年 10 月，太原綏靖公署主任兼山西省政府主席閻錫山將民族革命日志會流動工作隊，改爲太原綏靖公署特種警憲指揮處，下設黃河通訊社、華北通訊社。

2、有些通訊社以附屬形態出現

國民黨軍有的通訊社在組織形態上並不完全獨立，以附屬或附設於某家報社的形式而存在。軍委會委員長西昌行轅 1939 年 7 月 7 日創辦《寧遠報》（後改《寧遠日報》），附設寧遠通訊社，在西康省西昌地區各縣聘請特約記者和通訊員。1939 年 12 月 25 日，康藏通訊社成立於四川西昌，主辦者爲四川地方實力派劉文輝的侄子劉元暄（第 24 軍 411 旅旅長）、章蒼萍，社長劉元瑄。以溝通消息，介紹邊情爲急務，每日對外發稿，以地方新聞爲重點。設重慶、成都、拉薩分社。1941 年 1 月 1 日，劉元暄提供經費，請人在西昌創刊《新康報》，康藏通訊社改爲其附屬機構。1946 年 4 月，增設康定、雅安分社。1945 年 10 月 5 日，國民黨軍第三方面軍面向羈押、滯留於滬，等待遣返的日俘日僑，創刊上海日文《改造日報》，同日成立改造通訊社，由改造日報社編輯局編輯曹成修負責，每日使用電訊設備對外發稿。

3、特務組織利用通訊社作掩護

消息總匯的通訊社，被國民黨軍特務機關用作開展秘密活動的職業性掩護機構。

國民黨軍軍統系統 1938 年在福建泉州創辦泉州通訊社。[1]1942 年，第八戰區副司令長官兼第 34 集團軍總司令胡宗南的情報官員劉慶曾在西安創辦西北通訊社，名爲報導新聞溝通文化，實爲收集情報。1946 年 7 月 1 日，軍委會調查統計局改爲國防部保密局。仿傚美軍開展心理作戰，保密局第二處（行動處）成立心理作戰科，並成立了南京大同新聞社、武漢漢潮通訊社、天津經濟通訊社等，收集情報，並掩護隱秘活動。1946 年 8 月，漢潮通訊社在武漢成立，在湖北宜昌、應城、黃陂設立分社。[2]

國防部保密局從日本特務機關手中接收的東方經濟通訊社（鄧葆光主持），設北平、武漢、重慶等分社，配備專用的無線電臺，專門搜集經濟方面的情報，對外發稿。1948 年 10 月，國防部保密局的建華通訊社長治組在山西被中共破獲。

（二）黃埔通訊社

黃埔軍校政治部約在 1925 年前後成立了黃埔通訊社。黃埔通訊社的記者和「司書」，由黃埔軍校政治部宣傳科編輯股的人員兼任。黃埔軍校制定簡章，

1　福建省地方志編纂委員會：《福建省志・新聞志》，方志出版社，2002 年版，第 299 頁。

2　湖北省地方志編纂委員會：《湖北省志・新聞出版（上）》，湖北人民出版社，1993 年版，第 105 頁。

對黃埔通訊社的宗旨、人員、發稿、審稿、記者外出採訪、聘請國內外通訊員、供稿等作出了16條規定。黃埔軍校制定的通訊社簡章，全文如下：

黃埔通訊社簡章

第一條　本社以闡明三民主義，研究國際政治、經濟狀況，及介紹革命學說，傳播革命消息爲宗旨。

第二條　本社設記者一員，由宣傳科編輯股員一人兼充之，負採訪新聞，擬發社稿之責。司書一員，由宣傳科司書一人兼充之，負繕寫文稿之責。

第三條　本社所發出之社稿，應注意左列各項：

一、凡本校校内消息，認爲必須發表者。

二、凡本社所收到一切論文，認爲重要者。

三、凡本校高級長官之重要演講稿，或其他特別講演者。

第四條　凡本社社稿，須經宣傳科科長或主任審定後，方得發出，有關於軍事秘密者，尤須特別愼重。

第五條　凡遇本校（或校外可能時）各種集會，各種重要典禮或特別講演時，本社均得派記者記錄。

第六條　凡遇本校臨時發生之特殊或各種傳説之事故，本社須盡可能派記者探訪其原委。

第七條　本社記者，有出席旁聽本校各種行政或黨務會議之權。

第八條　凡本社每月所探得各種消息，或記錄之講演稿，及收到其他通訊社之社稿、論文等，須先呈編纂股長審查，稿件太多時，得指定重要部分先行整理。

第九條　本社得請本校政治教官負責撰擬有系統的論著、翻譯外報所載之重要材料或社論。

第十條　本社得在各重要城市聘請通訊員，或與其他政治部商訂交換新聞稿件。

第十一條　凡本社職員及各部隊政治指導員，均爲本社社員，有供給新聞稿件之責。

第十二條　本社得向各部隊函請指定義務通訊員，定期供給本社稿件。

第十三條　本校各學生隊、學員隊、高級班及入伍生各團營、軍事教導隊，學生軍，至少須備指定學員或學生一名爲本社通訊員，供給新聞稿件。本社得依其通訊成績酌予獎酬。

第十四條　本社有函請各部隊政治指導員或備部處隊主管官，供給本社新聞稿件之權。

第十五條　本社得請國外同志爲本社駐某國通訊員。

第十六條　本簡章自公布之日起施行；如有不適事項，得呈請修改之。[1]

（三）和平通訊社

1931 年 2 月 16 日，和平通訊社開始發稿。1930 年冬，北伐戰爭的「福將」劉峙任河南省主席和陸海空軍總司令開封行營主任。爲對外宣傳其政績而建立和平通訊社，隸屬開封行營（1931 年 11 月改爲駐豫綏靖主任公署）。社址在開封大坑沿街附近。初由劉峙的秘書彭家荃負責，一度兼任河南省政府機關報《河南民報》總編輯[2]，後由毛健吾任社長。

和平通訊社擁有電訊設備，與南京中央通訊社保持聯絡，由專人負責編輯、每日向南京中央社拍發有關河南的黨政消息；抄收中央社新聞電訊，印發各報；抄收中央社的密碼參考電報，供黨政軍要員參閱。除記者、編輯，在外地發展通訊員。派出的記者以「行營（或綏署）隨軍記者」身份採訪戰地新聞。1932 年後，張鈁、劉峙赴信陽、羅山指揮「進剿」中共鄂豫皖邊區，綏署即派和平社記者、編輯同電臺人員隨行，採寫的軍事新聞由電臺向和平社發報，並就地油印新聞稿分發省內外報紙。所發新聞稿件有本埠訊、外埠訊。1938 年 2 月，駐豫綏靖公署撤銷，和平通訊社停止發稿。

（四）民族革命通訊社

1938 年 4 月 15 日，民族革命通訊社（簡稱民革社）在山西吉縣古賢村成立並發稿。由第二戰區司令長官閻錫山撥款創辦，隸屬於第二戰區文化抗敵協會。社名與閻錫山提出的「民族革命戰爭」的口號有關。1939 年春，遷至陝西宜川縣秋林鎮，以「民革社興集×月×日電」（「興集」是第二戰區司令

1　《黃埔通訊社簡章》，原載 1927 年《中央軍事政治學校法規全部》，http://www.hoplite.cn/Templates/hpjxwx0167.htm。

2　據國民黨中央宣傳委員會 1933 年編製的《全國報紙暨通訊社一覽》所列，和平通訊社負責人爲黃俊。

長官部所在地代號）的電頭發佈消息。

社長梁綖武，總編輯曲詠善。梁綖武有較多兼職，社務工作實由曲詠春主持。設編輯、採訪、電務和總務 4 部。編輯部主任曲詠春（兼），採訪部主任劉孟癡，電務部主任徐咸壽，總務部主任靳子高。採編及行政人員最多時達 60 多人。先後建立 12 個分社，在第二戰區有岢嵐（晉西北）、上黨（晉東南）、五臺（晉察冀）、呂梁（汾西）、平陸（晉南）、榆林（綏蒙）、河口、雁北等分社，有的分社依託八路軍、犧盟會組建。1938 年四五月間，設漢口、重慶、成都、香港分社。計劃設立的廣州分社因淪陷未能實現。1938 年冬，漢口、重慶兩分社合併。總社擁有 50 瓦汽油動力發報機，每天 2 次收發新聞稿，分社擁有 15 瓦手搖發報機。所發稿件以電訊爲主，戰地通訊採用郵寄，由各分社印發當地報紙，重要電訊直播國內大報。總社編印的《民革通訊》，三四天一期，分寄各報社及當地黨政機關、文化單位和群眾團體，另出版《戰地通訊》《西線》《西北文藝》《戰地畫報》等報刊。[1]各分社也編印《上黨通訊》《呂梁通訊》等，發行新聞稿，供當地報紙採用。總社編發業務刊物《互勵》，交流經驗和信息，加強總社與分社的聯繫。

民革社所播發的第二戰區前線和敵後與敵鬥爭的事蹟，建立並鞏固抗日民主政權，發展抗日根據地，開展游擊戰，破壞敵人交通線，打擊漢奸，打倒劣紳惡霸等稿件，被《中央日報》《掃蕩報》《新華日報》等刊用。香港分社把戰報、通訊轉發港澳地區、新加坡等地華僑報紙的同時，把海外報刊的評論和海外華僑支持祖國抗戰的消息發回國內。得到閻錫山的大力支持。第一次請准發給了五六部電臺，社長高興的手舞足蹈。漢口分社撤退至桂林，廣西省主席黃旭初邀請並接見民革社負責人，詳細詢問第二戰區如何與八路軍合作對敵，民革社負責人講述敵前敵後情況，向黃旭初贈送一些稿件和第二戰區司令部印發的小冊子。

1939 年 12 月，「晉西事變」發生，第二戰區的國共合作形勢逆轉，民革社受到嚴重影響。總社萎縮，大批青年員工離職，只設通訊、電務、總務 3 個組；分社解體，在敵後抗日根據地建立的分社在 1940 年間先後與總社斷絕聯繫，人員大部分轉入中共領導的新聞、文藝單位。要被裁撤的上黨分社，劃歸中共晉冀豫區委在太行山出版的《勝利報》。總社直接聯繫的分社只剩綏蒙、平陸、重慶、香港 4 處。

1　閻雲溪：《民族革命通訊社概略》，《山西文史資料》，1997 年第 5 期。

總社發稿數量減少，甚至隔幾日才發出幾則極其簡略的新聞電訊和幾頁紙的戰地通訊。重慶分社發稿，受到嚴格的新聞檢查，僅有的一些稿件，常被大紅筆莫名其妙的抹掉內容，或寫上「不准發表」。分社經費減少，人員也多圖他就。成都分社 1941 年關閉。在珍珠港事變前，香港分社遷到桂林，改稱桂林分社。1942 年春夏之交，重慶分社被國民政府內政部會同重慶衛戍司令部以「該社分子複雜，應予查封」，勒令停止工作，辭退工作人員，白紙黑字蓋有紅色印記的交叉封條貼在了分社大門上。民革社人員在山西被特務視作「危險分子」，遭到監視甚至逮捕，人心惶惶。受制於外部壓力的總社，陷於癱瘓狀態。抗戰勝利後，總社遷至太原，社址設於師範街太原師範學校院內。每日油印新聞稿一次，分發各報，主要內容是山西省政府新聞處提供的軍政機關和要人活動消息。1949 年 4 月太原解放前結束。[1]

（五）建軍通訊社

1941 年 3 月在成都發稿，10 月 14 日獲准登記。[2]由中央軍校政治研究班畢業學員和戰時幹部訓練團部分成員組織建立。由校政治部主任、成都行轅政治部主任鄧文儀兼任社長。1945 年，鄧文儀調離成都，社長名義不變。發行人章明澈，副社長駱德榮，總編輯廖傳新、張登旭等。社址先後在南校場軍管區司令部、長順上街 178 號、東珠市街 49 號等處。開辦經費初由成都行轅按月撥付和募捐，1946 年改由國防部新聞局按月補助 50 萬法幣，1947 年後由四川省府每月補助新聞米 3 石。設總務、編輯、通訊、服務 4 個股。前期曾設社務委員會。每日一次發布軍事消息、地方新聞，供成都各報選用，按月收取稿費。1946 年 4 月，進行改組，人員減少。1949 年冬成都解放前停辦。

（六）軍事新聞通訊社

1、軍事新聞社組織架構

1946 年 6 月 26 日，全面內戰爆發。國防部新聞局為加強正確地報導軍事新聞，新聞局局長鄧文儀提議，經蔣介石批准，軍事新聞通訊社（簡稱軍聞社）1946 年 7 月 7 日在南京成立。社址初設在碑亭巷 19 號，不久移至林森路（今長江路）75 號。

---

1 《山西通志・新聞出版志》，中華書局，1999 年版，第 354 頁

2 《成都市志・報業志》，四川辭書出版社，2000 年版，第 194 頁。

軍聞社的編制，成立初期約有40人，軍事化管理，設社長、副社長和總編輯、總經理，轄採訪、編輯、經理 3 部和總管理處。社長爲少將軍銜，各部門主任爲上校、中校軍銜，編輯、記者、幹事、電務員等爲中校至上尉軍銜，書記、司書、打字員等爲中尉至準尉軍銜。首任社長楊先凱，編輯部主任言宋元，採訪部主任王鑒萍，經理部主任羅錫圭。

1947 年 1 月後，軍聞社經國防部批准擴大編制，南京軍聞社改稱總社，在瀋陽、北平、上海、鄭州、蘭州設立 5 個分社，主任授上校、中校銜；在徐州、濟南、天津、長春、漢口、張家口、海州、青島、銀川、西安、西寧、承德、迪化設立 13 個通訊站，主任授少校銜。軍聞社下屬分支機構，人員編制 5 至 20 人不等，較大的瀋陽分社鼎盛時有 28 人。國防部新聞局開辦新聞工作訓練班，主要爲軍聞社培訓專業工作人員。鄧文儀兼任訓練班主任，副主任侯志明（中將），教務科長賈書法（少將）。選拔軍隊政工人員和招考大中學畢業生進行專業培訓。1946 年下半年至 1947 年舉辦 6 期訓練班，參訓的逾千名學員，部分爲軍聞社總社、分社錄用[1]。

1947 年 8 月，軍聞社記者姚秉凡報導國民黨中央軍事慰勞團東北分團活動，過早洩露參謀總長陳誠將赴東北主持軍務的消息，陳誠爲此大爲不滿。軍聞社奉命整頓，勒令暫停公開發稿。陳誠以原直轄參謀總長的軍事新聞發布組與軍聞社合併辦公，以軍事新聞發布組人員接掌軍聞社的主要職權。軍事新聞發布組組長、國防部發言人張六師兼任軍聞社社長，楊先凱改任副社長兼總編輯，經理部經理閔聖墀，編輯部主筆操農、石華、鄒琳玲、何時珍，採訪部主任何鴻生、副主任張濟輝。1948 年 4 月，國民政府召開國民代表大會，選舉總統，需要加強宣傳；陳誠敗戰東北，遭受群起討伐，返滬「養病」，不再過問軍事。國防部政工局局長鄧文儀請准軍聞社恢復公開發稿[2]。

2、軍事新聞社工作任務

軍事新聞社及分支機構，以採集與報導軍事新聞爲基本任務。爲此，國防部賦予其擁有其他新聞機構所沒有的直接採訪中央及各地的軍事首腦機

1　南京報業志南京市地方志編纂委員會：《南京報業志》，學林出版社，2001 年版，第 316 頁。

2　南京報業志南京市地方志編纂委員會：《南京報業志》，學林出版社，2001 年版，第 317 頁。

關、軍事長官的權力，還擔負著爲國防部新聞局和國民黨中宣部新聞局編輯材料的任務。南京總社的主要採訪對象和新聞來源，是國防部各廳局、陸海空三軍總部、聯勤總部、軍事院校等。軍聞社的記者、編輯負責對口軍事單位的採訪與報導，各軍事單位也會直接送稿。除向國民黨軍的報刊、廣播電臺供稿，還負責爲國防部新聞局、國民黨中宣部新聞局、國防部發言人舉行記者招待會提供書面報告，爲國民黨高級軍政首腦提供「絕密」信息。

編輯報導軍事的《一周戰況》。軍聞社根據國防部第二、三廳及中央社編輯的《參考消息》、新華社廣播摘要，區分東北、西北、華北、華東等主要戰場，按周彙集整理成爲戰場評述，「主要提供國防部政工局局長鄧文儀與國民黨中宣部新聞局局長董顯光進行聯合招待記者時作書面報告用。」[1]

編寫不定期的《答記者問》。軍聞社根據國防部新聞局或軍事新聞發布組事先擬定記者的可能提問擬好答案，印成書面材料，供國防部新聞局（政工局）局長或國防部發言人在記者招待會上散發。

摘編綜合性的日刊《中外要聞》。軍聞社在晚間就當天的重要消息及《中央日報》、中央社、新華社等各方面的重要情況，摘編簡明消息，每晚 12 時後送交國防部設立的軍中之聲電臺廣播。

編寫內部傳播的《匪情週報》。編匯中共、解放軍、解放區的政治、軍事、經濟、文化等方面較爲眞實的情況，簡述之後作分析評論，篇幅依內容多少而定。每期僅印 10 份的「絕密」週報，「專送國民黨高級軍政首腦個人參閱。」[2]

軍聞社經常根據國防部新聞局（政工局）的指示採訪與撰稿。針對 1947 年 12 月毛澤東發表《目前形勢和我們的任務》，撰寫理論文章進行反駁，稱「土地改革，是誘惑農民參軍的釣餌」，「整風運動，是共產黨派系鬥爭，排除異己」，「共產黨是九國情報局的傳聲筒」，編寫了《「剿匪」必勝歌》和七言打油詩；針對毛澤東在文中提出的集中優勢兵力，先打分散孤立之敵，再打集中強大之敵的戰略戰術，鼓吹「戡亂」，宣傳總體戰，社長張六師親自撰寫《論總體戰》，在各大報刊登。

1　郭必強：《淮海戰役前後的軍事新聞通訊社》，《淮海戰役新論——紀念淮海戰役暨徐州解放 50 週年學術討論會論文集》，1998 年版。

2　郭必強：《淮海戰役前後的軍事新聞通訊社》，《淮海戰役新論——紀念淮海戰役暨徐州解放 50 週年學術討論會論文集》，1998 年版。

3、軍事新聞社自毀信譽

軍聞社成立之前，國民黨的軍事新聞宣傳主要由中央社承擔。中央社採集和傳播軍事新聞，特別是在報導「圍剿」工農紅軍時因捏造事實傳播虛假新聞而口碑不佳，遭到世人的厭煩與唾棄。有的外國記者認真的統計了中央社關於「剿匪」的半年報導，不無諷刺地說，中央社每次說朱德、毛澤東已經被擊斃之後，又說他們仍在流竄。「戡亂」戰爭中，中央社的捏造固疾依然存在。太原《陣中日報》1949 年 1 月 7 日、13 日第一版所載的中央社南京 6 日、12 日電即提供了例證，這兩條電訊的標題分別是《劉匪伯承確被炸死　鄧文儀局長昨證實》，《劉伯承死又獲確證　匪酋陳毅代替劉職》。

軍聞社傚仿中央社報導戰事，成爲國民黨軍掩飾失利、敗戰的工具。1947 年 8 月 2 日、7 日，國民黨軍第 13 軍在河北承德出版的《長城日報》第一版，先後刊載軍聞社發布的兩條虛假消息《戰時驚人秘密　毛岡簽訂神池密約》《共軍總崩潰在即　二十餘萬人投誠》。前一條消息的全文如下：

戰時驚人秘密　毛岡簽訂神池密約

> 國防部頃發表匪首毛澤東於抗戰期間通敵賣國之驚人消息如下：民國卅二年（昭和十八）八月十七日，匪首毛澤東由保德經五寨至神池，同時日本岡村大將亦由大同經朔縣到達該地。毛岡會面後，雙方即訂立如下密約：（一）八路軍與日軍攜手，共同打擊中央軍。（二）日方贈共匪小型兵工廠十座。（三）共方將中央作戰計劃告訴日方。又毛岡訂約後，曾合攝一影，以誌紀念。該項密約內容，與毛岡兩人的合影，該部已經獲得。匪首毛澤東抗戰時即有賣國行爲，勝利後逞兵叛亂乃爲必然之事。過去之所謂和談，僅爲共匪之一貫騙術而已。[1]

軍聞社非常積極地報導徐蚌會戰。1948 年 11 月 8 日，國民黨軍第三綏靖區副司令張克俠、何基灃率部第 59 軍、第 77 軍共 2.3 萬餘人戰場起義。蔣介石指示必須封鎖第三綏靖區消息，軍聞社頻發徐州「剿總」總司令劉峙、第三綏靖區司令馮治安譴責起義部隊的談話，報導起義部隊有被打散逃回被收容整理的消息，虛報逃回官兵 1 萬人。軍聞社記者對第 2 兵團司令邱清泉製造的所謂「徐西大捷」、「徐東大捷」和徐州「剿總」副司令兼第 8 兵團司令

1　《戰時驚人秘密毛岡簽訂神池密約》，《長城日報》，1947 年 8 月 2 日。

劉汝明製造的所謂「固鎮大捷」，在戰地向南京發布消息進行報導。軍聞社捏造戰況的通電告捷，被各大報轉發：軍聞社徐州電：「徐州東西兩翼共軍，劉（伯承）已全線潰退，狼狽奔逃，南線共軍已全部動搖，我各路大軍，刻以雷霆萬鈞之勢，分途追擊，預計即可掃數聚殲。」[1]爲此，國防部派出以上海特別市黨部主任暨京滬杭警備總部政務委員會常委兼秘書長、「國大」代表方治和國防部政工局局長鄧文儀，率領由「國大」代表、立法委員、上海工商界知名人士、美軍新聞處官員、國防部政工局官員、徐州「剿總」政訓處軍官和軍聞社記者組成的慰勞團，趕赴徐州前線勞軍。爲了掩蓋眞相，軍聞社記者採訪了並未參加澮塘鎮戰鬥的第32師師長龔時英、副師長賀知詩，對借來的「戰利品」拍照。

在傚仿美軍背景下成立的軍聞社，並沒有按照美軍要說眞話的原則來報導戰事新聞。太原《陣中日報》譯載的美軍文章稱：報導「務必是眞實的。……美國之戰爭報導的基本是：我們要說眞話。不論在何種條件之下，我們絕沒有任何理由，利用明知是虛僞的材料。……我們的立場，並不借撒謊或曲解來維持。」[2]軍聞社不顧客觀事實捏造的戰況、戰績，攻擊、抵毀解放軍，企圖通過連續發布虛假的軍事新聞，來激勵官兵士氣，其結果適得其反。軍聞社及國民黨軍傳媒實施的虛假軍事新聞宣傳，是國民黨軍在大陸戰敗的一個助推器。

4、軍事新聞社撤離大陸

1948年底，國民黨軍在遼南會戰（遼瀋戰役）和徐蚌會戰大量被殲。國民黨統治區大幅度縮小，軍聞社在濟南、瀋陽、北平、長春、徐州等地的分社和通訊站因所在城市的解放已不復存在，軍聞社又在廣州設置分社，安置一些先期撤離南京的人員。

1949年初，軍聞社總社由南京遷往重慶；4月，遷往臺北。抵達臺灣時，新聞業務全部停頓。1950年4月，「國防部」成立總政治部，由李士英籌劃恢復軍聞社，重新開始發稿。1951年6月，漆高儒繼任社長，充實設備，擴充編制，業務逐漸開展。[3]

---

1 郭必強：《淮海戰役前後的軍事新聞通訊社》，《淮海戰役新論——紀念淮海戰役暨徐州解放50週年學術討論會論文集》，1998年版。

2 美國軍部著：卿汝楫譯：《美國軍中報導與教育工作之目的及範圍》，太原《陣中日報》，1948年2月4日。

3 曾虛白：《中國新聞史》，三民書局，1984年版，第624頁。

第三章　國民黨的軍隊新聞業（二）

《掃蕩報》是國民政府軍事委員會機關報，原名《掃蕩三日刊》，1931年5月在南昌創刊，1932年6月23日改名《掃蕩日報》，1935年5月1日改名《掃蕩報》，遷至漢口出版。1937年10月，武漢失守，遷至重慶、桂林出版。1944年，改行公司體制。1945年，改名《和平日報》，同時在10個城市出版。1949年7月1日，隨軍退至臺灣，恢復原名《掃蕩報》。1950年7月7日，在臺北停刊。

20年間，國民黨軍第一大報《掃蕩報》，四次更名，萌芽於江西南昌，成長於湖北武漢，堅守於四川重慶，壯大於江蘇南京，結束於臺灣臺北，主持人多爲國民黨軍高級將領，一貫反共，積極進取，前線通訊迅速，是民國時期國民黨軍報業中的一個代表性的媒體。[1]參加《掃蕩報》工作、擔任國民黨軍新聞局局長的鄧文儀認爲：「掃蕩報是二十世紀的中國具有重要貢獻的一家報紙，名義上是軍報，實際上可稱爲黨報、民報、民族報、國家報、革命報。因爲掃蕩報，無論言論主張，及對政治、經濟、社會、文化新聞的報導傳播，都代表了中國國民黨，……代表了國民革命軍」。[2]

第一節　「圍剿」中的《掃蕩報》

一、《掃蕩掃》創刊於南昌

（一）《掃蕩三日刊》

1 戴豐：《〈掃蕩報〉小史》，李瞻：《中國新聞史》，學生書局，1979年版，第421頁。
2 鄧文儀：《掃蕩報的建設及其貢獻》，中華文化基金會：《掃蕩報二十年——掃蕩報的歷史記錄》，1978年版，第15頁。

1、《掃蕩三日刊》出版概述

1931 年 5 月，國民政府軍事委員會委員長行營宣傳處長賀衷寒，在南昌創辦《掃蕩三日刊》。宣傳科葉科長與張青永等任主編。約 32 開本，內容充實，除刊載專文，轉載有關宣傳消息。3 月的一天，賀衷寒對他的學生、黃埔軍校生、宣傳處編纂股長張明說：我們要辦一份報，專供軍民閱讀，現在各種條件都不夠，不能一下子就辦日報，先辦個三日刊，每禮拜出兩期。賀衷寒相當重視《掃蕩三日刊》，每期一篇社論的題目須事先向他請示，對社論全文常常字斟句酌的加以修改。

《掃蕩三日刊》先在軍中發行，教育官兵「認識政治及為何作戰的道理，以加強其戰鬥意識與信心，同時也在陣地民間散發，宣傳民眾、訓導民眾、組織民眾」，使之助戰，「配合其他人力與工具，滲進敵人的陣營中，以揭發其罪惡，瓦解其士氣。」[1]「最初印行，每期不過數千份，極為宣傳人員及各軍官兵所愛讀。」[2]另出理論性的《掃蕩旬刊》（編撰股編輯）和藝術性的《掃蕩畫報》（藝術股編輯）。

2、《掃蕩三日刊》報名寓義

南昌行營「剿匪」宣傳處編纂股長張明擬製辦報計劃，想出了好多個報名。賀衷寒對辦報計劃沒有異議，對報名不滿意，沉思良久，對張明說：「我們就用『掃蕩』二字；掃是掃除匪賊，蕩是蕩平匪巢。」張明「恭聆他的訓示後，就請他親書掃蕩二字」。[3]

掃蕩，「語出晉書劉琨傳云：『掃蕩仇恥』。本報定名為《掃蕩報》者，欲以惕勵全國軍民，團結一致，雪恥自強，其用意亦深遠矣。」[4]

（二）《掃蕩日報》

1、《掃蕩日報》出版概述

出版《掃蕩日報》的醞釀始於 1931 年「9．18」事變後不久。1932 年

1 袁守謙：《掃蕩二十年卷首語》，中華文化基金會：《掃蕩報二十年——掃蕩報的歷史記錄》，1978 年版，第 1～2 頁。

2 鄧文儀：《掃蕩報的建設及其貢獻》，中華文化基金會：《掃蕩報二十年——掃蕩報的歷史記錄》，1978 年版，第 16 頁。

3 張明：《賀衷寒先生與掃蕩報》，中華文化基金會：《掃蕩報二十年——掃蕩報的歷史記錄》，1978 年版，第 38 頁。

4 陳良：《從掃蕩到和平》，中華文化基金會：《掃蕩報二十年——掃蕩報的歷史記錄》，1978 年版，第 64 頁。

「1．28」淞滬抗戰數月之後，考慮成熟。6 月中旬，完成了《掃蕩日報》的籌備工作。

1932 年 6 月 23 日，對《掃蕩三日刊》進行擴充而出版的《掃蕩日報》創刊於南昌。日出對開一大張，軍內發行。1933 年 2 月 13 日出版第 236 號，奉命停刊，整頓業務。3 月 29 日復刊，改出四開一小張。1934 年 1 月，《掃蕩日報》增爲四開兩小張。設副刊《戰旗》，劉黑沙、黃默沉、程勉予、鍾期森、潘硌基、康路直、常健、穆潤琴等先後編輯。另行出版《掃蕩旬刊》（54 期），《掃蕩畫報》（25 期），編印《掃蕩叢書》（13 種）。1935 年 2 月，國民政府軍委會南昌行營撤銷，《掃蕩日報》停刊。

掃蕩日報社社長由贛粵贛閩邊區「剿匪」總司令部政治訓練處處長劉詠堯兼任，設編輯部、經理部、人事室、會計室。聘田紹翰、劉任秋、彭可健、孫麥秋等分任總編輯、編輯、經理、主筆、人事主任。辦報的「經費是在政訓處節餘項下開支，由生記印刷所代印……報館全部組織，寥寥十來位同仁而已。」[1]經費不裕和人手不足，是《掃蕩日報》的兩大掣肘。增加兩大張的計劃，約需 10 餘萬元，政訓處無力負擔。發行量頗大的《掃蕩日報》始終出版一大張，作爲「非純營業性報紙，所以仍感經費拮据，不敷開支。」[2]人力方面因由政訓處人員兼職，受到了編制的限制。

2、《掃蕩日報》新聞編排

《掃蕩日報》刊載的新聞，內容豐富。國際方面的消息，通過中央社的譯述，採用合眾社、路透社、法新社、哈瓦斯社等各大通訊社電訊，其他大通訊社凡有利於中國的電訊亦於刊載。國內方面的消息，除刊載中央社電訊，由各戰地、防區，遴聘政工人員或學校師生擔任義務通訊員提供稿件，戰訊軍情迅速確實是一特色。發表的社論，多由學者、專家執筆，評事論物，文詞犀利。刊載的專欄文章，由學者、社會人士、青年學生及軍隊政工人員撰寫。副刊具有多樣性，活潑風趣。

《掃蕩日報》的版面編排，無論整體或小塊，力求新穎美觀；報紙印刷，所用的機器、銅模、鉛字、油墨等設備與器材，均係新購置、新設備，所用

1　彭可健：《二、南昌——一個戰鬥報紙的誕生》，中華文化基金會：《掃蕩報二十年——掃蕩報的歷史記錄》，1978 年版，第 75 頁。

2　劉詠堯：《我創辦掃蕩日報的回憶》，中華文化基金會：《掃蕩報二十年——掃蕩報的歷史記錄》，1978 年版，第 56 頁。

的紙張亦較潔白，印出的版面非常醒目。江西黨政機關主辦的《江西日報》《國民日報》等，與《掃蕩日報》同在一地出版，對比之下，顯得字模陳舊、紙張粗黃、油墨流散、視覺不清，大爲遜色。

《掃蕩日報》注重刊載廣告和報紙發行。以「美化編印、標題恰切、清除錯字、出報早、價格廉」，作爲招攬顧客的必要條件。[1]在一年之內，發行量由 9000 多份增至在江西報界看來了不起的 3.5 萬多份。[2]

3、《掃蕩日報》走出軍營

《掃蕩日報》的編輯方針，軍事方面是激勵士氣，剿滅赤匪；政治方面是闡揚三民主義，宣傳政綱政策，駁斥共產主義。致力於「攘外必先安內」的理論闡揚，「呼籲國防交通的加強，也響應政府所倡導的新生活運動及國民經濟建設運動。」[3]副刊《戰旗》發刊詞稱「戰旗所到的地方，也就是火力最猛的地方，我們不退縮，不投降，決心戰鬥。……我們要插穩我們的戰旗！」[4]

《掃蕩日報》對於偶而接到有關江西省政缺點的函件，斟酌實情，刊出一二，扼要評論，提出建議，以供改進參考。一些世故不深的編輯，筆鋒凌厲，不顧人情，說個痛快，對江西省地方政治多有指責，罵倒了北伐時一度附和軍閥孫傳芳的姜某所辦的《助民報》，抨擊官僚政客和新月派、村治派，罵他們是共產黨。江西省政府主席熊式輝對《掃蕩日報》大爲反感，非常惱火，認爲干預了江西省政。熊式輝晉見駐節南昌指揮「剿匪」的蔣介石，一再詆毀《掃蕩日報》，屢次請求蔣介石將《掃蕩日報》停刊。爲此，蔣介石三次召見《掃蕩日報》社長劉詠堯。第一次召見，蔣介石告誡劉詠堯以後辦好報，少批評。第二次召見，對熊式輝的報告半信半疑的蔣介石，聽了劉詠堯的當面解釋後，沒有進行責備。第三次召見，蔣介石問劉詠堯，熊主席要將報紙停刊，你有什麼看法？劉詠堯回答請委員長裁奪。蔣介石對劉詠堯說，「要

---

1 劉詠堯：《我創辦掃蕩日報的回憶》，中華文化基金會：《掃蕩報二十年——掃蕩報的歷史記錄》，1978 年版，第 54～55 頁。

2 劉詠堯：《我創辦掃蕩日報的回憶》，中華文化基金會：《掃蕩報二十年——掃蕩報的歷史記錄》，1978 年版，第 57 頁。

3 郭驥：《掃蕩報與國策》，中華文化基金會：《掃蕩報二十年——掃蕩報的歷史記錄》，1978 年版，第 36 頁。

4 彭可健：《二、南昌——一個戰鬥報紙的誕生》，中華文化基金會：《掃蕩報二十年——掃蕩報的歷史記錄》，1978 年版，第 76 頁。

將報紙辦好，對江西省一些事情，要改善批評的態度。」[1]

二、《掃蕩報》遷武漢出版

（一）《掃蕩報》在漢出版概述

1、《掃蕩日報》改名《掃蕩報》

1935 年，國民政府軍委會南昌行營撤銷後，改設武昌行營，掃蕩日報社遷往武漢。5 月 1 日，《掃蕩日報》改名《掃蕩報》，在漢口出版，對開 8 版，面向社會發行，每週另出畫報。社址位於漢口市民生路河街口。賀衷寒是《掃蕩報》籌備的最高指導者。袁守謙、劉翔鳳、丁文安歷任社長。

漢口掃蕩報社，全社人員不過約 20 人，編輯包括外勤記者有 5、6 人，寫社論的有陳友生、丁文安，政訓處改爲部以後約半年，又增加了畢修勺、吳克剛、羅聞喜、卜紹周來社輪流寫社論。畢修勺兼總主筆。經理部最初約有 10 人。電臺 2 人，社長室有書記 1 人。社長丁文安與《大光報》的趙惜夢約好，每夜指派程仲文等 5 人到師承天津《大公報》的漢口新銳《大光報》編輯部，進行了爲期一周的版面編排技術學習。

《掃蕩報》1935 年 10 月 10 日擴充篇幅，改爲日出三張，第一版，報頭、廣告；第二版，社論；第三、四版，國內新聞、國際新聞；第五、六版，教育體育新聞；第七版，各地通訊；第八版，副刊《野營》；第九版，武漢新聞；第十版，社會新聞；第十一版，經濟交通新聞；第十二版，副刊《瞭望哨》。1935 年 5 月 14 日至 20 日，發起讀報運動，組織讀報會，宣稱：「使許多讀不通書和看不起書的廣大的群眾，普遍地受到一點國民常識。」「促成中國報紙銷數的擴張，和內容的改善。」發動讀報運動，「得到了廣大的同情，贊助的是風起雲湧」，提出意見供實行的多不勝數。[2]

賀衷寒對漢口《掃蕩報》提出了「化敵爲友，以報養報」的 8 字方針。[3] 前 4 個字的內涵是反共，後 4 個字是將商業報紙的基本理念移入軍報的出版實踐。漢口《掃蕩報》，初期擁有 5 部對開機、1 部全開機、2 部圓盤機。使用平板印刷機印報，晝夜不停，僅能印出萬餘份。半年後，改用 1.2 萬元一臺的上海明晶機器廠生產的套色輪轉印報機，每小時可印對開報一萬餘份。

1　劉詠堯：《我創辦掃蕩日報的回憶》，中華文化基金會：《掃蕩報二十年——掃蕩報的歷史記錄》，1978 年版，第 61 頁。

2　《本報爲組織讀報會宣言》，《掃蕩報》，1935 年 6 月 1 日。

3　萬枚子：《憶國民黨軍委會〈掃蕩報〉的變遷》，《湖北文史》，2008 年第 1 輯。

還先後購置了電氣鑄字爐、製紙版機、壓紙板機、無線電臺、柴油發電機等設備。除了對於造紙廠只有興辦計劃外，其餘凡生產報紙所需的印製、通訊設備，均已初具規模。[1]漢口掃蕩報社的大部分開支依靠廣告收入，嚴謹的選擇與刊登廣告。廣告的文詞不能超越法律範圍，涉及他人名譽的廣告須有妥適鋪保，凡提倡迷信、有害藥品、歌功頌德等廣告，雖有大利，均入拒登之列。

1936 年初，《掃蕩報》和《大光報》《武漢日報》同仁，經武漢市黨部文化工作負責人何夢雪、王禪的撮合，合資（每人每月繳費 10 元）合力（每人每月交一篇文章）聯合創辦雜誌《小意見》。黃炎培題寫刊名，32 開本，印刷精美，短小精悍，尖銳凌厲，直至 1937 年全面抗戰爆發。

2、《掃蕩報》提升地位

《掃蕩報》初創漢口，銷數不足千份，一個月後，銷量突破五千。1935 年 10 月擴充篇幅，銷數繼續增長。《掃蕩報》刊載本報緊要啓事，稱：「本報自雙十節起，每日發行三大張，暫不加價歡迎直接訂閱；凡本埠在雙十節前外埠在本月十五號以前（以郵局戳記時爲憑）訂報一月以上者，照價八折（郵費不折）」。「本報於雙十節國慶紀念日增出精美畫報一大冊（樣式與良友畫報相同），凡在雙十節前訂閱本報一月以上者，隨報附送，不取分文。零售每份一角五分，連同報紙共計一角八分」。[2]對武漢的直接訂戶提供限時送報。「本報規定報差送報時間：漢口限上午十時送到，武昌限十時半送到。如逾時尚未送到，請即通知，以憑懲處！」[3]

1936 年底，蒸蒸日上的漢口《掃蕩報》，在編排、印刷、內容等方面都是武漢及湖北報界的第一流。街頭報販叫賣報紙的次序爲之變換，由原來的「大光、武漢、掃蕩」，改變爲「掃蕩、大光、武漢」。部隊中的軍、師、旅、團長對於《掃蕩報》，「不僅以先睹爲快，而且於訓話時，莫不取材於本報，尤其在社論方面。」[4]

---

1 丁文安：《三、武漢之一——在武漢保衛戰中》，中華文化基金會：《掃蕩報二十年——掃蕩報的歷史記錄》，1978 年版，第 82～83 頁。

2 《本報緊要啓事一》、《本報緊要啓事二》，《掃蕩報》，1935 年 10 月 5 日。

3 《本報直接訂户公鑒》，《掃蕩報》，1935 年 10 月 16 日。

4 聞汝賢：《漢口掃蕩報點滴》，中華文化基金會：《掃蕩報二十年——掃蕩報的歷史記錄》，1978 年版，第 158 頁。

（二）《掃蕩報》在漢新聞宣傳

1、宣傳一個政黨一個領袖

《掃蕩報》本著「一貫的宣傳方針，鼓吹擁護領袖，擁護政府的重要。」[1]繼續宣傳「剿匪」建國，報導和抨擊中共創建革命根據地及宣傳活動。向全國青年及軍民報導復興中國革命與復興中華民族的行動方針與目標。社論、專論和新聞、副刊「都以復興革命運動，及復興民族運動爲主要題材。」率先宣傳了蔣介石提出的「攘外必先安內，抗日必先剿匪」的政策。[2]西安事變期間，何應欽組織討逆軍，也曾主張討伐。

《掃蕩報》以蔣介石爲中心，提出並宣傳了五項「一個」的政治主張：「一個主義——三民主義，一個黨——中國國民黨，一個政府——國民政府，一個軍隊——國民革命軍，一個領袖——蔣委員長。」[3]

2、引領社會變政變俗

《掃蕩報》號召全國軍民在蔣介石的領導下一致奮起，以武漢三鎮爲中心，革命革心，變政變俗，振作人心，奮鬥犧牲。徹底改變武漢社會的「三多」的腐化風氣——嫖、賭、抽鴉片煙；厲行整飭軍紀吏治，懲治腐敗，嚴格規定各級軍官須與士兵共同生活；嚴厲處分漢奸、奸商及匪諜，加強情報保密工作；規定黨政軍學的幹部都要以身作則，三民主義力行社、中華復興社，要領導青年與軍人，雷厲風行地秘密檢舉監察。

《掃蕩報》的言論及新聞產生權威性效力。數月內，武漢社會風氣、政治紀綱與軍隊紀律爲之改觀。蔣介石每日要看《掃蕩報》，報社同仁勤奮有加，「地方官吏多求表現，希望筆下留情。」[4]劉鳳軒發表一篇言論，批評與建議湖北政治和建設事宜，引起湖北當局的不滿。劉鳳軒和丁文安分別受到嚴厲的處分。[5]

---

1 周聖生：《掃蕩報的發展史略》，中華文化基金會：《掃蕩報二十年——掃蕩報的歷史記錄》，1978 年版，第 31 頁。

2 鄧文儀：《掃蕩報的建設及其貢獻》，中華文化基金會：《掃蕩報二十年——掃蕩報的歷史記錄》，1978 年版，第 23 頁。

3 鄧文儀：《掃蕩報的建設及其貢獻》，中華文化基金會：《掃蕩報二十年——掃蕩報的歷史記錄》，1978 年版，第 23 頁。

4 聞汝賢：《漢口掃蕩報點滴》，中華文化基金會：《掃蕩報二十年——掃蕩報的歷史記錄》，1978 年版，第 158 頁。

5 丁文安：《三、武漢之一——在武漢保衛戰中》，中華文化基金會：《掃蕩報二十年——掃蕩報的歷史記錄》，1978 年版，第 80～81 頁。

掃蕩報

恒昌皮貨老局

宏昌第一支店

北平分此

大中華皮貨公司

本公司為應社會之需要今由北平分此現到皮貨數百種均係本廠督造業已陳設廉價划一不二童叟無欺如貨價不合兩星期內包掉回換 惠顧諸君幸即光臨歡迎參觀為荷

鴻祥綢緞呢絨商店

鎮江恒大醬園門市部

金同仁國藥號

湖北省水災救濟總會鳴謝啟事

湖北時裝公司

大衣 旗袍 式樣新穎

禮服 新裝 價格低廉

圖 3-1　《掃蕩報》1935 年 11 月 11 日第 1 版[1]

3、揭露日本侵華挑釁

隨著日本侵華日益猖獗，《掃蕩報》的宣傳報導開始改變立場，轉向準備「攘外」，「揭發日本侵略陰謀。」[2]

1934 年 6 月 8 日晚，日本駐南京總領事館副領事藏本英明「失蹤」。第二天，南京日本總領館向國民政府外交部通報，要求迅速找到藏本英明。日

1　《〈掃蕩報〉民國 24 年 11 月 11 日(1-12 版)》，http://js.7788.com/s115/51232684/。

2　《掃蕩報二十年之大事記略》，中華文化基金會：《掃蕩報二十年——掃蕩報的歷史記錄》，1978 年版，第 404 頁。

方認定藏本「失蹤」是反日陰謀。日本海軍多艘軍艦，從上海駛抵南京江面。6 月 13 日，躲藏在中山陵的藏本英明，被中國警察根據園陵工人的報告尋獲，送交日本總領館。藏本英明在中國軍方和外交人員的押送下離開南京，返回日本。《掃蕩日報》對於「藏本失蹤」事件，從一開始即指出是日本的詭計。在事件撲朔迷離之時，日方認爲《掃蕩日報》的看法和態度是惡意誣衊，是對日方的「不敬事件」，一面向中國外交部提出嚴重抗議，一面增派兵艦到漢口，以炮轟武漢相威脅。事件眞相大白後，日軍對《掃蕩日報》，「時時藉故挑釁，並發動他們自己的報紙如朝日新聞，讀賣新聞，日日新聞等，一齊對該報加以惡毒的宣傳，說該報是代表所謂『藍衣社』鼓吹抗日最力的報紙。」[1]

1936 年 2 月 26 日，日本少壯軍人發動兵變失敗。爆動軍人殺害內閣大臣的消息傳出不到 3 個小時，《掃蕩報》即在武漢發出號外進行報導。日本駐漢口領事立即派人來到報社責問：「此事在同盟社未發表正式新聞以前，貴報劇爾發表此項消息，殊屬有損中日邦交。」「如此消息不能證實，則貴報一切後果當不堪設想！」第二天，全國各地報紙登載各國通訊及同盟社關於此事的報導，證實《掃蕩報》的報導事實確鑿。從此，《掃蕩報》「不僅引起了日本軍人對掃蕩報的嫉視，即駐武漢的各國記者，乃長江流域及黃河以南的人民，也不能不對掃蕩報另眼相看待了。」[2]

《掃蕩報》對日本的侵略行爲不斷地進行指謫，又刊載了日本水兵爭嫖妓女自相殘殺的消息。日本軍方隨即認爲《掃蕩報》有意侮辱天皇海軍，有意損毀日本國格，除循外交途徑威脅《掃蕩報》，並在日本國內外的報紙，發表危詞聳聽的言論，宣稱中國政府如不封閉《掃蕩報》，取締《掃蕩報》的反日言論，日本海軍將採取斷然處置，在漢口自由行動。日本軍艦卸下炮衣，炮口對著掃蕩報社。國民政府外交當局煞費苦心地爲《掃蕩報》盡了折衝之責，武漢軍政警當局也爲《掃蕩報》盡了維護之力。不久，盧溝橋事變爆發，所謂《掃蕩報》有意侮辱日本天皇海軍之事不了了之。《掃蕩報》面對威脅，屹立不屈，讀者讚譽，報紙銷數增加。[3]

1　周聖生：《掃蕩報的發展史略》，中華文化基金會：《掃蕩報二十年——掃蕩報的歷史記錄》，1978 年版，第 31 頁。

2　丁文安：《三、武漢之一——在武漢保衛戰中》，中華文化基金會：《掃蕩報二十年——掃蕩報的歷史記錄》，1978 年版，第 80～81 頁。

3　《掃蕩報二十年之大事記略》，中華文化基金會：《掃蕩報二十年——掃蕩報的歷史

《掃蕩報》在武漢三年，「由一張擴充到四張，銷路由數千發展到六、七萬；不僅豫鄂皖三省剿匪部隊的官兵都喜歡掃蕩報，三省各縣市鎮以至大江南北，都有掃蕩報的發行及傳播。」[1]

第二節　抗戰中的《掃蕩報》

一、抗戰時期的武漢《掃蕩掃》

（一）《掃蕩報》在漢宣傳抗戰

1、《掃蕩報》在漢抗戰宣傳方針

1938 年 2 月，國民政府撤銷軍委會政訓處，改設政治部，陳誠、周恩來分任正副部長。《掃蕩報》改隸軍委會政治部。

《掃蕩報》的宣傳任務，由「安內」轉爲「攘外」，「言論方針是『鼓勵士氣』，『激勵民心』，鼓吹『長期抗戰』，『爭取最後勝利』，標揭『軍事第一』，『國家至上』」。[2]馬星野在《歐亞雜誌》刊文，他說：《掃蕩報》先國人而喊出了「國家至上」，「民族至上」，「意志集中」，「力量集中」，「軍事第一」，「勝利第一」等口號。[3]

《掃蕩報》喊出了「國家民族利益高於一切」，「建國必先建軍」，「集中力量必先統一意志」等口號，並以此作爲刊發言論、發布消息的準則。社長丁文安也適當的轉變了態度，他在發表的社論中說：我們「掃蕩」的矛頭指向倭寇。[4]

2、《掃蕩報》在漢抗戰新聞宣傳

《掃蕩報》在漢宣傳抗戰，各部人員漸有增加。聘請陳布雷、周鯁生、楊端六、劉秉麟、陶希聖、伍啓元、郭秉佳、方狀猷、吳學義、朱萃濬、袁昌英、馬寅初、王芃生、方秋葦、曹樹欽、王芸生、王星拱、劉迺成等爲專

記錄》，1978 年版，第 405 頁。

1 鄧文儀：《掃蕩報的建設及其貢獻》，中華文化基金會：《掃蕩報二十年掃蕩報的歷史記錄》，1978 年版，第 19 頁。

2 周聖生：《掃蕩報的發展史略》，中華文化基金會：《掃蕩報二十年掃蕩報的歷史記錄》，1978 年版，第 32 頁。

3 丁文安：《三、武漢之一——在武漢保衛戰中》，中華文化基金會：《掃蕩報二十年——掃蕩報的歷史記錄》，1978 年版，第 82 頁。

4 萬枚子：《憶國民黨軍委會〈掃蕩報〉的變遷》，《湖北文史》，2008 年第 1 輯。

欄撰述委員。在各省市及英、美、德、法、蘇等國首都聘請特約通訊員，長期提供各種通訊。軍事消息迅速，戰地消息以獨家專電發布；外報所發有關中國的軍事電訊，常以該報作根據，冠以「中國陸軍機關代言報掃蕩報某日電」。「迨至抗戰中期，外國報紙軍事報導，採擷自該報者更多。國內讀者對於該報戰事消息亦咸信其詳確，而以先睹爲快。」[1]

1938 年 1 月，任卓宣以「葉青」爲筆名，撰寫了《關於民主政治》《關於政治機構》《關於政治黨派》《關於統制政策》《關於外交政策》《關於民眾力量》《關於民眾運動》《關於游擊戰術》8 篇文章。《掃蕩報》從 1 月 12 日起刊發 6 篇，最後 2 篇沒有刊發。蘇聯大使對國民政府要人提出批評說：「抗戰需要團結，不能讓托派來破壞國共合作。」[2]2 月，蔣介石和陳誠談話時說，蘇聯照會提出抗議，政治部的《掃蕩報》現在還常常發表反共文章，蘇聯很不高興，如果該報再這樣繼續下去，蘇聯將不再援助中國抗戰。蔣介石限陳誠 48 小時之內徹底改組《掃蕩報》，若改組不好，就封閉了事。[3]用人較爲開明的陳誠，思考很久想到了十多年前的上海舊識、曾因主辦《革命週報》坐過牢的畢修勺，可以代他挑起這付重擔。幾年前，陳誠請其幫忙，畢修勺說一旦跟日本人打起仗來，就一定幫助打鬼子。

畢修勺聽陳誠說要聘他爲《掃蕩報》總主筆兼總編輯，嚇了一跳，他說：「我是信仰無政府主義的，《掃蕩報》是法西斯、藍衣社的報紙，我怎麼可以去做藍衣社報紙的總主筆兼總編輯呢？」陳誠笑著說：《掃蕩報》過去是有你說的那些色彩的，抗戰以後，它已成爲宣傳抗戰的政治部機關報，與它在南昌時候完全不同了。你只要按照抗戰綱領、國共合作、統一戰線、槍口對著日寇的宗旨去做，我可爲你擔負一切責任。[4]畢修勺又以單獨一人、能力有限難挑這個大報的重擔加以拒絕。陳誠說：這不要緊，我可以介紹一批留日學生訓練班成員協助你，由你指揮，完全放心去做。畢修勺接受了陳誠的任命，被授予中將軍銜。國民黨軍第一大報破天荒地聘任了一個無政府主義者擔任總主筆兼總編輯。

---

1 周聖生：《掃蕩報的發展史略》，中華文化基金會：《掃蕩報二十年——掃蕩報的歷史記錄》，1978 年版，第 32 頁。

2 任卓宣：《我與〈掃蕩報〉底文字關係》，中華文化基金會：《掃蕩報二十年——掃蕩報的歷史記錄》，1978 年版，第 164～165 頁。

3 畢修勺：《我任〈掃蕩報〉總編輯的始末》，《新聞大學》，2000 年秋季號。

4 畢修勺：《我任〈掃蕩報〉總編輯的始末》，《新聞大學》，2000 年秋季號。

畢修勺上任後，組織了社論撰述委員會，自任主任委員，並決定今後社論不再使用文言撰寫。邀湖南的羅喜閻任撰述委員。對於陳誠派來的留日學生，安排鄧達章編輯國際版，曹祥華撰寫專欄文章，王乃昌、謝爽秋爲外勤記者，對原有各位編輯的位置幾乎沒有變動。畢修勺每夜除有時撰寫社論，很仔細地校改別人撰寫的社論稿和各版的新聞標題，察看報紙清樣，生怕偶而不愼釀成大錯。社會活動家、上海文化界救亡協會國際宣傳委員會主任胡愈之，對畢修勺說《掃蕩報》國際版很好。國民黨中宣部部長周佛海找畢修勺談話，稱讚《掃蕩報》編得還不錯，又責備發表的言論似乎過激，像《張伯倫滾下去》這個小標題會引起英國政府的不滿，今後千萬當心。陳布雷會晤畢修勺，表揚與慰問的同時，要他注意報紙言論先後矛盾，在國際版標出「張伯倫滾下去」，隔了幾天刊登蔣百里的文章，說張伯倫的明智。畢修勺爲之辯解，國際版上是新聞，專欄文章是個人負責的各抒己見，似乎沒有什麼互相矛盾。陳布雷不與畢修勺爭論，希望他十分當心編報，不要鬧出亂子。[1]

3、《掃蕩報》記者拍攝平型關戰鬥

1937 年 9 月 25 日，八路軍第 115 師取得平型關大捷，舉國振奮，蔣介石致電嘉勉，各地祝捷賀電紛至飛來。《掃蕩報》的記者來到山西抗戰前線，對八路軍第 115 師進行採訪，帶著電影攝影機要拍新聞紀錄片。

第 115 師師長林彪，對《掃蕩報》沒有好印象，說那是國民黨最反動的復興社辦的報，不準備接待。副師長聶榮臻說：現在搞統戰與過去不一樣了，宣傳我們打勝仗是好事。林彪默認後，聶榮臻吩咐與國民黨打交道有經驗的作戰科長王秉璋去接待記者。

王秉璋帶《掃蕩報》記者到現場去拍攝平型關戰鬥場景，「記者因大戰已經結束，對拍現場興趣不大。記者要求林彪、聶榮臻等人到戰鬥時的師指揮所位置，按當時的情景象演電影一樣讓他們拍攝。」「既然同意拍了，林彪、聶榮臻也只好按記者的要求來到現場。司令部的一些幹部當時都很年輕，對拍電影感到挺稀奇，都趕來湊熱鬧。記者在拍電影的同時，還拍了許多照片。」「回到師部，王秉璋要求記者將照片沖洗出來。當晚，記者就衝出了一套照片交給王秉璋。記者走後，王秉璋將 20 多張照片分發給了片中人。」[2]《掃蕩報》記者還拍攝了八路軍清理戰場的鏡頭，包括清理繳獲的

1 畢修勺：《我任〈掃蕩報〉總編輯的始末》，《新聞大學》，2000 年秋季號。

2 葉青松：《一張珍貴的歷史擺拍照片》，《中國國防報》，2015 年 4 月 3 日。

武器彈藥、服裝、食品等。[1]

圖 3-2　師長林彪（左一）在看地圖，副師長聶榮臻（左三）在觀察，作戰科長王秉璋（左四）在記錄[2]

（二）《掃蕩報》創造發行紀錄

1、《掃蕩報》發行量逾 7 萬

1937 年 9 月，《掃蕩報》「實銷已達五萬一千餘份。」1938 年 5 月，《掃蕩報》的發行網遠至邊疆地區及海外，「日銷達六萬七千份以上。」[3]

全面抗戰前期，《掃蕩報》在武漢的發行量逾 7 萬份[4]，創造了中國軍隊報紙的發行紀錄。

2、《掃蕩報》成為全國大報

京滬淪陷，《申報》《大公報》等全國大報聚集武漢。崛起於漢口的《掃蕩報》，「一面要與同業作新聞上的競爭，一面卻要配合軍政的需要把報紙武裝起來」[5]，「獨趨上游，銷路激增，一躍成爲全國第一流大報。」[6]

1　王潤西：《王秉璋在平型關大戰中》，《神劍》，2010 年第 5 期。
2　王潤西：《王秉璋在平型關大戰中》，《神劍》，2010 年第 5 期。
3　戴豐：《〈掃蕩報〉小史》，李瞻：《中國新聞史》，學生書局，1979 年版，第 421 頁。
4　丁文安：《三、武漢之一——在武漢保衛戰中》，中華文化基金會：《掃蕩報二十年——掃蕩報的歷史記錄》，1978 年版，第 80 頁。
5　黃卓球：《五、重慶之一——陪都的精神堡壘》，中華文化基金會：《掃蕩報二十年——掃蕩報的歷史記錄》，1978 年版，第 95 頁。
6　周聖生：《掃蕩報的發展史略》，中華文化基金會：《掃蕩報二十年——掃蕩報的歷史記錄》，1978 年版，第 32 頁。

《掃蕩報》發行量持續增長，已有的印刷機械能力不及，添購了《中國日報》所遺的日本式捲筒印刷機才勉強敷用。《掃蕩報》的「廣告收入亦非常可觀，合印刷營業所得，盡可自給自足。」[1]漢口掃蕩報社在府東一路購地自行興建報社新址，開工不久即遇盧溝橋事變，計劃修建的西式三層大樓成爲了泡影。[2]撤離武漢，各地的發行費與廣告費未能按月收回，漢口《掃蕩報》又損失了一筆不菲的收入。

（三）《掃蕩報》在漢堅守最後

1、先行西遷以利再戰

漢口掃蕩報社在武漢失守半年前，即派人先行前往重慶，籌備報紙遷移出版工作。

1938 年 9 月，武漢外圍重鎮田家鎮失守，鄂東戰局漸緊。掃蕩報社開始了緊張繁忙的西遷。將大部分人員和機器、捲筒紙、油墨、鉛料以及一切重要材料等，分兩批運送後方。一路從長江水路運往四川，與重慶《掃蕩報》匯合；一路沿粵漢鐵路向湖南撤退，準備在衡陽出版《掃蕩報》，後因衡陽處在不穩定的前線邊緣只得作罷。漢口《掃蕩報》遷往桂林損失巨大，「幾將歷年公積金十餘萬元抵補虧損無遺。」[3]

2、危城悲壯告別讀者

雖然有人提出像《大公報》《武漢日報》等報一樣早日停刊先行撤離，漢口掃蕩報社認爲既是軍隊報紙，軍隊不撤離，就不應該提早離開，應堅持到底，提出了要在武漢出最後一張報，流最後一滴血的口號。1938 年 10 月 20 日前後，掃蕩報社除了少數的留守人員，其他的工作人員和所有器材設備已經全部撤離，報紙改用漢口後花樓已經停刊的新聞報館的設備包工代印。

10 月 24 日，掃蕩報漢口社向重慶社發出一份悲壯電報：「卓球兄轉渝版同志：此刻是我們流最後一滴血的時候了，我們不負國家之期許與諸兄之囑託！」[4]當天晚上，漢口已聽到武昌青山等處炮聲，四郊火光燭天，編輯部同

---

1 丁文安：《三、武漢之一——在武漢保衛戰中》，中華文化基金會：《掃蕩報二十年——掃蕩報的歷史記錄》，1978 年版，第 80 頁。

2 丁文安：《三、武漢之一——在武漢保衛戰中》，中華文化基金會：《掃蕩報二十年——掃蕩報的歷史記錄》，1978 年版，第 82～83 頁。

3 耿軍、王志剛：《〈掃蕩報〉沿革與發展相關史料》，《民國檔案》，2014 年第 3 期。

4 黃卓球：《五、重慶之一——陪都的精神堡壘》，中華文化基金會：《掃蕩報二十年

人在暗淡的燈光下，收錄消息，編輯新聞。畢修勺、吳克剛、羅聞喜在集體撰寫社論《忍痛別讀者》，向武漢市民說明撤離的理由和準備不久將回來的決心和期望。報社人員忙於最後一期報紙的出版，門外的漢奸卻打壞了他們小汽車的汽缸，並向報館開槍，衛士會同警察擊斃了一名漢奸。25 日凌晨兩三點鐘，報社人員付以重金，囑咐新聞報館工友印完尚未印好的報紙，交給報販；召集報販，進行勉勵，發給每人一元法幣，吩咐他們到天亮的時候，散發已印好了的報紙並在街頭張貼。25 日，「日寇進入武漢時，街上報販還高聲喊著：『《掃蕩報》啊！』『《掃蕩報》啊！』」[1]

距日軍進入市區前約一小時，曹耿光拿起報社的電話機，與丁文安等最後一批工作人員站在報社門口，恭恭敬敬地向著報社招牌三鞠躬，乘坐兩輛破爛不堪的汽車，在炮聲、火光中離開武漢。漢口《掃蕩報》，大部分人員前往陪都，創辦重慶《掃蕩報》，少部分人前往桂林，創建桂林《掃蕩報》。

二、抗戰時期的重慶《掃蕩報》

（一）重慶《掃蕩報》概述

1、「新聞又快又早」得到蔣介石表揚

1938 年 10 月 1 日，《掃蕩報》創刊重慶。原定「雙十節」創刊，鑒於武漢戰事緊急，遂提前 9 天創刊。對開 4 版。第一版，報頭、廣告。第二版，社論、要聞、國內時政新聞。第三版，評論、國際新聞、社會新聞、地方新聞。第四版，副刊、廣告，設「經濟廣告」專欄，刊登「一句話廣告」。桂林《掃蕩報》社直接承繼漢口《掃蕩報》社，仍居於總社地位。1939 年 3 月，國民政府中樞在重慶，奉軍委會政治部命令，變更桂渝兩社的關係，《掃蕩報》重慶社爲總社，《掃蕩報》桂林社爲分社。[2]丁文安、何聯奎、黃少谷歷任社長。作爲總社，重慶《掃蕩報》向桂林版及後來的昆明版提供社論，向各戰區《陣中日報》提供社論與消息，以統一國民黨軍抗戰新聞宣傳的輿論導向。

《掃蕩報》遷移重慶出版，爲了宣傳三民主義達成抗戰建國，「所發表的言論與新聞，都是蔣公的中心思想，與正確意志表達之代表」。[3]宣傳方針在以

——掃蕩報的歷史記錄》，1978 年版，第 96 頁。

1　畢修勺：《我任〈掃蕩報〉總編輯的始末》，《新聞大學》，2000 年秋季號。

2　耿軍、王志剛：《〈掃蕩報〉沿革與發展相關史料》，《民國檔案》，2014 年第 3 期。

3　鄧文儀：《掃蕩報的建設及其貢獻》，中華文化基金會：《掃蕩報二十年——掃蕩報

往注重軍事報導正確的基礎上，積極鼓舞士氣，振奮民心。對於各戰區的重要會戰，常刊載詳明的特寫，爲軍事報導配以插圖，並在主要版面開設專欄，刊登啓發青年堅定抗戰，立志建國的文章。配合國民政府開展的國民精神總動員，定期出版國民精神總動員週年紀念特刊，不時刊載精神動員的消息。在言論方面，堅決執行安定人心、鼓舞士氣的兩大任務。策劃了有助於堅持抗戰和提高自身品牌效應的社會活動，開展慰勞信、一元獻金、徵募寒衣、傷病慰勞等運動。在開展慰勞信運動和一元獻金運動期間，報社每天收到幾百封的軍民來信，報紙每日以大部分篇幅刊載慰勞信件和獻金情形的熱烈情況。設副刊《戰地》，提倡軍事文化。各部隊政治部、分布西南地區重要城市和交通要道的本報通訊員和前往西北、華南、華東、華中和敵後戰場的本報戰地記者，提供各種軍事消息。1939 年 3 月，日銷約 6000 份。[1]

被社長何聯奎認爲是維護國家民族利益的大眾精神堡壘的《掃蕩報》，每天印好後，趕快送到重慶市新街口營業處發售。身爲三民主義青年團團長的蔣介石，1940 年到三民主義青年團中央團部訓話，他說：「新聞之所以爲新聞，就是出版要早要快，早快就是新，否則，新聞就變成舊聞了。現在掃蕩報出報又快又早，希望同志多多協助該報的發展。」[2]

2、記者聯合採訪毛澤東

1939 年，全國慰勞抗戰將士總會組織了南北兩個慰問團，分別慰問抗戰將士。中央社記者劉尊棋、《新民報》記者張西洛跟隨北路慰問團，分站進行慰問。北路慰問團到達西安，《掃蕩報》駐西安記者耿堅白參加慰問團。抵達延安前，慰問團團長賀衷寒要三位記者不再隨團赴延安，要他們在西安等待，然後再與慰問團匯合。記者們據理力爭與詰問，賀衷寒只得准許一起赴延安，他又要求記者「必須遵守一條紀律：不准報導一個字。」[3]

9 月 9 日，全國慰勞總會北路慰問團到達延安。第二天，毛澤東前往陝甘寧邊區政府交際處拜訪慰問團，設宴款待。當天晚上，毛澤東陪同慰問團出席陝甘寧邊區政府在楊家嶺中央大禮堂召開的千人歡迎大會，並致歡迎詞。

的歷史記錄》，1978 年版，第 22 頁。

1 耿軍、王志剛：《〈掃蕩報〉沿革與發展相關史料》，《民國檔案》，2014 年第 3 期。

2 何聯奎：《主辦重慶掃蕩報》，中華文化基金會：《掃蕩報二十年——掃蕩報的歷史記錄》，1978 年版，第 161 頁

3 鄧加榮：《毛澤東與中央社掃蕩報新民報記者談話的前因後果》，《炎黃春秋》，1994 年第 1 期。

全國慰勞抗戰將士總會會長張繼情緒激動地發表了講話。文藝界代表老舍講話後，應邀清唱了一段《打漁殺家》。曾是抗戰宣傳隊隊員的記者張西洛被歡迎上臺，唱了兩首陝北民歌。

三位記者隨團去榆林慰問晉陝綏轄區司令部返回延安，擬定訪問毛澤東的提綱，擬定提出的 3 個問題分別是抗戰的相持階段是否到來、關於兩黨摩擦、關於統一戰線。9 月 15 日，三位記者向中共中央統戰部副部長柯慶施和陪同他們的陝甘寧邊區政府交際處處長金城，提出訪問毛澤東的請求並遞交了問題表。第二天早飯後，金城向三位記者轉達了毛澤東的話：「我十分歡迎記者來到延安，可以同記者談一次話。」[1]毛澤東與記者的談話，定於當天 18 點在記者居住的延安新市區邊區政府交際處。

9 月 16 日下午，三位記者按原定安排參觀了一個工廠，還不到 18 點返回時，毛澤東已在等候記者們。談話在一孔窯洞裏進行，毛澤東坐在長木桌的上方，三位記者分坐左右，中共中央統戰部的柯慶施、八路軍政治部宣傳部的蕭向榮、新華社的向仲華、《新中華報》的李初梨等參加，大約十七八個人把不大的窯洞坐得滿滿的。

毛澤東把三位記者寫的問題表，放在木桌上攤開，逐一地回答記者提出、全國民眾關心的重大問題。在談到所謂「限制異黨」問題的時候，毛澤東激動地站起來，揮著手臂望著大家說：「共同抗日的軍隊叫作友軍，不叫做『異軍』，那麼，共同抗日的黨派就是友黨，不是『異黨』。抗戰中間有許多黨派，黨派的力量有大小，而決不應互相『限制』。什麼是異黨？日本走狗汪精衛的漢奸黨是異黨，因爲它和抗日黨派在政治上沒有絲毫共同之點，這樣的黨，就應該限制。」毛澤東指出：我們的口號一定要同汪精衛的口號對立起來，分清敵我，決不混同。由此，毛澤東嚴正指出「凡是敵人反對的，我們就要擁護；凡是敵人擁護的，我們就要反對」。毛澤東在回答記者提問時，提出了著名的政治原則「人不犯我，我不犯人；人若犯我，我必犯人」。[2]

三位記者記錄的毛澤東的談話，由劉尊棋執筆，耿堅白、張西洛補充，共同整理出一份完整的記錄，給重慶國新社寄去。國新社發到海外的毛澤東談話記錄稿，被香港、新加坡及南洋的華僑報紙刊登在顯著地位。中央社、《掃蕩報》和重慶《新民報》，一字未提毛澤東會見三位記者並發表談話之

1　張西洛：《毛澤東——掌握時機的大師》，《人民日報》，1994 年 1 月 2 日。
2　張西洛：《毛澤東——掌握時機的大師》，《人民日報》，1994 年 1 月 2 日。

事。1939 年 10 月 6 日，延安《新中華報》第一版整版發表《毛澤東同志與中央社記者劉先生、掃蕩報記者耿先生、新民報記者張先生的談話》。10 月 19 日，重慶《新華日報》選配一張毛澤東照片、違檢刊登此篇談話。

3、在轟炸中堅持出版

1938 年 2 月 18 日，日軍開始轟炸重慶。日軍爲了實現「以炸迫降」、「以炸迫和」的企圖，對重慶的轟炸進入了頻繁、野蠻階段。1939 年 5 月 3 日、4 日，日本陸海軍經過近 3 個月的精心籌劃後，聯合對重慶進行無區別轟炸。重慶市區繁華的蒼坪街、大梁子、第一模範市場、白象街、左營街、新豐街、陝西街、都郵街、會仙橋、大陽溝等數十處被炸燃燒，炸死 6000 多人，燒毀房屋近 5000 間，約 20 萬人無家可歸。[1]

《掃蕩報》在重慶、桂林兩地出版，多次遭到日軍轟炸。重慶掃蕩報社，1939 年 5 月 4 日、1939 年 8 月 12 日和 1941 年 7 月 10 日三次遭到日軍飛機轟炸。三次被炸中，重慶掃蕩報社第一次被炸造成的損失最大。1939 年 5 月 4 日下午，日機突然襲來，並以報社及附近爲目標濫施轟炸。位於重慶小校場的掃蕩報社人員，沒有聽到空襲警報，猝不及防被炸，遭受極大損失。當晚，在「外面是一片淒厲的哭聲，和建築物在大火中崩塌聲」中，黃卓球召集少數工友，「在慘淡的燭光搖曳下，仍把五月五日報紙編印出來。」[2]掃蕩報社緊急之下，在重慶老城西浮圖關（後改復興關）下，找到了李子壩屠宰場和臨時霍亂病醫院，分到一棟房子。在空襲中，經過三天搶救，搬運機器，面臨嘉陵江的掃蕩報社李子壩新址投入使用。1940 年 8 月，重慶掃蕩報社爲防空襲，呈請軍委會政治部撥款 2.3 萬元修建防空洞，將印刷機件、排字器材等搬進防空洞工作。[3]《掃蕩報》在重慶屢遭轟炸，報紙的出版發行「從未停頓一天。」[4]

《掃蕩報》桂林版播遷新創僅 8 天即遭到轟炸。1938 年 12 月 31 日，《掃蕩報》桂林版刊登《本報緊急啓事》：「當日寇機轟炸桂林，本報印刷部分亦

1 《1939 年重慶「五三、五四」大轟炸慘案 77 週年 重慶市民悼念死難同胞》，mil.qianlong.com/2016/0504/583232.shtml。

2 黃卓球：《五、重慶之一——陪都的精神堡壘》，中華文化基金會：《掃蕩報二十年——掃蕩報的歷史記錄》，1978 年版，第 98 頁。

3 耿軍、王志剛：《〈掃蕩報〉沿革與發展相關史料》，《民國檔案》，2014 年第 3 期。

4 周聖生：《掃蕩報的發展史略》，中華文化基金會：《掃蕩報二十年——掃蕩報的歷史記錄》，1978 年版，第 32 頁。

被波及，經多方設法，昨日始能勉強出報，惟時間過遲，印刷欠善，尚希讀者見諒。」[1]經理易幼漣在桂林市西門外 5 公里四義村，向縣政府借到有個很大天然岩洞的一片山地。在岩洞外搭建幾間木屋，報社遷此編印出報，排字房、印刷廠遷入岩洞，採訪和營業部門仍留在桂林城區東華門。1939 年春天，日軍企圖登陸北海，進犯桂南，轟炸西南軍政中心的桂林，幾乎天天有空襲警報。7 月，東華門被炸。12 月 19 日，報社印刷廠遭至敵機轟炸，損失甚重。1940 年，《掃蕩報》桂林社在桂林最大岩洞七星岩左側，覓得比四義村離城近一點的小山洞簸箕岩，在一側興建新社址。桂林社在這裡編印出報，開通電臺，修建館、資料室和球場。8 月 4 日，桂林掃蕩報社東華門營業部遭日機炸毀。

1944 年 6 月，湖南衡陽被日軍包圍。桂林掃蕩報社工作人員利用盟軍飛機之便，將《掃蕩報》桂林版及慰勞信散發圍城，激勵將士。在日軍飛機的轟炸中，《掃蕩報》桂林版堅持出版到 1944 年 9 月的湘桂撤退。

4、在撤退中堅持出版

1944 年 6 月，桂林掃蕩報社一面激勵衡陽被圍將士，一面作撤退準備，除自己疏散撤離，並負有桂林整個新聞界疏散之責。9 月上旬，日軍繞過黃沙河防禦陣地。9 月 11 日，桂林緊急疏散。桂林掃蕩報社經貴州撤退重慶，逃難途中，不忘職守，創辦報紙，傳播信息。途經金城江，消息隔絕的十多萬難民，面面相看，不知命在何時。桂林掃蕩報社工作人員架起電臺，收錄戰訊，裝配機件，11 月 5 日至 12 日，創辦 8 開《掃蕩報》金城江版，以慰難民。

貴州獨山，每天由黔桂路向西而行的難民數以十萬計，消息隔膜，謠啄紛傳，人心惶惶。桂林掃蕩報社 20 餘名工作人員，借用一座設在古廟裏的小學，搭起字架，裝上機器，沒有電力，人工搖動，每日出報一張。從 11 月 12 日至 29 日，創辦 4 開張《掃蕩報》貴州獨山版，「日銷七八千份，從早上到下午，都有人來買報」[2]。敵騎逼近，桂林掃蕩報社應急出版的《掃蕩報》金城江版與貴州獨山版相繼被迫停刊。

日軍兵鋒直指貴州，獨山大火。桂林掃蕩報社人員撤退途中狼狽奔走，

1　彭繼良：《抗日戰爭時期桂林的新聞事業》，《廣西大學學報（哲學社會科學版）》，1986 年第 2 期。

2　易家駁：《桂林．重慶．掃蕩報》，中華文化基金會：《掃蕩報二十年——掃蕩報的歷史記錄》，1978 年版，第 183 頁。

有將子女拋棄者，甚至有集體商討自殺者。12 月上旬，他們抵達貴陽。得到軍委會政治部部長張治中的接濟，派車撥款，被送到重慶。長達 70 多天的艱苦撤退，桂林掃蕩報社損失慘重。總編輯鍾期森與父親一起死於火車撞車，出納主任周繼琳乘坐汽車墜車而亡，電務主任胡少雲在金城江淪陷時被俘病亡，加上技工、差役及員工眷屬，桂林掃蕩報社死亡 30 餘人，物資損失殆盡，機件僅存十分之二、三。[1]

（二）《掃蕩報》與他報出版聯合版

1、為克服困難出版聯合版

1939 年，在日軍進行的「5．3」、「5．4」大轟炸中，重慶各家報社都遭到了不同程度的損壞。重慶掃蕩報社也是一片瓦礫。

5 月 6 日，《掃蕩報》作爲成員之一，參加了《重慶各報聯合版》的出版。5 月 8 日，《中央日報》《掃蕩報》《大公報》《時事新報》《新蜀報》《新華日報》《國民公報》《商務日報》《新民報》和《西南日報》10 家重慶報社，共同組成重慶各報聯合委員會（簡稱報聯會）。丁文安作爲《掃蕩報》的代表，參加報聯會，擔任委員，共同協商解決《重慶各報聯合版》出版過程中所遇到的問題和困難。

在《重慶各報聯合版》出版期間，重慶掃蕩報社停止出版《掃蕩報》重慶版，派員履行輪流編輯報紙等職責，開展復建工作。將印刷設備搬運至面臨嘉陵江的李子壩新社址，全面恢復印製報紙的生產能力。

1939 年 8 月 13 日，重慶《掃蕩報》恢復單獨出版。10 月，軍委會政治部每月發給的補助費，由 3 月的 7000 元增至 1 萬元。至 1940 年 8 月，重慶《掃蕩報》日發行量穩定的保持在 1.2 萬份。[2]

2、為提高效率出版聯合版

1942 年 6 月 1 日，重慶《掃蕩報》奉命與《中央日報》出聯合版，日出對開 8 版。國民黨有關人士認爲，《掃蕩報》與《中央日報》在宣傳任務的若干方面一致，在「紙張缺乏、物資短少、經費艱困的情況下，實有聯合的必要。」[3]

1 易幼漣：《九、桂林——慘淡經營文化城》，中華文化基金會：《掃蕩報二十年——掃蕩報的歷史記錄》，1978 年版，第 119 頁。

2 耿軍、王志剛：《〈掃蕩報〉沿革與發展相關史料》，《民國檔案》，2014 年第 3 期。

3 劉威鳳：《六、重慶之二——重慶時代　中央日報　掃蕩報　聯合版》，中華文化基中央日報社和掃蕩報社雙方商定《重慶中央日報及掃蕩報戰時聯合出版辦法》，規定：暫定試行一年，由兩報組織「重慶中央日報掃蕩報聯合社」，設由中央日報社社長充任的社長一人，在報頭標明「重慶中央日報掃蕩報聯合版」，組織規程由兩報商定實施，由聯合社重新編制原兩報人員，日出兩大張，刊載內容兼顧兩報特性，報紙價格以不多增為原則。重慶掃蕩報社約有三分之一的人員參加重慶中央日報掃蕩報聯合社，經理部人員解散，保留印刷機、排字房和技術工人，承接零星印刷業務。

將《中央日報》《掃蕩報》合併出版，初衷是在「意志集中，力量集中」的目標下提高效率，實際情況卻事與願違。《重慶中央日報掃蕩報聯合版》的內容分配與版面編排，讓軍中讀者感到失望；日軍飛機轟炸之下，兩社人員分散，頻繁奔波，影響效率，妨礙速度；辦報經費困難，有增無減，應付不易。[1]

1943 年 4 月 2 日，《掃蕩報》再次恢復單獨出版。有人戲言《掃蕩報》《中央日報》出版聯合版，是上演了「分久必合，合久必分」的政治歷史劇。

（三）《掃蕩報》恢復單獨出版

1、恢復單獨出版無異重建

1943 年 4 月 2 日，《掃蕩報》重新在重慶單獨出版。在軍委會政治部部長張治中的領導下，目的是鼓勵士氣，掃蕩敵寇，吹捧蔣介石，不在言論宣傳方面同中共《新華日報》對立。[2]

軍委會政治部委派第三廳廳長黃少谷擔兼任社長，主持再次恢復單獨出版的《掃蕩報》，無異於重新創建。他克服人員星散、原有訂戶和廣告刊戶被聯合版帶走、房屋破爛不堪等多種困難，利用軍隊的有利條件，增強軍報的自身特色。

調重慶《時事新報》主筆兼總編輯萬枚子任副社長兼總經理、少將軍銜，另一副社長為劉威鳳，總編輯黃卓球，副總編輯沈傑飛，編輯主任楊彥歧，編輯馬漢岳、陳聖生、黃明等，採訪主任謝爽秋，記者鄒若軍、謝蔚明、周熙等，電訊主任劉同繹，資料主任倪鶴笙，副刊主任陸晶清。

金會：《掃蕩報二十年——掃蕩報的歷史記錄》，1978 年版，第 101 頁。

1 劉威鳳：《六、重慶之二——重慶時代　中央日報　掃蕩報　聯合版》，中華文化基金會：《掃蕩報二十年——掃蕩報的歷史記錄》，1978 年版，第 103 頁。

2 萬枚子：《憶國民黨軍委會〈掃蕩報〉的變遷》，《湖北文史》，2008 年第 1 輯。

2、多方打造再回大報行列

黃少谷親自抓社論撰寫，增加社論、專論撰寫人員，聘胡秋原、孫兒伊、劉竹舟、劉問渠、龔德柏、陶滌亞、李士英等任主筆或撰述。邀請軍令部次長劉斐、國際問題研究所日本問題專家王芃生等撰稿。稿件由萬枚子初審，黃少谷核定。1943 年 5 月，共產國際自動解散，發表社論《向共產黨人招手》，重申孫中山的三大政策。1944 年 12 月 11 日，堅守孤城被俘的第 10 軍軍長方先覺逃離衡陽來到重慶。20 日發表社論《歡迎衡陽守將歸來》，稱：「衡陽之戰的價值，不僅在於延宕敵寇打通內陸交通線的時間，且有助於黔邊戰局的轉折。從衡陽到黔邊到越邊，像衡陽的城市不知有多少，比衡陽地形更好的城市也不只一個，可是，衡陽的攻防戰並未重演。第十軍守衡陽，人數並不多，裝備並不優良，但是守了四十七天。現在除了黔邊將士，湘桂黔桂更有何人能與第十軍相比擬？我們現在正發動慰勞湘黔守軍，以獎其轉折戰局之功。黔邊守軍應該慰勞，衡陽守將更應該慰勞。」[1]

增派駐各戰區的戰地記者，多刊登戰地通訊和戰況電訊。總社設置電訊室，每天晚上與粵桂、緬甸、鄂西、西北等戰場的戰地記者保持戰況電訊聯繫，接收與編譯戰地記者拍發的密碼電訊。刊載編譯主任劉同繹收譯國外廣播「邱吉爾隨軍夜渡萊茵」、「聯軍飛機轟炸漢堡」等重要消息和生動的目擊報告，每日刊載著墨不多的《風火插曲》。

設《瞭望哨》《掃蕩副刊》《抗戰婦女》《文史》《教育》《電影戰線》《電影與戲劇》《生產建設》《川康建設》《戰地》《敵情》等副刊。《掃蕩副刊》連載以抗戰為背景的長篇小說《風蕭蕭》（徐訏）、《四世同堂》（老舍），為讀者所歡迎，引起強烈的社會反響。「據說黃少谷考慮到當時重慶作家的生活清苦，還特地給老舍發了較為優厚的稿酬。」[2]

對印刷廠的技術工人實行嚴格的管理。紙張消耗不超過 3%，打紙型每幅不超過 15 分鐘，平板印刷機上版不超過 5 分鐘。所刊載的廣告由「墊版」而「勉強夠用」到「日有剩餘」。報紙發行區域由重慶一隅擴展到全國，讀者對象由軍人、公務員擴展到工人、學生，銷行數量由兩三千份躍升到 4 萬份。[3]

---

1 重慶抗戰叢書編纂委員會：《抗戰時期重慶的新聞界》，重慶出版社，1995 年版，第 168～169 頁

2 重慶抗戰叢書編纂委員會：《抗戰時期重慶的新聞界》，重慶出版社，1995 年版，第 47 頁。

3 張希聖：《七、重慶之三——我所知道的重慶和平日報》，中華文化基金會：《掃蕩

3、格外關注二戰末期戰局

1945 年，重慶《掃蕩報》格外關注第二次世界大戰末期戰局，連續發表《德國快倒了》（3 月 28 日）、《納粹走到盡頭》（4 月 4 日）、《希特勒的垂死掙扎》（4 月 11 日）、《歡迎杜魯門總統的聲明》（4 月 18 日）等社論。「戰局述評」專欄，5 月發表《還有一半勝利》，6 月發表《準備最後的進軍》。7 月 7 日出版詳細回顧八年抗戰歷程的《抗戰八週年紀念特刊》，發表專文《八年抗戰里程碑》和特稿《展望勝利》。7 月 10 日，盟軍出動千餘架飛機轟炸東京，次日發表社論《轟炸日本的新紀錄》。7 月 26 日，中英美三國同時公布自德國波茨坦發出的敦促日本投降的最後通牒。7 月 28 日，發表社論《日本應即無條件投降》。8 月 6 日，美國在日本投擲原子彈。8 月 7 日發布消息《原子炸彈昨炸本州》和「杜魯門總統在華府聲明，即將對日繼之海陸攻勢」。發表社論《戰爭的革命》，指出：「第一顆原子炸彈的使用，具有劃時代的意義，它把人類的戰爭方式劃分爲昨天的戰爭方式和明天的戰爭方式」，「是一種戰爭武器的革命」，「新武器必然產生新戰術，戰爭方式也將因武器的革命而革命」。[1]

8 月 11 日，重慶《掃蕩報》頭條發布消息《日本政府請求投降》。8 月 16 日，頭條套紅發布消息《日本正式投降　四國昨公布日本投降覆文》。8 月 22 日，刊載報導《揭開中國歷史偉大一幕　日降使抵芷江洽降》。

報二十年——掃蕩報的歷史記錄》，1978 年版，第 107 頁。

1 李士英：《我在重慶掃蕩報》，中華文化基金會：《掃蕩報二十年——掃蕩報的歷史記錄》，1978 年版，第 205 頁。

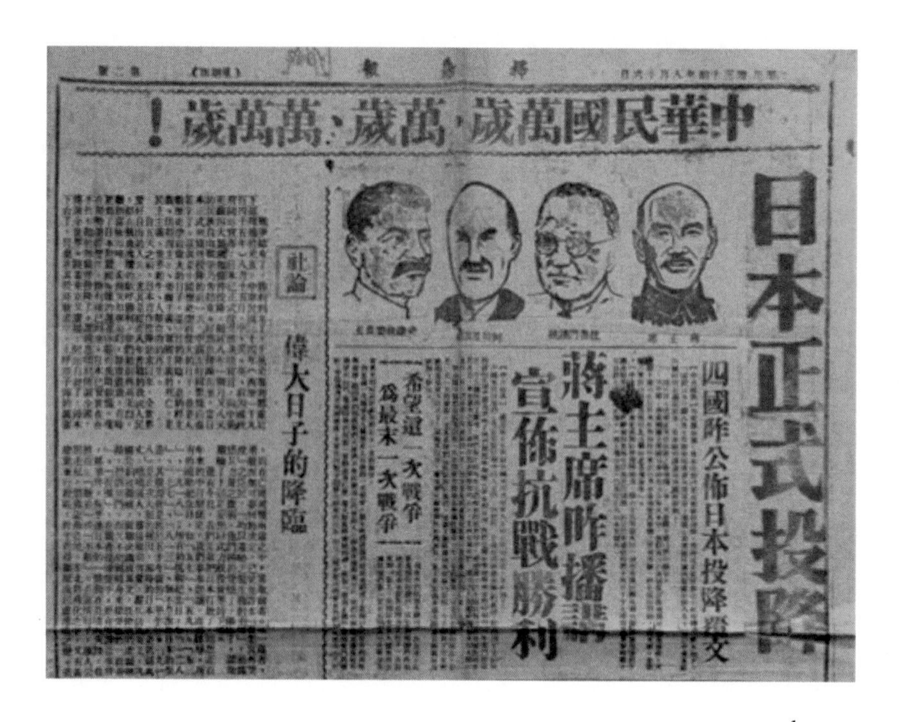

掃蕩報

中華民國萬歲，萬歲，萬萬歲！

日本正式投降

四國昨公佈日本投降覆文

蔣主席昨播講 宣佈抗戰勝利

希望這一次戰爭 爲最末一次戰爭

社論 偉大日子的降臨

圖 3-3　重慶《掃蕩報》1945 年 8 月 16 日第 2 版（局部）[1]

（四）《掃蕩報》出版地方版

全面抗戰期間，《掃蕩報》先後於 1938 年、1943 年創辦了廣西桂林版和雲南昆明版。

1940 年，掃蕩報重慶總社曾打算增建西安或蘭州分社，因無力負擔與籌措動輒 10 多萬元的開辦費而未能如願。[2]1945 年，抗戰勝利前後，掃蕩報重慶總社積極籌劃自身的擴張，派員分赴蘭州、瀋陽、廣州等地，建立地方分社，創辦《掃蕩報》地方版。

1、《掃蕩報》桂林版

1938 年 12 月 20 日，《掃蕩報》桂林版創刊。當天第一版刊登《本報緊急啓事》，告知讀者：「自 10 月 25 日在漢口停刊後，今幸在桂林復刊，遷桂發行，歡迎訂閱。重慶版仍照常發行。」[3]社址在桂林市東華路 38 號（後改

1　丘智賢：《尋找抗戰勝利掃蕩報》，https://weibo.com/ttarticle/p/show?id=2309404118577593623036。

2　耿軍、王志剛：《〈掃蕩報〉沿革與發展相關史料》，《民國檔案》，2014 年第 3 期。

3　張鴻慰：《桂林〈掃蕩報〉箚記》，張鴻慰：《八桂報史文存》，廣西民族出版社，1995 年版，第 144 頁。

爲 27 號）。印刷廠設在城郊簸箕岩。1939 年 8 月 3 日，桂林行營政治部改組該報，12 月 2 日任命易幼漣爲社長，代總編輯卜紹周，後由鍾期森升任總編輯。要聞編輯程曉華，副刊編輯蕭鐵。每月獲得軍委會政治部的補助費 5000 元。[1]對開 4 版。第一版，是報名、廣告。第二版，是國內要聞及社論、專論、來論。第三版，是國際要聞、廣西要聞、桂林簡訊、戰地通訊。第四版，是副刊、廣告。1944 年 7 月，桂林第一次疏散後，改出 8 開 2 版。以高中以上學歷、不超過 25 歲爲報考條件，徵招外勤記者易家馭、許瑾和陸振文。

以大量篇幅刊登抗戰的新聞、通訊和言論。軍事消息、戰地通訊多，派出的戰地記者遍布國民黨軍的各個戰場。記者麥浪潛入日軍佔領的越南河內發回通訊。每天發表社論與短評。社論一般千字以內，短評一二百字，觀點鮮明，尖銳潑辣。1938 年 12 月 29 日，汪精衛集團發表「豔電」，接受日本政府提出的「善鄰友好、共同反共、經濟提攜」三原則。1939 年 1 月 3 日第二版，刊登要聞《中宣部政治部爲汪案發表聲明》和「豔電」全文，發表社論《箴汪兆銘》。使用先進的通訊設備抄收譯載外電，抄收最後消息的截止時間比中央社晚兩個小時，刊載的國際消息總比同城出版的《廣西日報》快一天。刊登記者採訪八路軍參謀長葉劍英的談話《二期抗戰與游擊戰》（1939 年 4 月 30 日），刊載郭沫若的文章《抗戰新階段的前途》和《復興民族的眞締》（1939 年 12 月 21 日、25 日）。

刻意經營副刊，以與桂林在全面抗戰中期成爲文化城相適應。在桂出版的 5 年多時間，《掃蕩報》桂林版推出了 21 種固定副刊。1938 年 2 種（新出 2 種），1939 年 11 種（續出 2 種，新出 9 種），1940 年 7 種（續出 3 種，新出 4 種），1941 年 5 種（續出 3 種，新出 2 種），1942 年 7 種（續出 3 種，新出 4 種），1943 年 6 種（續出 6 種），1944 年 6 種（續出 5 種，恢復 1 種）。先後出現的副刊有：《瞭望哨》《野營》《新聞記者》《抗戰戲劇》《戰時美術》《譯萃》《現代戰爭》《現代政治》《現代經濟》《現代文藝》《現代學術》《國際反侵略論壇》《文藝週刊》《星期版》《今日之教育》《文史地週刊》《音樂》等。借用社會力量編輯「抗戰音樂」雙週刊（廣西音樂會），「抗戰兒童」（桂林兒童座談會），「健康園地」（桂林衛生區、衛生事務所、省立醫院），「傷兵之友」（廣西傷兵之友宣傳組）。1939 年 3 月 9 日，推出雙週刊《掃蕩報．新聞記者》，由中國青年新聞記者學會（簡稱「青記」）主編。綜合性副刊《瞭

1　耿軍、王志剛：《〈掃蕩報〉沿革與發展相關史料》，《民國檔案》，2014 年第 3 期。

望哨》1939 年 8 月宣布 10 條「新稿例」：短，要生動，要有內容，時評好，雜感好，生活報導好，人物術語也好，前後方通信更好，不退稿，不刊登已在別處登過的稿件。同年 12 月 16 日，《瞭望哨》對所刊內容進行大致規劃：抗戰建國理論占 20%，軍事及戰地通信（包括戰史、戰術、兵器介紹）占 30%，政治、經濟（偏重國際形勢分析與經濟建設理論）占 15%，文化報導、評論和雜文各占 10%。1942 年 12 月 14 日，文藝性副刊《野營》就日本明年會不會進攻蘇聯、中美英蘇等同盟國的總反攻可能在什麼地方展開等 5 個問題進行讀者徵答。[1]

積極參與各種支持抗戰的社會活動。聲援「孤島」同仁奮鬥到底。1939 年 5 月 16 日，上海租界當局在日本威脅之下，勒令《文匯報》《譯報》《中美日報》《大美早報》停刊。5 月 19 日，桂林掃蕩報社全體同仁致電上海四報，鼓勵他們「一本初衷，奮鬥到底」，並表示願以同業立場，誓爲「後盾」。[2]組織與宣傳桂林的傷兵之友、爲救濟重慶難胞的義賣、捐（獻飛）機抗日等活動。刊載《開始的一課——新聞工作講習班寫眞》（1937 年 12 月 24 日）等，報導與參與「青記」在廣西的活動。總編輯鍾期森是「青記」三位常務理事之一，爲「青記」桂林分會與中華職業教育社舉辦的桂林暑期新聞講座講授《評論研究》，社長易幼漣講授《報館管理》。同意「青記」南方辦事處 1939 年 3 月 9 日首刊《新聞記者》雙週刊。桂林掃蕩報社是桂林新聞界及文化藝術界的活動場所之一。桂林文藝、新聞界桂南前線慰問團團員大會（1939 年 11 月 29 日），桂林市新聞記者公會（1940 年 8 月 9 日）等，均在該社舉行。桂林掃蕩報社經常舉辦時事座談會，組織業餘劇團進行公演（1943 年 7 月演出世界名劇《金鎊的故事》）。

《掃蕩報》桂林版領跑本地報紙銷量。《掃蕩報》桂林版日出一大張，1939 年 8 月 1 日的售價，零售由法幣 4 分調至 5 分；訂價，每月由 1 元調至 1.3 元，半年由 6.5 元調至 7 元。報紙銷量「一般在 2 萬份以上」[3]。發行範圍擴至省外，東起長沙、衡陽，南達曲江，西至鎮南關及滇黔兩省。報社員工自豪地說「這是一個巨大數字，香港大公報，也只不過銷四五千份。」使用「老五

1 張鴻慰：《桂林〈掃蕩報〉紒記》，張鴻慰：《八桂報史文存》，廣西民族出版社，1995 年版，第 140、141 頁。

2 曾虛白：《中國新聞史》，三民書局，1984 年版，第 413 頁。

3 張鴻慰：《桂林〈掃蕩報〉紒記》，張鴻慰：《八桂報史文存》，廣西民族出版社，1995 年版，第 140 頁。

號字排印，保守，內容空虛」的廣西省政府的《廣西日報》，與「進入現代的掃蕩報無法對抗」。[1]全面抗戰時期，物資困難，印報使用的白報紙尤其缺乏。使用稻草青竹纖維土法抄製的紙張印刷報紙，成爲抗戰時期中國報業的普遍現象。這種灰黃色的粗糙紙張，只能供時印 2000 多份報紙的平板印刷機使用。桂林掃蕩報社開動所有的 8 部平板印刷機印刷報紙，「經常要印到當天下午三點，才將一天的報紙印完。上午九時以後的報紙，多數供應桂林市和湘桂鐵路沿線，其餘的均由郵局寄發。」[2]

1944 年秋，日軍長驅直入廣西。桂林《大公報》《廣西日報》先行停刊撤退。《掃蕩報》桂林版配合堅守桂林的軍事行動，無人離開職守，「每天出報兩次，報導戰訊，成爲兵荒馬亂，人心浮動中，社會最大的精神支柱。」[3]9 月 7 日，《掃蕩報》桂林版停刊。

《掃蕩報》桂林版出版的外圍報刊有：《國防》雜誌，1941 年 5 月至 1944 年 1 月在桂林出版，發行人鍾期森，總編輯程曉華，主編郭世振，社址在桂林市六合路祝聖南里 40 號，廣西日報印刷廠或桂林掃蕩報社印刷，16 開鉛印，1943 年充實內容，由週報改爲月刊，桂林國防書店發行，建設書店、莫林記報局、掃蕩報社總經售，全國各大書店代售。《正誼》週刊創刊南京，1943 年 9 月 21 日至 1944 年 6 月在桂林出版，桂林版經理卜紹周任編輯兼發行人，社址在桂林市桂東路 154 號，16 開鉛印，零售每份 5 元。《小春秋》週刊，桂林版報人 1940 年 9 月 18 日創刊，程曉華任社長，郭世振任總編輯。社址在貢後街 23 號。1943 年由 3 日刊改出晚報，1944 年秋遷至三江縣富祿鎮出版油印日報。[4]

2、《掃蕩報》昆明版

1943 年 10 月 1 日，《掃蕩報》昆明版創刊。負責人爲第五軍印製處長李誠毅。杜聿明率機械化的第五軍等部進駐雲南，爲與龍雲抗衡，以第五軍《掃

1 易家駁：《桂林・重慶・掃蕩報》，中華文化基金會：《掃蕩報二十年——掃蕩報的歷史記錄》，1978 年版，第 177 頁。
2 易家駁：《桂林・重慶・掃蕩報》，中華文化基金會：《掃蕩報二十年——掃蕩報的歷史記錄》，1978 年版，第 178 頁。
3 易家駁：《桂林・重慶・掃蕩報》，中華文化基金會：《掃蕩報二十年——掃蕩報的歷史記錄》，1978 年版，第 182 頁。
4 張鴻慰：《新桂系報業大事記（1925～1949）》，廣西政協文史資料委員會、廣西日報新聞史志編輯室、民革廣西壯族自治區委會：《桂系報業史》，1997 年版，第 46 頁。

蕩簡報》[1]爲基礎，創辦《掃蕩報》昆明版，作爲杜聿明部的機關報。昆明版接受掃蕩報重慶總社的指導，並不完全聽命於總社。中共地下黨員高天經人介紹，1945 年 3 月初至 9 月初，擔任總編輯。日本投降之前，受到兩次調查。一次是來自於直接掌握報紙命運的第五軍的調查。一次是掃蕩報總社、軍委會政治部派來楊姓大員進行的調查。「據說是昆明掃蕩報的宣傳不合他們的方針，要求杜聿明查處。」[2]

日出對開一張。設社論委員會及撰述委員會。以報導軍事消息見稱。報導國民黨軍作戰、「轉移陣地」、遠征軍等動態，專程派記者到印緬戰場採訪。設副刊《南天門》。讀者對象，以軍中人員爲主及一般讀者，廣告對象多爲軍政機關及部分商店。沿川滇、滇越兩條鐵路和滇黔、滇緬兩條公路和雲南省交通要點建立發行網，通過「飛機運赴滇西前線，壕塹中幾乎人手一紙。發行數字猛增至一萬餘份，以昆明僅三十萬人口之都市，當時此數頗爲驚人。」[3]注重開展員工工餘的康樂活動。成立球隊、歌詠組、平劇組等，聘請昆市名票、名音樂家指導，每週按期練習。「工餘之暇，社中常聞悠揚悅耳的絲竹之音，以及響遏行雲的歌聲。」[4]

在日本投降前的一段時間裏，曾出版午刊。[5]日本投降的消息傳來，有的編輯興奮的親自上街叫賣號外，和民眾一起享受勝利的歡樂。1948 年 11 月 27 日，另行創辦《掃蕩報晚刊》。

三、掃蕩報社改行公司體制

公司體制或企業組織，是民營報業特別是民營大報的發展目標與經營形態。掃蕩報社在公營體制報紙中率先改革，採用企業組織爲自身的生存與發展奠定了體制性的組織基礎。

（一）報人倡議改革體制

1943 年 4 月 2 日，《掃蕩報》恢復單獨出版。軍委會政治部部長張治中聘

---

1 另說爲《新生命日報》，魏莫千：《十、昆明——生於憂患刻苦自勵》，中華文化基金會：《掃蕩報二十年——掃蕩報的歷史記錄》，1978 年版，第 121 頁。

2 高天：《對昆明〈掃蕩報〉的回憶》，《新聞研究資料》，1985 年第 2 期。

3 魏莫千：《十、昆明——生於憂患刻苦自勵》，中華文化基金會：《掃蕩報二十年——掃蕩報的歷史記錄》，1978 年版，第 120 頁。

4 魏莫千：《十、昆明——生於憂患刻苦自勵》，中華文化基金會：《掃蕩報二十年——掃蕩報的歷史記錄》，1978 年版，第 122 頁。

5 高天：《對昆明〈掃蕩報〉的回憶》，《新聞研究資料》，1985 年第 2 期。

請原香港立報社長、政治部駐香港專員、國民政府參政員成舍我擔任掃蕩報社長。成舍我嚮往西方的新聞自由，主張資本家出錢，專門家辦報，老百姓講話，執著地堅持「無黨派」的立場。抗戰時發表文章提出「『紙彈』亦可殲敵」的觀點，主張動員民眾，必先使報紙深入農村，在全國農村創辦地方報紙，編輯管理都由中央指揮。[1]已應允的成舍我，稽留桂林未到任。張治中、黃少谷函電交催，成舍我仍然於 10 月獲准辭職。爲了按原計劃 4 月恢復《掃蕩報》的單獨出版，張治中臨時改任政治部第三廳長黃少谷兼任社長。

成舍我雖然沒有出任掃蕩報社長，卻依據自己的新聞理念，將對這份軍方報紙的關注化作了一個倡議。成舍我提議《掃蕩報》改革出版體制，並制訂了初步的改革計劃。1944 年春，黃少谷辭去軍委會政治部的職務，專任掃蕩報社長，力謀改進。黃少谷對成舍我擬製的特種股份有限公司計劃進行了增訂。

成舍我在北京 1924 年創辦《世界晚報》、1925 年創辦《世界日報》，肄業於北京師範大學的黃少谷，經社長成舍我招考錄取，任《世界日報》編輯、總編輯。20 年後，成舍我與黃少谷聯手，幕後臺前地施行了《掃蕩報》出版體制的改革，以建立《掃蕩報》「可大可久之基礎」。[2]

（二）成立報社理監事會

1944 年 5 月，《掃蕩報》呈准實行改制，成立特種股份有限公司。募集資本，擬具章程，開展籌備。7 月，由各單位提出《掃蕩報》總社理事會及監事會人選，成立總社理事會及監事會。12 月 30 日上午，《掃蕩報》理事會監事會成立會及第一次聯席會議在《掃蕩報》重慶總社舉行。

《掃蕩報》改革出版體制，最爲顯著的變化體現在報社組織 / 權力的架構方面，在原來負總責的社長之上，成立了理事會及監事會，將原來的社長負責制改爲理監事會之下的總經理社長負責制。

《掃蕩報》理事會，1944 年由 21 人組成，理事長何應欽，副理事長張治中。常務理事 5 人：賀國光、賀衷寒、黃少谷、鄭彥棻、李俊龍。理事 14 人：錢大鈞、俞飛鵬、王俊、劉斐、何浩若、杜聿明、康澤、陳良、蕭贊育、顧希平、滕傑、丁文安、周至柔、劉詠堯。監事會由 3 人組成，袁守謙（常務

1　曾虛白：《中國新聞史》，三民書局，1984 年版，第 411 頁。
2　張希聖：《七、重慶之三——我所知道的重慶和平日報》，中華文化基金會：《掃蕩報二十年——掃蕩報的歷史記錄》，1978 年版，第 108 頁。

監事)，吳子漪，閭湘帆。[1]

1945 年 9 月，《掃蕩報》理事會新增副理事長陳誠，理事增至 33 人，常務理事由 5 人增至 7 人，監會事的監事增至 5 人，常務監事由 1 人增至 3 人。[2]

《掃蕩報》理監事會成員，彙集的基本上都是國民黨軍方的重要人物及幾位國民黨軍報人。理事長何應欽時任參謀總長，副理事長張治中時任軍委會政治部部長，副理事長陳誠時任軍委會軍政部部長，常務理事賀國光時任軍委會辦公廳主任，賀衷寒時任國民黨中央執行委員、行政院社會部勞動局局長，鄭彥棻時任國民黨中央委員會副秘書長，李俊龍時任軍委會政治部第三廳廳長，理事錢大鈞時任軍政部次長兼點驗委員會主任、軍政部特別黨部特派員，俞飛鵬時任軍委會後勤部部長兼中緬運輸總局局長，王俊時任軍委會軍訓部次長，劉斐時任軍委會軍令部次長，何浩若時任軍委會政治部副部長，杜聿明時任第五集團軍總司令兼昆明防守司令，康澤時任軍委會政治部第二廳廳長，顧希平時任第一戰區政治部主任兼戰區黨政軍聯合特別黨部書記長，周至柔時任國民政府航空委員會主任，常務監事袁守謙時任軍委會政治部副部長。

國民黨軍高級人員組成的《掃蕩報》理監事會，按照較爲科學擬定的制度設計而正常發揮作用，體現了國民黨軍精英人士對軍中第一大報的訴求。國民黨軍高級人員事務繁忙，難以群集開會，集中眾人智慧磋商決策，不易實現。《掃蕩報》總社每月舉行常務理監事會議，常務理事與常務監事對社務負有決策與監察的職責，如有不能決定的事務，請示陳誠副理事長定奪。[3]主要由副理事長以上人員做出的大事決斷，未必反映了眾人的意願。

（三）實施新聞企業組織

1944 年 8 月 1 日，經副理事長張治中決定，《掃蕩報》改行新聞企業組織。「總社設理事會、監事會、常務理事、常務監事，並設正副理事長，理事會

1 張希聖：《七、重慶之三——我所知道的重慶和平日報》，中華文化基金會：《掃蕩報二十年——掃蕩報的歷史記錄》，1978 年版，第 110 頁。

2 張希聖：《七、重慶之三——我所知道的重慶和平日報》，中華文化基金會：《掃蕩報二十年——掃蕩報的歷史記錄》，1978 年版，第 110 頁。

3 張希聖：《七、重慶之三——我所知道的重慶和平日報》，中華文化基金會：《掃蕩報二十年——掃蕩報的歷史記錄》，1978 年版，第 110 頁。

下設總管理處，由總經理綜理本報業務。」[1]《掃蕩報》原社長黃少谷擔任總經理兼重慶社社長，萬德涵、劉威鳳爲協理兼重慶社副社長，易幼漣爲桂林社社長。1948 年 10 月 1 日，《掃蕩報》理事會決定，「改總管理處爲總社，改總經理爲總社長」。[2]在一些人看來，企業化體制向來是商業大報的成功之道，似乎與黨辦、軍辦等公營報紙無關。有的臺灣學者認爲：「嚴格上講起來，企業化的《掃蕩報》，已經不能算是軍報。」[3]

1948 年，國民黨統治區經濟危機嚴重，《掃蕩報》的銷路和廣告不斷受到影響。10 月，蕭贊育接替黃少谷繼任《掃蕩報》總社社長，爲解除經濟上的困難，《掃蕩報》總社計劃增資成立股份有限公司，並經理事長何應欽轉呈蔣介石核准，預定集股 100 萬金圓券（合銀幣 50 萬元）。這一鞏固報社基礎的增資、成立股份有限公司的計劃，最終因局勢日非沒有實行。[4]上海《和平日報》也曾改組爲股份有限公司，但無私人股份。[5]

第三節　「戡亂」中的《掃蕩報》

一、「掃蕩報」改名「和平報」

（一）張治中力主更改報名

1945 年 8 月 29 日至 10 月上旬，國共兩黨在抗日戰爭勝利之際進行和平談判。蔣介石三次電邀毛澤東來到重慶，當面談和。國民黨方面的王世杰、張群、張治中、邵力子與中共方面的周恩來、王若飛，多次集體和個別懇切會談。10 月 10 日，國共經過 43 天的談判，雙方將歷次談判記錄整理成書面文件《政府與中共代表會談紀要》（即《雙十協定》）。《紀要》就和平建國的基本方針、政治民主化、國民大會、人民自由、黨派合法、特務機關、釋放政治犯、地方自治、軍隊國家化、解放區政府、姦僞、受降等 12 個問題，闡

1　《掃蕩報二十年之大事記略》，中華文化基金會：《掃蕩報二十年——掃蕩報的歷史記錄》，1978 年版，第 409 頁。
2　蕭贊育：《掃蕩報由我接辦的經過》，中華文化基金會：《掃蕩報二十年——掃蕩報的歷史記錄》，1978 年版，第 385 頁。
3　曾虛白：《中國新聞史》，三民書局，1984 年版，第 440 頁。
4　蕭贊育：《掃蕩報由我接辦的經過》，中華文化基金會：《掃蕩報二十年——掃蕩報的歷史記錄》，1978 年版，第 385 頁。
5　馬光仁：《上海新聞史》，上海，復旦大學出版社，1996 年版，第 1005 頁。

明了國共雙方的見解。

參加國共和談的軍委會政治部部長張治中，想到將《掃蕩報》改名《和平日報》。他在國共雙方會商的緊迫間隙，要黃少谷立即召集《掃蕩報》總社理事會議，討論報紙改名的問題。「在理事會上，首先遭到賀衷寒的激烈反對，鄧文儀、蕭贊育接著推波助瀾，袁守謙、滕傑默不做聲。張大聲道，『你們反對，去找委員長另派和談代表，我不幹了！』據說蔣介石把賀、鄧叫去訓斥了一頓，再度開會，改名這才決定」。[1]1945 年 9 月 22 日，《掃蕩報》理事會監事會第二次聯席會作出決議，《掃蕩報》改名《和平日報》，確定自 11 月 12 日起各地《掃蕩報》一律改用新名。[2]爲了紀念改名，《掃蕩報》重慶版特發出改名紀念發行券，自改名之日起兩月內，凡直接訂閱者，可享受五折之優待。黃少谷敦請于右任爲《和平日報》書寫報頭。11 月 12 日，重慶《和平日報》發表社論《永爲和平奮鬥》，宣稱：本報改稱《和平日報》，更加明顯地標舉本報對於和平的信念與擁護，紀念國父致力於人類和平大業的精神，表示本報爲此種崇高理想而奮鬥。

在豎版式的《和平日報》報頭右側有小字標注「原名《掃蕩報》，民國二十一年六月二十三日創刊」。李俊龍說：「這表面上說明《和平日報》不是新辦的報紙，實際是賀衷寒還要留下《掃蕩報》的舊痕而已。」[3]

（二）報名改稱的不同反應

1、來自中共的讚揚

張治中力主更改報名的舉動，中共認爲顯示了他眞心希望和平的誠意。

1945 年 10 月 11 日，張治中代表蔣介石送毛澤東去機場，離開重慶返回延安。毛澤東在車上對張治中說：「我在重慶，知道你是一個眞正希望和平的人。」張治中問：「怎見得？」毛澤東說：「有事實爲證。第一，你把《掃蕩報》改成《和平日報》。《掃蕩報》是在江西圍剿我們時辦的，你要改名，一定有些人是不贊成的。第二，你把康澤辦的一個集中營撤銷了，是做了一件好事。」[4]

1　萬枚子：《憶國民黨軍委會〈掃蕩報〉的變遷》，《湖北文史》，2008 年第 1 輯。
2　《掃蕩報自本月十二日起改名和平日報並發行南京版及恢復漢口版啓事》，重慶《掃蕩報》，1945 年 11 月 11 日。
3　萬枚子：《憶國民黨軍委會〈掃蕩報〉的變遷》，《湖北文史》，2008 年第 1 輯。
4　余湛邦：《張治中與毛澤東》，http://www.hoplite/Templates/kscfls0145.html。

2、來自內部的不滿

張治中力主將《掃蕩報》更名《和平日報》，在國民黨軍方內部，感到突兀的人有之，不能理解與接受的人有之，反對者也大有人在。主動請纓到第三戰區擔任特派員的重慶《掃蕩報》編輯組長楊彥歧，在京滬奔波時突然間接到新的指令，得知《掃蕩報》更名《和平日報》，並要自己擔任上海《和平日報》建報籌備委員，他一下子摸不著頭緒，著實呆了半晌。

南京《和平日報》主筆李士英認爲這是張治中爲了討好共產黨。海南《和平日報》編輯田舍說：「正在戡亂用兵期間，代表『軍方』的一份在抗戰期間報導戰訊與激勵士氣有功的報紙，偏要廢『掃蕩』而易名『和平』，似乎說不通」。[1]易名之後，《和平日報》海南版在 1949 年 9 月前，再次改名《海南日報》，試圖以濃鬱地域氣味的報名求得發展。

鄧文儀不無理性地認爲：「掃蕩報乃因軍委會政治部主任張治中動搖投機，醉心與共黨和平談判，改名爲和平日報，這是掃蕩報在一貫成爲反共抗俄精神堡壘之際，思想上與精神上一大打擊，也是戡亂建國時期，思想紛歧錯雜，解除精神武裝一種暗示，這也許就是功敗垂成的因素之一。」[2]

（三）報名雖改，「掃蕩」依舊

1、反共言論總裁嘉勉

重慶《和平日報》主筆李士英認爲：張治中決定《掃蕩報》改名《和平日報》，並沒有挫折掃蕩報的戰鬥精神。更名前，重慶《掃蕩報》發表了主筆李士英撰寫的社論《有什麼理由破壞交通》（11 月 3 日）和《論所謂解放區》（11 月 10 日）。更名後，重慶《和平日報》又連續發表了他撰寫的社論《裁兵與統一》（11 月 14 日），《反對內戰乎？助長內亂乎？》（11 月 21 日），《與共產黨論受降權》（11 月 24 日）。社論《裁兵與統一》發表後，蔣介石侍從室第二處主任、國民黨中宣部副部長陳布雷來信，查問最近幾篇抨擊共產黨的社論是何人所寫，並索要執筆人的履歷。

李士英 1941 年夏任重慶時事新報社撰述委員，撰寫軍事專欄文章和社論。1943 年 12 月至 1944 年 5 月，參加軍委會英美軍事要塞考察團，赴伊拉

1　田舍：《掃蕩報海南版的海南日報》，中華文化基金會：《掃蕩報二十年——掃蕩報的歷史記錄》，1978 年版，第 358 頁。

2　鄧文儀：《掃蕩報的建設及其貢獻》，中華文化基金會：《掃蕩報二十年——掃蕩報的歷史記錄》，1978 年版，第 27～28 頁。

克、埃及、敍利亞、黎巴嫩、利比亞、突尼斯、馬爾他、直布羅陀、美軍西非登陸基地和英國等考察。1945 年 2 月，被黃少谷力邀，李士英由兼任主筆改爲《掃蕩報》的專任主筆。李士英接到了蔣介石召見的通知，不知吉凶。他在記述蔣介石召見時說：「我進入會客室時，蔣廷黻大使已坐在那裡；不料主席要我先見，對我的工作嘉勉一番。我們對共黨鬥爭的信心和勇氣，從此大爲增強。」[1]

2、反共「掃蕩」一脈相承

解放區是國共兩黨重慶談判的核心問題之一。就解放區問題，重慶《新華日報》1945 年 11 月 4 日發表社論《停止八十萬大軍進攻解放區》，10 日發表社論《立即實行地方自治，根絕國內糾紛》。改名前的重慶《掃蕩報》10 日發表《論所謂解放區》指責中共「擁兵割據」，「顚覆政府」，改名後的重慶《和平日報》26 日發表社論《地方自治不是割據》，繼續斥責中共。

1945 年 12 月，重慶《和平日報》在軍事調停和政治協商會議開幕前，發表《中國共產黨與人民》《中國共產黨最反動！》《怎樣停止所謂「內戰」？》《是政治？是戲劇？還是魔術？》《如何實行無條件停止內戰？》《論停止軍事衝突辦法》等指斥意向鮮明的多篇社論。[2]

1946 年，《和平日報》的言論方針是「警醒國人明瞭」中共的居心及行動，說明中共再不悔悟，「戡亂勢在必行」。戡亂軍興，「力言戡亂爲抗戰之延續，『抗日』與『抗俄』，『反共匪』與『反漢奸』意義無二，且形式雖有不同，任務艱巨如一。」[3]鄧文儀指出：「事實上全國軍隊報紙，受了和平日報言論的指導，也都明瞭中央最高領袖的決心，與共匪謀和是不可能的，都在準備積極戰鬥。」[4]1946 年 1 月，政治協商會議在重慶舉行。黃少谷親自爲重慶《和平日報》擬製標題《共黨放棄叛亂，政府贏得和平　政協會議，今日揭幕》。[5]4 月 18 日，東北民主聯軍取得長春戰役的勝利，重慶《新華日

1 李士英：《我在重慶掃蕩報》，中華文化基金會：《掃蕩報二十年——掃蕩報的歷史記錄》，1978 年版，第 208 頁。

2 李士英：《我在重慶掃蕩報》，中華文化基金會：《掃蕩報二十年——掃蕩報的歷史記錄》，1978 年版，第 211 頁。

3 周聖生：《掃蕩報的發展史略》，中華文化基金會：《掃蕩報二十年——掃蕩報的歷史記錄》，1978 年版，第 33 頁。

4 鄧文儀：《掃蕩報的建設及其貢獻》，中華文化基金會：《掃蕩報二十年——掃蕩報的歷史記錄》，1978 年版，第 28 頁。

5 易家馭：《桂林・重慶・掃蕩報》，中華文化基金會：《掃蕩報二十年——掃蕩報的

報》發表社論《慶長春並慶中國》。重慶有的報紙發表社論《哀長春並哀中國》。5 月 23 日，國民黨軍新 6 軍進佔長春，重慶《和平日報》發表社論《迎長春》，歡呼「長春歸來」。易君左 1947 年 4 月接掌《和平日報》蘭州版，強調報紙雖已改名「和平」，在國內政治「不和不平」的環境中，「一定要發揚掃蕩報傳統的『掃蕩精神』」。[1]

周恩來曾向張治中抱怨：《掃蕩報》改名「和平」，實際上仍舊「掃蕩」。[2] 重慶《新華日報》也給予了指責，「一面和平，一面掃蕩」。[3]1946 年 5 月 5 日，和平日報上海分社社長萬枚子辭職，紀以《悲和平》一絕：「才除《掃蕩》起《和平》，盛會曲終宇內驚。忍看《和平》重《掃蕩》，撥開濃霧覓光明。」[4]

二、《和平日報》一流報團

（一）《和平日報》報系

抗戰勝利，《掃蕩報》鼎盛輝煌一時。1945 年 11 月 12 日，是《掃蕩報》的一個特殊日子。爲了適應國共和談的新形勢，遵照 9 月 22 日第二次理監事聯席會的決議，於孫中山 80 誕辰的 11 月 12 日，《掃蕩報》更名《和平日報》。

1945 年 11 月 12 日，重慶《掃蕩報》、昆明《掃蕩報》更名《和平日報》，漢口《掃蕩報》以《和平日報》爲名復刊，南京《和平日報》創刊。1946 年 1 月 1 日，上海《和平日報》創刊。3 月 25 日，廣州《和平日報》創刊。4 月 1 日，瀋陽《和平日報》創刊。5 月 4 日，臺中《和平日報》創刊。11 月 12 日，蘭州《和平日報》創刊。還創辦了海口《掃蕩報》／《和平日報》。《掃蕩報》也曾一度在杭州短暫出版。

1946 年，《和平日報》總社下設直接經營的南京、上海、漢口、重慶、蘭州 5 個分社，擁有受總社指導、統屬於國防部新聞局的昆明、廣州、瀋陽、

歷史記錄》，1978 年版，第 189 頁。

1 易君左：《工作在上海與蘭州》，中華文化基金會：《掃蕩報二十年——掃蕩報的歷史記錄》，1978 年版，第 265 頁。

2 李士英：《我在重慶掃蕩報》，中華文化基金會：《掃蕩報二十年——掃蕩報的歷史記錄》，1978 年版，第 211 頁。

3 鄧文儀：《掃蕩報的建設及其貢獻》，中華文化基金會：《掃蕩報二十年——掃蕩報的歷史記錄》，1978 年版，第 28 頁。

4 萬枚子：《憶國民黨軍委會〈掃蕩報〉的變遷》，《湖北文史》，2008 年第 1 輯。

臺灣、海口 5 個《和平日報》地方版。[1]《和平日報》同時在東北、西北、西南、華南、華東五個地區的 10 個城市出版，形成了中國報業特色鮮明、統屬不一的報業集團或報業系統。

（1）《掃蕩報》杭州版

1945 年 8 月 15 日，日本投降。《掃蕩簡報》第 47 班奉命配屬第三戰區黨政處，隨即派員進入杭州。在第三戰區前進指揮所進入杭州之前，《掃蕩簡報》第 47 班已經接管了僞《浙江日報》，開始出版《掃蕩報》杭州版，他們希望在杭州爲《掃蕩報》建立一個據點。國民政府還都南京之後，僞《浙江日報》印刷等設備奉命移交給《東南日報》，《和平日報》先後在南京、上海出版，緊鄰京滬的杭州，沒有必要再辦一個《掃蕩報》。1946 年 1 月，《掃蕩報》杭州版停刊。

（2）《和平日報》廣州版

前身是《掃蕩報》桂林版，1945 年 11 月 12 日改名《和平日報》，後遷至廣州，1946 年 3 月 25 日出版，社址在光復中路 200 號，由廣州行營政治部新聞處主辦。張泰祥、黃珍吾、謝鎮南歷任社長。籌備緊促，限於經費，臨時商借《中正日報》印刷廠編印，營業部亦附設該報社內。6 月，社址確定，人事配齊。報社的不少人員保留軍階。8 月，建立印刷廠，充實設備。振奮民氣，闡揚國策，宣傳三民主義，以健全華南輿論。刊載偏重軍事方面的消息及學術研究。發行不過數百份[2]，部隊及中等以上學校的訂閱量，幾乎佔了總發行量的一半。與青年團廣州支團配合發展，各縣不少青年團員訂閱。1948 年 3 月 28 日停刊。

（3）《和平日報》海口版

《和平日報》海口版，由《掃蕩報》重慶總社在抗戰勝利後委派陳縱才到海南，接收敵產創辦《掃蕩報》，後改名《海南日報》。陳縱才不擅報業經營，海口版出現不少虧空。《大公報》出身、參加《掃蕩報》創辦的程曉華，

1 周聖生：《掃蕩報的發展史略》，中華文化基金會：《掃蕩報二十年——掃蕩報的歷史記錄》，1978 年版，第 33 頁；另説：設有上海、南京、漢口、重慶 4 個分社，受總管理處指導成立了蘭州、瀋陽、昆明、廣州、臺灣、海口 6 個《和平日報》地方版，蕭贊育：《掃蕩報由我接辦的經過》，中華文化基金會：《掃蕩報二十年——掃蕩報的歷史記錄》，1978 年版，第 384 頁。

2 陳雪堯：《解放前夕的廣州新聞界概況》，www.gzzxws.gov.cn/gzws/fl/wjwt/200809/t20080917_9118.htm。

應邀從《掃蕩報》桂林版調任海口版副社長後，「一經整頓，面貌一新，海南日報儼然成了海南的第一大報，直到後來廣州的中央日報遷移海南出版，其聲勢，仍不能駕海南日報之上」。[1]另行出版《和平半月刊》。

中華民國三十七年七月二十九日

和平日報

（新聞紙第八七五號）

原名掃蕩報

PEACE DAILY

FORMERLY SAO TANG PAO

海口 HOI HOW

行政院長翁文灝

昨發表告全國國民書

——題爲明辨是非共赴國難

圖 3-4　《和平日報》海口版 1948 年 7 月 29 日第 1 版（局部）[2]

（4）《和平日報》瓊崖版

1945 年 10 月，國民黨軍第 46 軍渡瓊受降，接收敵產《海南新聞》社和海南出版印刷株式會社創辦。社址初在海口市博愛路 147 號，後遷欽美路 83 號。對開 4 版。主要刊載中央社電訊。第一版是廣告、公告，第二版是國內國際新聞，第三版是本島新聞，第四版是副刊、廣告。第 46 軍政治部主任梅

1　田舍：《掃蕩報海南版的海南日報》，中華文化基金會：《掃蕩報二十年——掃蕩報的歷史記錄》，1978 年版，第 358～359 頁。

2　《閱讀海南〈瓊崖百年報業〉發展史的滄海桑田》，http://www.huaxia.com/qtzmd/jrhn/hnxw/2013/06/3381509.html。

國瑞兼任社長。不久，梅國瑞與軍長韓練成意見不合離職，廣州綏靖公署政治部派楊永仁接任第 46 軍政治部主任兼海口和平日報社社長，陳劍流任總編輯。1946 年 10 月，第 46 軍北調離瓊，楊永仁離職，李達生接任社長，趙璞任副社長，黃小山爲總編輯。1948 年，李達生辭職，廣東省第九行政區（瓊崖）督察專員兼保安司令韓漢英徵得廣州綏靖公署政治部主任黃珍吾同意，派參謀處長韓奮兼任社長，龍鵬驤任總編輯。1949 年 4 月，陳濟棠任海南特別行政區公署長官兼警備司令，委派他的財政處長兼任社長，李雲鶴任副社長。設榆林分社，由曾任崖縣、文昌縣長的何定之任社長。[1]

（5）《和平日報》汕頭版

1947 年 5 月 5 日創刊。對開 4 版。第一版，是要聞、社論。第二版，是潮汕新聞、金融、市場行情和廣告，1949 年 1 月增闢專欄「人間世」。第三版，是《文站》《通訊》《社會服務》《萬象》《綜合》《星期版》《學生界》《和平號角》《少年時代》《兒童世界》《汕頭婦女半月刊》等副刊和專版。第四版，是省市新聞、華僑新聞及新聞特寫。第二版開設的專欄「潮汕縱橫談」，主要報導潮汕社會新聞，使用潮汕方言順口溜編寫新聞，使用章回體小說形式擬製標題，刊載《緝私鹽賣私鹽奇蹟奇蹟，驗豬肉索豬肉怪事怪事》《可憐！可歎！魚販賭敗自縊輕生　乞丐無食當街餓斃》等，披露擾民、欺民之事和民生狀況。1947 年推出旬刊《粵東兵役》，先後由粵東師管區司令部、政工室主辦，刊載法令法規、新聞、詩歌、散文、小說、小品，宣傳兵役政策、徵兵辦法，報導徵兵情況。

初由謝鎭南擔任發行人兼社長，梁燮勤任副社長。1948 年 10 月 21 日，謝鎭南因擔任廣州綏靖公署政工處處長，無暇異地兼顧社長職務，被公推爲報社董事長，由副社長李桂祥接任社長。1949 年 1 月 14 日，原總編輯胡慈升任副社長，熊復蘇接任總編輯。社址初在汕頭市居平路，1947 年 7 月後遷至中正路張園街。1949 年 5 月，汕頭當局爲控制輿論，決定汕頭出版的《和平日報》汕頭版和《大光報》《光明日報》《汕報》《星華日報》《建國日報》《商報》《嶺東民國日報》共 8 家日報 31 日停止單獨出版，改出聯合版。《和平日報》汕頭版刊登啓事稱：爲適應環境，每日出版對開 6 版的各日報聯合版。6 月 1 日，出版《汕頭各日報聯合版》。8 家日報各派骨幹人員，在民權路 89 號合署辦報。10 月 1 日，《汕報》退出，單獨出版，剩下的 7 家日報不

1　張興吉：《民國時期的海南報刊》，http://news.qq.com/a/20130617/021224.htm。

再使用聯合版之名，冠名《聯合版》續出，對開 8 版。10 月 24 日，改出 4 開 2 版，發表社論《歡迎解放軍》，刊登新華社電訊和本報記者採寫的汕頭市民迎接解放軍入城的特稿。11 月 1 日，中國人民解放軍汕頭市軍事管制委員會發布《報紙雜誌通訊社登記辦法》，包括《掃蕩報》汕頭版在內的汕頭各報《聯合版》停刊。

（二）《和平日報》武漢版

復刊人員東下，復刊籌備工作於 1945 年 9 月 15 日開始。舊址已成廢墟，撤退未盡的機器設備了無蹤跡，接收中山大道小商店飯田三寶堂、漢江路小型木村印刷所和《大陸新報》等敵產。11 月 12 日，《和平日報》在武漢創刊，兌現了 1938 年 10 月 25 日對武漢讀者的「再見」承諾。社長、副社長向南京總社負責，人事、經費、會計、供應等社務由社長直接管理。內設編輯與經理兩部，各對社長負責。編輯部設 6 個組和一個編輯委員會。

堅守「掃蕩精神」立場，闡揚三民主義與和平建國政策，養成自由法制觀念，提倡科學知識和學術，倡導國民經濟建設，褒貶社會人心官場風氣，秉筆直書，以盡言責。新聞採集，有駐社者 5 人和駐外地者 14 人，電訊工作人員 4 人，有兄弟社、總社國外通訊員供稿，報導範圍較戰前擴大。自勉於「報」要新穎豐富，「導」要正確有力，「以逢迎、敲詐為奇恥！以『黃色新聞』為大敵。」[1]開設《自由園地》《青年文藝》《陣線》《觀察家》《婦女與兒童》《歷史週刊》5 個副刊及臨時專刊。每期僅刊六七千字的《自由園地》，輕鬆活潑，所付薄酬僅夠作者購買稿紙，每週投寄來的作品約有 10 萬字。開設社會服務版，在軍人退役轉業初期尤注重為軍人服務。遣送日本僑民和日本戰俘期間，增出副版日文《正義報》。

從重慶總社運來 1 臺大型輪轉印刷機，重新購置銅模，增租廠房，較順利地維持了對開大報的出版。40 名技工和 10 多名學徒，技能不及工商業發達的京滬技工，工作精神亦沒有戰前旺盛，因待遇較優，沒有出現勞資對立。報紙發行 2 萬份。1947 年 5 月 1 日，銷行漢口、武昌、常德、鄭州、漢陽、漯河、駐馬店、大冶、洛陽、孝感、宜昌、沙市、長沙、信陽等地。

（三）《和平日報》南京版

重慶《掃蕩報》較早開始光復還都行動。抗戰勝利前夕，派出楊彥歧取

1　曹耿光：《四、武漢之二——凱旋武漢重見華中父老》，中華文化基金會：《掃蕩報二十年——掃蕩報的歷史記錄》，1978 年版，第 89 頁。

道南洋，隨同盟軍反攻，登陸中國東南沿海，盡先趕到京滬一帶建報。日本宣布投降之時，楊彥歧尚在途中。又派鄒若軍趁參加芷江洽降之便，乘空軍司令張廷孟的專機直飛南京。1945 年 9 月 1 日，主持南京建報的萬德涵乘坐參觀南京受降典禮的記者專機由渝抵寧。9 月 30 日，奉准接收敵產《大陸新報》。部分人員經水路東還，另新聘 20 多人，在南京建報的籌備工作持續兩個多月。社址設在南京中山北路 25 號大樓。迭次添置器材，提高報紙生產能力。製版使用的「快速三角鏡，可以直接攝取正面影像，迅速感光，手續簡便，半小時內可以完成全部新聞版的製作。」「電力旋槳的欄板機，超速撥動強水，較普通手搖機的效果，要高到一倍以上。」[1]政府每月撥給進口白報紙配額，實際獲得了若干補助。和平日報總社依據總社應設於中央政府所在地的報社組織章程，1946 年 5 月隨國民政府還都，遷往南京。和平日報總社社長黃少谷兼和平日報南京分社社長。和平日報總社每日向各分社和地方版提供國內重要電訊、國外專電及各地通訊。

1945 年 11 月 12 日，《和平日報》南京版和淪陷八載的南京同胞見面。創刊社論《永爲和平奮鬥！》指出：「我們應當承認人類和平大業任重道遠，不是空言鼓吹所能實現；因爲和平的先決條件是互助，而互助的基礎乃是自助，和平的另一先決條件是博愛，而博愛的基礎乃是自愛；因此要獲致和平，首先要講求自助與自愛之道。中國擁有愛好和平之文化根基，而百年來飽受侵略勢力之凌侮。然則中國自助自愛之道何爲？我們認爲我全國同胞應三復國父孫中山易簀時遺言：『和平、奮鬥、救中國。』」[2]

《和平日報》南京版全面爭先，以在位居全國前列、競爭激烈的京滬報壇獲得期望的大報地位。報紙篇幅，初爲對開 4 版，1946 年 5 月 16 日增爲對開 6 版，8 月 20 日增爲對開 8 版。另於 1946 年 6 月 18 日增出畫刊。報紙言論繼續保持《掃蕩報》重於軍事形勢和國際政治分析的特點。每天和上海、漢口、重慶、蘭州各社進行無線電直接通報，各版新聞，既多且快。報紙版面對於新聞的處理，力求編排活潑，態度嚴肅。注重發揮報紙傳播知識的功能，以爭取報紙雜誌化。寧願增加相當可觀的稿費及編輯費的支出，壓縮廣告篇幅，減少廣告收入，在經費吃緊的情況下，維持副刊的強大陣容。推出

1 倪鶴笙：《十一、南京——勝利中誕生艱苦中成長》，中華文化基金會：《掃蕩報二十年——掃蕩報的歷史記錄》，1978 年版，第 125 頁。

2 倪鶴笙：《十一、南京——勝利中誕生艱苦中成長》，中華文化基金會：《掃蕩報二十年——掃蕩報的歷史記錄》，1978 年版，第 124 頁。

的 14 個副刊中，日刊有《和平副刊》《風雲》《舞臺與銀幕》《劇場藝術》全部是文藝副刊，週刊有《中華兒童》《國防與科學》《知識》《社會與政治》《人文》《主義與黨派》《婦女》，雙週刊有《教育》《國民與警察》《電報與電話》。出版關於軍隊或與軍隊相關的節日、事件、人物的紀念特刊。1946 年 9 月 3 日，在抗戰勝利一週年紀念日，南京版刊出 24 版，刊登紀念文章和紀念廣告。10 月 31 日，以 32 個版爲蔣介石誕辰祝壽。每月出版一期增刊《和平畫刊》，刊載重要將領、重大軍事活動、軍隊活動、重大新聞的圖片報導，蔣介石及家人的圖片報導約占每期畫刊的一半篇幅。

1946 年 6 月 21 日，國民政府接受「第三方面」建議，把停戰時間延長 8 日。22 日，《和平日報》發表社論《救救國家，救救人民，救救自己！——望共產黨把握最後的機會》。任卓宣是《掃蕩報》尤其是《和平日報》非常活躍的社外作者。1946 年 10 月 27 日，《和平日報》南京版開闢「主義與黨派」專欄。至 12 月 26 日，任卓宣兩個月在此欄目發表《主義與黨派發刊詞》《三民主義底嚴重關頭》《國民大會底合法性與民主性》對於五權憲法可採取妥協態度嗎？》《反對召開國民大會之錯誤》《對於國民大會制憲之認識》《論正統傳統法統》《五權憲法之理論與實際》《駁大公報關於憲法第一條》《國都應該在南京》《幾個革命國家制憲的故事》11 篇文章。

隨後兩年，任卓宣在《和平日報》南京版發表的文章均超過了 30 篇。1947 年，他發表了《共產黨底前途》《怎樣完成統一》《經濟緊急措施方案及其執行》《大公報袒護共產黨之錯誤》《主義第一》《第二次世界大戰產生的進步與潮流》《清黨證明了的眞理》《大公報希望國際干涉的失敗》《論公費運動與吃光運動》《戡亂救國運動底展開》《黨與團底合併》《民主同盟之無恥》《共產黨底殘暴》等 33 篇文章。1948 年，他發表了《土地問題在中國政治中的地位》《毛澤東兩次革命論批判》《怎樣消弭學潮》《中國底危機與美國底關係》《財產稅與國民黨》《戡亂與革新》《論改造國民黨的三個方案》《把貧窮和富豪乃至官吏與人民間的距離縮短》《我們要頌揚黃百韜將軍》《四論防守長江之重要與方法》《共產黨應立即停戰》《異哉所謂『戰犯』！》《共產黨之窮兵黷武》《必須保衛上海》等 35 篇文章。任卓宣發表的上述文章，僅從標題即可看出《和平日報》南京版的立場、主張與動向。

1948 年，徐蚌會戰期間，和平日報總社考慮向臺灣、福州、廣州轉移，總社社長蕭贊育親赴三地察勘。在臺灣獲得指撥的 800 坪營地，作爲總社來臺的建築用地（後因報紙停刊被收回）。同年冬，和平日報南京總社開始將設備器材遷離南京。1949 年 7 月，曹士霖奉派從臺灣前往福州，將南京總社運往福州的日式及德式捲筒印刷機等設備接運來臺。

《和平日報》南京版進入 1949 年，衰象顯現。出版出現空歇，報紙版面壓縮，廣告客戶減少，大部人員遣散。南京分社編輯部只有五六個人，借用農民銀行戶部街的宿舍，編輯出報。4 月 23 日，出版最後一期報紙，跟隨國民黨軍撤離南京。[1]南京分社人員，一路到明故宮機場擠上飛機，一路駕駛報社旅行吉普經杭州，撤往上海。和平日報南京總社從上海派人前去國民政府尚在的廣州，接洽有關報紙，籌備合作出刊，後因廣州情況紊亂作罷。

（四）《和平日報》上海版

1945 年 11 月開始籌備，奉命接收敵產《大陸新報》。1946 年 1 月 1 日創刊。受到國民政府節約紙張的約束，日出對開 8 版。6 月改組革新。第一版，是社論和要聞。第二版，上半版是第二篇社論及國內電訊，下半版有時事論壇，短語性質的專欄「縱橫談」，各地通訊、人物特寫、時事剖析等。第三版，上半版是國外電訊，國際新聞之述論，時事新聞之解剖，「世界語」欄載世間珍聞，側面新聞及新聞人物小志，下半版為「社會服務」欄。第四版，是本埠新聞、教育與體育專欄。第五版是經濟報導，刊載經濟新聞、金融論評、市場專訪及每日行情詳表。本市新聞採訪網分布黨政軍警工商及社會，6 名記者整日奔波，少數特約作者提供外國電訊和各地通訊。版面編排重「趣味而不低級，輕鬆而不輕薄」，追求版式活潑、組合清新、具有滬地特色的舒張風格。[2]4 個副刊中，純文藝性的《和平》副刊，邀約作家執筆，注重藝術趣味，態度嚴肅。《海天》副刊注重於隨筆、詩詞及各種文藝遊戲。娛樂性小型副刊《沙龍》，是讀者公餘之輕鬆讀物。《今日影劇》副刊，專載電影和戲劇消息、專訪及評論。《國防科學》週刊，活潑的灌輸時代新知。名家主持的《金融週報》，邀約專家撰述金融論文。《工業週報》，提倡工業促進建設。研究金石書畫的「藝舫」，圖文並重。

《和平日報》上海版有「雙槍將」的別號，每日在第一、二版各發社論，

---

1 周聖生：《掃蕩報的發展史略》，中華文化基金會：《掃蕩報二十年——掃蕩報的歷史記錄》，1978 年版，第 34 頁。

2 楊彥歧：《十二、上海——人人爲報報爲人人》，中華文化基金會：《掃蕩報二十年——掃蕩報的歷史記錄》，1978 年版，第 131 頁。

「一篇秉承總社的主旨，發揮本報對重要時事的意見」，「一篇密切針對最新新聞」，進行分析與批判。[1]副社長易君左主編的《海天》副刊，與社會各界建立廣泛聯繫，組織的海天聯誼會成爲上海大規模的社會團體，上至名卿巨公，下至影星劇人，參加者達 5000 人，眾人簽名發表宣言《文學再革命》，稱：「五四已經替中國文化的建立開了路，但是我們的築路工作，直到現在爲止，完全沒有完成。所以我們必須集體行動，建立新的文化，必須開展文化的再革命，先自文學再革命開始。換句話，即是要配合時代要求，倡導後期文學革命運動。」[2]

《和平日報》上海版的發行，採用批售、報攤、訂戶、贈戶、交換、壁報等 6 種方式在本地發行，雇傭報差每日專送訂戶；在外埠設立分銷處，1947 年有蘇浙皖湘鄂贛滇桂陝魯 10 省 36 個單位，1948 年增加閩川粵豫甘冀遼新 8 省共 58 個單位，使用平信和航空兩種方式寄遞。[3]1949 年 5 月 25 日，國民黨軍撤離上海。和平日報上海分社電訊主任萬超北帶領職工護社，阻止將設備器材運往臺灣，出了三天《解放報》後，將報社移交上海市軍管會主管部門。

（五）《和平日報》瀋陽版

1946 年 4 月 1 日創刊。對開 4 版，曾增出 4 開 4 版，每半月增印畫報隨報奉送。第一版是廣告，第二、三版是新聞，第四版是副刊。鑒於擁有 150 萬人口的瀋陽沒有晚報，1947 年 5 月 1 日，大膽嘗試性地創刊 8 開小型《和平晚報》。10 月 23 日，併入《中央日報》瀋陽版。[4]

閻奉璋奉《掃蕩報》總社黃少谷社長之命，隨國民政府接收人員從重慶到達東北，開展籌備工作。1946 年 3 月 14 日，蘇軍撤離，國民黨軍正式進駐瀋陽，籌備工作才得以順利開展。接收僞滿的立花印刷所及 8 臺平版印刷機、4 臺萬能鑄字機和尚屬完善的其他印刷設備。社址在瀋陽市南市區楊武

1　楊彥歧：《十二、上海——人人爲報報爲人人》，中華文化基金會：《掃蕩報二十年——掃蕩報的歷史記錄》，1978 年版，第 131 頁。

2　羅敦偉：《報界壯觀》，中華文化基金會：《掃蕩報二十年——掃蕩報的歷史記錄》，1978 年版，第 244 頁。

3　楊彥歧：《十二、上海——人人爲報報爲人人》，中華文化基金會：《掃蕩報二十年——掃蕩報的歷史記錄》，1978 年版，第 133 頁。

4　遼寧報業通史組委會：《遼寧報業通史（1899～1978）》，遼寧人民出版社，2016 年版，第 329 頁。

街 1 段 1 號，後遷至和平區中山路 1 號。社長閻奉璋，副社長李誠毅，總編輯陳語天，副總編輯張兆麟、張虎剛。1947 年 11 月，報社人事調整，社長由陳誠邀請的趙雨時擔任，原社長閻奉璋改任副社長。報社人員由僞華北新聞界人員、日僞留用人員和從北平招聘的大學生組成。初創之時，人手不足，物力不備，技藝不熟，區域狹小，交通毀壞，電力不足，晨報時常變成了午報。隨著國民黨軍控制區域的擴大，添置了 1 臺小型輪轉印刷機，縮短了印報時間。發行量最高達 3 萬份，1947 年保持在 2 萬份左右。除瀋陽本市，報紙發行網東至安東、永吉、通化，北至長春、農安、德惠，西至天津、承德，南至普蘭店、營口。[1]

遵照總社社長黃少谷既要早又要好的指示，迅速傳播消息。從電話裏記錄收復四平的消息，立即趕排付印，開動汽車把這一「號外」撒散出去，趕到瀋陽各回教團體歡迎國防部部長白崇禧的大會上當眾宣讀。出版瀋陽市春季聯會運動會、國慶紀念、國軍出關週年紀念、防空節等特刊。刊載「陳毅陣亡」、毛澤東延安私宅富麗堂皇等虛假新聞；刊載「四平大戰昨夜展開」、「四平激戰聲中劉翰東訪問記」等，報導四平攻防戰。刊載「遼西會戰揭開序幕」、「總統關切東北戰局」、「錦西守軍續出兜剿」等報導，爲遼西會戰搖旗吶喊。設置《和平園地》《今日美國》《一周經濟》《社會服務》《學生生活》《東西南北》《週末版》和以《和平日報·附葉》形式推出的《文史》《影劇》《東北研究》《婦女兒童》等綜合性副刊。《和平副刊》上經常出現的欄目「瀋陽春秋」，一事一議，三言兩語，直白評議，集束成篇，替老百姓說要說的話。

（六）《和平日報》蘭州版

1946 年 11 月 12 日，《和平日報》蘭州版創刊。對開 4 版。雖爲《和平日報》南京總社直屬，實際支持者是以張治中爲主任的西北行營。言論方針與電訊發布，與南京總社同呼吸共行動。使用無線電收發報機，晚間收錄滬寧各地的電訊，迅速譯刊重要的國際國內大事，成爲在西北各地暢銷的重要原因之一。努力向雜誌化方向發展，日均刊出 3 種副刊、月均刊出 12 種副刊。抗戰期間流落蘭州的漫畫家魯少飛應邀創作發表連續漫畫《馬二哥》，諷刺「納稅」、「抓壯丁」等怪現象。報紙發行量由 3000 份增至 6000 份。蘭

1　閻奉璋：《十五、瀋陽——白山黑水間的筆陣》，中華文化基金會：《掃蕩報二十年——掃蕩報的歷史記錄》，1978 年版，第 139～140 頁。

州市銷行 3000 份，其餘的散播於天山南北、大河東西間。[1]另出《蘭州和平日報週刊》。

籌備工作始於 1946 年 4 月，大致以重慶《和平日報》爲藍本。大部分工作人員和全部器材從重慶運到蘭州，耗時三月。印刷廠有 1 臺老式的輪轉印刷機、2 臺平板印刷機，排字房缺少字丁，沒有鑄字爐無法鑄造新字，字體不齊，油墨不佳，印出的報紙，不大清楚也不大整齊。使用白報紙印刷，架設電臺抄收電訊，出版畫報，清晨出報，這些在京滬一帶報界微不足道的家常，在開發多年仍是荒蕪原野的西北則放一異彩。出版年餘，所用紙張、器材，仍需從京滬採購。從上海購買的成噸紙張，即便使用西北行營交通處的大卡車向西北代運，也絕非易事。

1947 年 4 月，易君左接任《和平日報》蘭州版社長，得到西北行營主任張治中、新疆警備司令陶峙嶽的支持，創辦 4 開 4 版《和平日報》蘭州版維吾爾文版，「旨在宣揚國策，暢達政情，而輔以適合維族胃口的民間故事和文藝小品，全部維文，間有漢字注釋。出版以後，航運迪化，風行全疆。」[2]易君左又創辦了 4 開 4 版《和平日報》蘭州版青海版，「一半用回文，一半用漢文」，「重在宣揚文化及西北將士，保護國土的精神，作爲中央與地方溝通的一架小小的橋樑。」「雖然主要以青海爲對象，實際上已銷到寧夏及西藏各地」。[3]《和平日報》蘭州版創辦的維吾爾文版和青海版，在易君左 1949 年 4 月離開蘭州後停刊。

（七）《和平日報》臺中版

1946 年 5 月 4 日創刊。對開 4 版。從國民黨軍第 70 師出版的《掃蕩簡報》發展而來。發行人兼社長李上根，聘樓憲爲經理，林西陸爲副經理，王思翔爲主筆，周夢江爲編輯主任，日文編譯科長楊克煌。「在系統上不屬於和平日報總社，而直接受國防部新聞局的指揮」。[4]社址設臺中市中山路，在臺北及全省各市設有分社。沒有固定經費，接收一個小型的印刷廠和幾幢房

1 皋蘭：《十四、蘭州——我們在西北》，中華文化基金會：《掃蕩報二十年——掃蕩報的歷史記錄》，1978 年版，第 135 頁。

2 易君左：《工作在上海與蘭州》，中華文化基金會：《掃蕩報二十年——掃蕩報的歷史記錄》，1978 年版，第 269 頁。

3 易君左：《工作在上海與蘭州》，中華文化基金會：《掃蕩報二十年——掃蕩報的歷史記錄》，1978 年版，第 269 頁。

4 張煦本：《工作在浙西及臺灣》，中華文化基金會：《掃蕩報二十年——掃蕩報的歷史記錄》，1978 年版，第 350 頁。

屋的敵產創辦，廣告收入不多，維持相當艱難。該報的創刊，標誌著臺灣黨、政、軍系統都有了各自的言論機關，與臺灣省行政長官公署在臺北創辦《臺灣新生報》，國民黨中宣部在臺南創辦《中華日報》，構成光復之初臺灣報業的主體框架。

採訪重心在臺北。設「社論」等欄和綜合性文藝副刊《新世紀》和《新青年》《新婦女》《新文學》等專刊和「週末版」、「每週畫刊」。新聞電訊全是中央社電訊稿。刊發社論、地方新聞和副刊文字，抨擊弊政，為民呼籲。副刊《新世紀》刊文指出：臺灣被日本統治半世紀，與祖國隔離，最欠缺的是民族文化，會對自己的祖國產生隔膜，臺灣應該努力學習中國文化。發表中國現代作家的作品，介紹中國文化和臺灣地方文化，刊載耳氏（陳庭詩）的漫畫，《污吏別傳》揭露貪官搜斂財物而又欺上瞞下，《生之維持》反映臺灣人民生活極端貧困。發行約 1.2 萬份。

被臺灣當局認為不能作充分的配合。《掃蕩報》杭州版負責人張煦本 1946 年 11 月應邀任副社長兼總編輯，調整編輯方針，以消除行政長官公署方面的誤會。1947 年臺灣「2．28」事起。3 月 2 日，「暴民」代表要求照常出報被拒。3 月 3 日晨至 3 月 12 日，在「暴民」控制下每日出報半張。3 月 12 日下午，報社人員鑒於已經實行戒嚴，19 時開始宵禁，決定每天出報半張，18 時前編印完畢。3 月 22 日上午約 11 時，憲兵在大門張貼警備總部封閉報社的布告，罪名是「臺灣和平日報在『二．二八』事件中言論反動」。[1]

1947 年 7 月 27 日復刊，對開 6 版。國防部新聞局派來臺灣協調處理報紙被查封的專員曹先錕任社長，社址遷移臺北市衡陽路，改組各地分社，籌建印刷廠。臺灣行政長官公署原則確定臺灣《新生報》《中華日報》《和平日報》的總社，分設臺北、臺南、臺中三地，劃分推銷範圍，避免抵銷力量，便於開展宣傳。臺灣版要將社址從臺中遷移臺北，遭到臺灣行政長官公署的反對，在國防部新聞局的支持下，幾經交涉才獲批准。籌資 160 萬元（臺中社址售賣 60 萬元、向臺灣行政長官公署借款 50 萬元、由臺省富商黃文漢擔保向華南銀行借款 50 萬元），出價 120 萬元購買臺北中山堂前的一棟三層樓房作為社址。

號稱軍報並不只以軍事為主，和普通日報一樣，報導新聞代表輿論。著

1　張煦本：《工作在浙西及臺灣》，中華文化基金會：《掃蕩報二十年——掃蕩報的歷史記錄》，1978 年版，第 351 頁。

重於報導與評論，軍事報導迅速，刊載自設電臺收錄的消息。軍政評論亦多，有專人撰寫社論，有學者專家的星期論文及各項專著的闢欄特載，或實地調查報告。日刊的《百花洲》副刊，新舊文字均收。另出《兵役》《中等教育》《文林》《書評》週刊和《介紹與批評》雙週刊。先賒購 2 臺對開平板印刷機、1 臺圓盤機、2 臺鑄字爐和鉛字 3000 餘公斤。再向臺灣《新生報》借款 300 萬元，充實工廠設備，改善員工生活。這筆借款，債主未曾催要，《新生報》改組之後遂不了了之。臺灣紙業公司按照政府定額每月配給 700 餘令印刷紙，報社每月實際消耗 400 令，餘下的 300 多令紙出售，成爲報社的一筆固定收入。半年左右銷行 5000 餘份，1948 年底增至 8000 多份。[1]

1949 年 7 月 1 日，南京《和平日報》以原名《掃蕩報》在臺北復刊。同年冬，南京總社遷來臺北，與《和平日報》臺中版合併，蕭贊育任總社長，許君武任總編輯，毛一波任顧問。南京掃蕩報總社人員到達臺灣，與尚在發刊的重慶、漢口、桂林、蘭州、海南島各分社進行聯絡。

三、《和平日報》土崩瓦解

（一）貨幣貶值經濟困難

從 1947 年開始，《和平日報》瀋陽版漸行艱難，「根本原因是由於物價的高漲，尤其是紙價的直線上升，以致造成報價不能與白報紙價相抵的現象。」[2]同年 3 月 1 日，《和平日報》武漢版，緊縮篇幅，將副刊由 5 個減至一個（《自由園地》每週 3 期），另新出供一般讀者星期天消遣的「星期版」。《和平日報》廣州版因物價高漲，報業不景氣，維持困難。《和平日報》蘭州版，物價上漲，成本日高，一張報紙的成本約千元，收入不及其半。報紙發行價格攀升。1948 年 7 月 27 日，《和平日報》海南版標明每份報紙零售價 7 萬元，訂價洋紙每月 200 萬元，土紙每月 145 萬元。楊彥歧將自己出售南京房產所得到的一筆美金，借給《和平日報》上海版以解燃眉之急。幾個月後，楊彥歧拿到法幣貶值的報社還款，只合到當初美金的半數。

經濟不景氣與貨幣貶值形成惡性循環，沉重地打壓了報業的廣告經營，嚴重削弱了報業自身的生存能力。《和平日報》武漢版的廣告價格，「以新五

1 柳岳生：《我與臺灣掃蕩報》，中華文化基金會：《掃蕩報二十年——掃蕩報的歷史記錄》，1978 年版，第 356 頁。

2 閻奉璋：《十五、瀋陽——白山黑水間的筆陣》，中華文化基金會：《掃蕩報二十年——掃蕩報的歷史記錄》，1978 年版，第 139 頁。

號字爲單位，即每十字爲一行，定價一千二百元，如以物價指數二萬倍爲標準，此項價格約當戰前（每方寸一元）價格 38.4%」。[1]以「自給自足」爲財務方針的《和平日報》武漢版，辦報人 1947 年不無哀怨地感歎：「近一年來，每次物價上漲之速度，均按幾何級數，處境既如此困難，如何賴營業收入維持二萬份報紙之出刊與報社百餘員工之生活，實爲極大之難題。」年餘來，「物價上漲過速，發行價格與廣告價格不能隨物價增高，出版雖得勉強維持，同人生活則窮困萬狀。」[2]《和平日報》武漢版工作人員的薪酬亦受到貨幣貶值的影響。社長月薪 64 萬元，總編輯月薪 44 萬元，有的編輯不到 30 萬元，難以維持一家數口的最低限度生活。1948 年歲末年關，南京各公營民營機構，都發給員工一至三個月的年終獎金。《和平日報》總社經費困難，直到 12 月 27 日下午，經理部才拿出兩根金條至市場出售，換得 14 萬多的金元券分給眾人。

1948 年，金圓券垮臺。急速貶值的金圓券被拋售，換取黃金、美鈔、銀元。《和平日報》南京版爲了應付設備器材搬遷和資遣部分員工等各項費用，甚感窘迫。經理在外忙於籌款。1949 年 2 月，進入《和平日報》南京版兩個月的蔡民政，由校對接替辭職返鄉的蕭艾，擔任出納股長。蔡民政爲了不拂逆同人領到銀元的意願，約在兩周時間裏走上街頭，周旋於心狠手辣、面目猙獰的黃牛群中，兌換銀元。[3]

《和平日報》總社以京滬兩社遷建的名義，上呈蔣介石，獲批經費 300 萬元。《和平日報》上海版臨時開支不夠用，隨同《前線日報》《益世報》簽呈蔣介石，復准貸款 100 萬元。國民政府中央銀行堅持《和平日報》上海版已有 150 萬元，批准的百萬元貸款，僅借給 60 萬元。總社又以上海版已有 60 萬元，楊彥岐已借若干款子，堅持 150 萬元不給一文。上海版社長羅敦偉，兩頭落空，焦頭爛額，措手無策，無奈辭職，僅保留主筆名義，黃卓球繼任社長。[4]

1 曹耿光：《四、武漢之二——凱旋武漢重見華中父老》，中華文化基金會：《掃蕩報二十年——掃蕩報的歷史記錄》，1978 年版，第 93 頁。

2 曹耿光：《四、武漢之二——凱旋武漢重見華中父老》，中華文化基金會：《掃蕩報二十年——掃蕩報的歷史記錄》，1978 年版，第 92、94 頁。

3 蔡民政：《財務困難志節堅貞》，中華文化基金會：《掃蕩報二十年——掃蕩報的歷史記錄》，1978 年版，第 374 頁。

4 羅敦偉：《報界壯觀》，中華文化基金會：《掃蕩報二十年——掃蕩報的歷史記錄》，1978 年版，第 248 頁。

（二）各地方版相繼停刊

《和平日報》及《掃蕩報》在大陸的末期出版延續至 1950 年。

據臺灣《掃蕩報》報人的記述：1949 年 8 月 1 日，蘭州《和平日報》恢復《掃蕩報》名稱。11 月「12 日，《和平日報》渝林版恢復《掃蕩報》名，由 21 兵團司令部轉交中央軍校畢業同學會非常委員會接辦，社長爲何定之。」[1]

上海於 1949 年 5 月 27 日解放，《和平日報》上海版停刊。重慶於 1949 年 11 月 30 日解放，《掃蕩報》重慶版被解放軍重慶軍管會接管。此前從 1948 年 11 月瀋陽解放，此後至 1950 年 5 月 1 日海南島解放，《和平日報》在大陸的地方版，隨著國民黨軍的敗撤而先後停刊。

（三）臺北《掃蕩報》停刊

1949 年 7 月 1 日，《和平日報》恢復原名《掃蕩報》續出。臺灣工商業蕭條，臺灣分社漸感維持不易。總社與臺灣分社合併改組，以期集中人力財力，克服難關，終以增資未成，條件未能改善，無法獲得顯著好轉。總社長蕭贊育辭職，舉薦左曙萍接替。

1950 年 7 月 7 日，臺北《掃蕩報》停刊。報社董事會決議《掃蕩報》暫時停刊一個月。理事長陳誠數次接見左曙萍，並指派王民準備接任副社長。左曙萍亦邀請香港林適存來臺主持副刊。在西門町看好一座三層樓房，準備作編輯、印刷、營業集中辦公之用。左曙萍因掃蕩報董事會允諾的籌款數額與他的希望尚有距離，深懷戒慎恐懼之心未敢貿然接辦。人事更迭，人力分散，財力支絀，臺北《掃蕩報》再未復刊。

臺北《掃蕩報》停刊後，經理部留下少數人，利用印刷廠對外營業，一再虧損。1950 年 9 月成立掃蕩出版社，保持原有常務理監事會，作他日復刊之準備。1976 年，《掃蕩報》常務理監事會決議，成立財團法人中華文化基金會，「以報社歷年累積之存款與保留下來的房地，撥充基金會，以期爲宣揚中華文化、闡述三民主義、促進大眾傳播事業發展暨國際文化交流而繼續有所努力。」[2]賀衷寒在臺北出席《掃蕩報》同人的一次聚餐會，提到當年創辦《掃

1　《掃蕩報二十年之大事記略》，中華文化基金會：《掃蕩報二十年——掃蕩報的歷史記錄》，1978 年版，第 417 頁。

2　蕭贊育：《掃蕩報由我接辦的經過》，中華文化基金會：《掃蕩報二十年——掃蕩報的歷史記錄》，1978 年版，第 391 頁。

蕩報》的命名和意義，他說，爲了掃蕩邪惡，光復河山，《掃蕩報》會隨時復刊。[1]

1 陳熙乾:《回憶掃蕩報》，中華文化基金會:《掃蕩報二十年——掃蕩報的歷史記錄》，1978 年版，第 380 頁。